Sira Rabe

Viola – das Tagebuch der Sklavin

Ein erotischer Roman

– Erotik –

1. Auflage August 2009
Titelbild: Roman Kasperski

Lektorat: MetaLexis
Satz: nima»typo»grafik

ISBN: 978-3-86608-111-6

Ubooks-Verlag
Dieselstr. 1
86420 Diedorf

www.ubooks.de

Ratlosigkeit

«Meine liebste Viola!

Wenn du mir doch einen Rat erteilen könntest, was ich tun soll! Endlich, nach vielen qualvollen Wochen, funktioniert mein Körper wieder wie er soll, aber dennoch ist nichts in Ordnung. Die Zeit lässt sich nicht einfach zurückdrehen, nichts ist mehr wie früher. Ich bin völlig ratlos. Mein Leib verbrennt vor Glut und meine Seele rennt sinnlos gegen die Wände ihres starren Kopfgefängnisses an. Wenn das so weitergeht, ich glaube, dann drehe ich völlig durch!»

Seufzend betrachtete Daphne die letzten Zeilen, die sie geschrieben hatte, eine klare, schwungvolle Handschrift, blaue Tinte auf schneeweißem Papier, und schaute dann eine Weile grübelnd aus dem Fenster. Die ersten Herbstblätter färbten sich gelb, braun oder rot, manche rollten sich dabei an den Rändern ein, andere wurden einfach nur spröde und zerbröselten bei der geringsten Berührung. Die bereits herabgefallenen wurden von einem leichten Wirbel erfasst und über Wiesen und Straßen verweht, aber Daphne war, als ob der Frühling zu ihr zurückgekehrt wäre. In ihrem Bauch tanzten unentwegt nervöse Schmetterlinge und auf ihrer Haut lag eine prickelnde Anspannung.

«Verstehst du, in welchen Gewissenskonflikten ich mich befinde? Ich liebe meinen Mann über alles. Und ich bin mir sicher, dass Jesper mich genauso intensiv liebt. Aber an manchen Tagen fühle ich mich schrecklich alleine ...»

Von ihren lüsternen, verhärteten Knospen ausgehend, verspürte sie ein zartes Ziehen in ihren Brüsten, wenn sie an ihren Mann dachte. Auch bei nüchterner, unsentimentaler Betrachtung sah er verdammt attraktiv aus. Die ersten grauen Haare in seiner kurz geschnittenen Frisur standen ihm gut und unterstrichen das Markante, Unverwechselbare seines Gesichts. Wenn seine dunkelbraunen Augen auf ihr ruhten, umrahmt von wenigen dezenten Lachfältchen, dann fühlte sie sich in ihrer Seele gewärmt wie an jenem Tag, als er sie nach ihrem ersten gemeinsamen Abend nach Hause gebracht hatte.

Seither durchschritten sie das Leben im Gleichtakt, meistens harmonisch, selten uneins. Sie verstanden sich hervorragend mit und ohne Worte – zumindest hatte Daphne das immer geglaubt. Oftmals dachten sie beide dasselbe, was sie feststellten, sobald einer seine Gedanken aussprach. Sie mochten dieselbe Musik, dieselbe Kunst, dieselben Filme, dasselbe Essen ... Daphne fiel noch manches ein, was sie und ihren Mann beinahe zu so etwas wie eineiigen Zwillingen machte, und sie hätte jedem, der sie danach gefragt hätte, unumwunden bestätigt, dass sich zwei seelenverwandte Menschen im Laufe ihres Zusammenlebens immer ähnlicher werden.

Aber es gab da diese eine Sache, über die zu sprechen ihnen beiden doch immens schwerfiel, die jeder mit sich alleine ausmachte, und da waren sie vermutlich nicht das einzige Paar, dem es so erging.

Das Unglück begann etwa vor einem Jahr. Daphne fühlte sich unwohl. Sie verspürte immer seltener Lust auf Sex, aber es lag nicht an Jesper. Sie wollte, aber seine Berührungen machten sie nicht heiß und sie brachte es nicht über sich, mit ihm über ihr Problem zu sprechen, da sie es selbst nicht in Worte fassen konnte.

Anlässlich eines Routinetermins bei ihrem Frauenarzt sprach sie das Problem an. Es fiel ihr leichter, mit ihm darüber zu reden als mit ihrem Mann. Er war für sie wie ein Neutrum und gleichzeitig fachkompetent. Wenn einer erklären konnte, was mit ihr los war, dann er.

Sie hatte Recht. Eine Hormonanalyse brachte zu Tage, dass Daphnes Eierstöcke eine Entzündung hatten. Doch auch nach der erfolgten Behandlung produzierten sie zu wenige Hormone. Aber der Arzt beruhigte sie. Mit einer Hormonbehandlung würde alles wieder in Ordnung kommen. Daphne setzte ihre ganze Hoffnung darauf. Denn sie verzehrte sich danach, von Jesper berührt und geliebt zu werden.

Nur allmählich begriff Jesper, dass sich etwas geändert hatte. Plötzlich kam es vor, dass Daphne sich an ihn kuschelte und anfing, ihn zu streicheln. Es war schon eine Weile her, dass sie die Initiative ergriffen hatte. Doch es gab noch weitere Veränderungen. Daphne zeigte mehr Bedürfnis nach Sex als in den bisherigen acht Jahren ihrer Ehe. Er konnte nicht nachvollziehen, wann und warum dieser Prozess eingesetzt hatte, aber inzwischen war es offensichtlich. Daphne war fast ständig geil.

Von dieser unerwarteten, schleichenden Wende fühlte er sich anfangs ein wenig überfordert. Wenn er Daphne fragte, was denn auf einmal mit ihr los sei, wich sie ihm verlegen aus.

Der Gedanke an Sex mit ihm ging ihr nicht mehr aus dem Kopf. Tag und Nacht wurde ihr Kopfkino davon beherrscht und übernahm mehr und mehr die Kontrolle über ihren Körper. Sie hätte ihn ständig anspringen können, über seine Haut streicheln, sein bestes Stück in die Hand oder noch lieber in den Mund nehmen oder seinen weichen sexy Po genussvoll kneten. Sie wollte sich nackt an ihn schmiegen, seinen Mund und seine Hände auf ihrem Körper spüren, gierig, erobernd, verlangend, kompromisslos. Sie wünschte sich nichts sehnlicher, als sich mit ihm zu vereinen und seinen Steifen möglichst groß und tief in ihrem Inneren zu spüren, hart und fordernd, gleichgültig in welcher Stellung oder an welchem Ort.

Nur die Arbeit lenkte Daphne tagsüber ausreichend ab. Zu jedem anderen Zeitpunkt aber wünschte sie, ihm zu gehören, am liebsten noch intensiver als bisher und ein wenig anders – sie fühlte eine ihr bis dahin unbekannte Sehnsucht nach Unterwerfung, die ihr zugleich Angst machte.

Während Daphne seufzend ihre Gedanken zurückschweifen ließ, um sie Viola mitzuteilen, und dabei gleichzeitig überlegte, wie sie ihr immer stärker werdendes Bedürfnis nach sexueller Befriedigung stillen könnte, hatte sie vollkommen selbstvergessen ihre Hand unter ihre Bluse geschoben, die rechte Brust so weit über das Körbchen des BHs gehoben, dass ihre Brustwarze herausragte, und angefangen, sie kräftig zu reiben.

Auch das war etwas Neues für sie. Seit sie mit Jesper zusammen war, hatte sie kaum Lust verspürt, sich selbst zu berühren – außer beim Einseifen unter der Dusche oder dem Auftragen der Bodylotion danach. Selten aber fand sie es besonders erregend. Jetzt jedoch verursachten ihre eigenen Finger, dass ihre Knospen sich aufrichteten und gestreichelt, manchmal auch hart geknetet und gezwickt sein wollten, und es kam vor, wenn sie alleine an seinem geerbten Sekretär saß und an Viola schrieb, dass sie diesem Verlangen nicht widerstehen konnte. Dabei presste sie ihre Schenkel und Knie fest aneinander, kniff die Pobacken zusammen und löste sie wieder, rutschte unruhig auf dem Stuhlkissen hin und her, versuchte sich – meist erfolglos – durch die Reibung Befriedigung zu verschaffen.

Daphne seufzte. Allmählich breitete sich eine warme Feuchtigkeit in ihrem Slip aus, und sie war sich fast sicher, wenn sie jetzt auf Toilette gehen und einen Blick in ihren Slip werfen würde, hätte sich darin ein nach ihrer Lust duftender Schleim gesammelt. Sogar das war neu. Sie hatte ihren eigenen Geruch niemals als angenehm empfunden. Das hatte sich grundlegend geändert.

Sie runzelte die Stirn und schaute sich ratlos um. Wenn sie nur wüsste, was sie sich ersatzweise hineinschieben könnte, um genauso viel Befriedigung wie mit Jesper zu empfinden. Natürlich gab es professionelle Mittel. Aber sie traute sich nicht, einen Dildo oder Vibrator zu kaufen, aus Angst, Jesper würde ihn finden, würde herausfinden, was sie in seiner Abwesenheit trieb, und sie würde damit seine Gefühle verletzen. Nein, das kam überhaupt nicht in Frage!

Entschlossen, es sich hier und jetzt selbst zu machen, rieb Daphne eine Brustwarze fester denn je zwischen zwei Fingern. Früher hatte sie das als unangenehm und schmerzhaft empfunden. Ihre Brustwarzen waren schnell beleidigt und entzündet gewesen, wenn Jesper mal zu lange daran gesaugt oder zu heftig gerieben hatte. Jetzt empfand sie gerade dies als besonders lustvoll, diesen leichten ziehenden Schmerz, den sie damit gleichsetzte, dass sie ihm gehörte. Ihm und keinem anderen.

Daphne räkelte sich auf dem Schreibtischstuhl und schob ihre andere Hand in die Hose, tastete über ihre geschwollene Lustspitze, erst sanft, dann fester und schneller. Alles war warm, feucht und glitschig. Sie stellte sich dabei vor, auf dem Rücken zu liegen, die Beine leicht gespreizt senkrecht nach oben gereckt, von Jespers Händen gehalten. Sie erwiderte seinen Blick, von seinen dunklen Augen magisch gefesselt, und er stieß sich wieder und wieder in sie hinein, tief und kraftvoll, besitzergreifend und erobernd, und sie jauchzte ...

Es klappte jedoch diesmal nicht. Außer einem schönen wonnigen Gefühl, das Daphne noch heißer machte, wollte sich weiter nichts einstellen, und schon gar nicht ihr ersehnter Höhepunkt. Sie gab frustriert auf, leckte ihren Finger sorgfältig ab, roch daran und nahm aufmerksam ihren eigenen Geschmack und Duft auf.

Leise kichernd setzte sie ihr Schreiben an Viola fort. Noch vor wenigen Monaten wäre sie überhaupt nicht auf die Idee gekommen, solche Sachen zu machen, mitten am Tag und dann noch ihren eigenen Schleim auflecken und es toll finden – welch ein absurder Gedanke.

«... alleine in meinem Bett, alleine in unserem Schlafzimmer, obwohl ich ihn neben mir leise schnarchen höre. Alles ist so vertraut, Viola, zum Wohlfühlen und gerne zuhause sein. Aber ich habe ein seltsames Bedürfnis danach, seine Nähe

viel stärker zu spüren. Ich sollte mich glücklich schätzen, dass Jesper mich gleichberechtigt behandelt, dass wir eine harmonische Ehe führen. Stattdessen sehne ich mich neuerdings danach, von ihm – ich wage es kaum, dir zu schreiben – Befehle zu erhalten und bestraft zu werden, gezüchtigt, wenn ich nicht funktioniere. Huch. Was soll ich bloß tun?»

Lustvolle Geständnisse

«Liebste Viola!

Leider komme ich erst heute dazu, dir wieder zu schreiben. Das Wochenende war zu ausgefüllt, außerdem hätte ich Angst, dass Jesper mich mal beim Schreiben erwischt. Unsere Freundschaft soll ja schließlich ein Geheimnis bleiben.

Sonntag war endlich mal schönes Wetter nach dieser elenden Regenperiode und wir sind gleich nach dem Frühstück mit unseren Stöcken los und drei Stunden durch den Wald gelaufen. Das hat richtig gutgetan. Die Natur ist noch so lebendig. Alles duftet nach Laub, Tannennadeln, gemähten Wiesen, Erde, Blumen. Die letzten Zuckungen des Spätsommers und die ersten Vorankündigungen des Herbstes, alles ist im Wandel begriffen – so wie ich.»

Ein wenig frustriert stellte sie fest, dass die Woche ziemlich öde verlaufen war – ihr Liebesleben betreffend. Jesper war noch nie ein großer Schmusekater gewesen. Sie dachte sich oft, wie schön es wäre, abends beim Fernsehen auf dem Sofa in seinem Arm zu liegen, aber wahrscheinlich war dies nur ein dummer romantischer Jungmädchentraum. Vielleicht gab es unter der Spezies Mann gar keine Exemplare, die gerne schmusten? Möglicherweise war dies nur der romantische Wunsch von Frauen – sie wollten schmusen, knuddeln, sich an den Partner schmiegen und seine Nähe spüren. Männer dagegen fühlten sich von zu viel Nähe eingeengt. Jedenfalls hatte Daphne auch vor Jesper keinen Freund gefunden, der ihre Sehnsucht nach einfachem Körperkontakt verstanden und erfüllt hätte. Wenn Jesper es manchmal, ohne abwehrend zu knurren, zuließ, dass sie sich im Bett an seinen Rücken kuschelte und einen Arm um ihn legte, oder umgekehrt er das mit ihr machte, dann war das immerhin ein akzeptabler Ersatz, auch wenn sie mehr davon vertragen hätte.

In letzter Zeit stellte sie sich oft vor, wie es wäre, wenn sie sich abends zusammen einen Film ansahen, statt nebeneinander ihm zu Füßen zu sitzen, seine Hand auf ihrem Kopf oder in ihrem Nacken, vielleicht sogar gefesselt, unfähig aufzuspringen und wegzulaufen, dabei wollte sie das ohnehin nicht, aber alleine das Gefühl, es gar nicht entscheiden zu dürfen, verursachte ein lustvolles Kribbeln in ihrem Körper.

«Wie es aussieht, hat sich mein Problem tatsächlich von nicht-geil auf supergeil verschoben. Ich denke Tag und Nacht nur noch daran, Jesper zu streicheln,

von ihm angefasst und beglückt zu werden. Ich habe aufgehört zu zählen, wie oft am Tag ich feucht werde oder meine Brustwarzen lustvoll anschwellen. So häufig wie jetzt haben sie sich noch nie in meinem Leben hart durch die Kleidung abgebildet! Mehr denn je fühle ich mich wie eine richtige Frau. Ich lebe! Aber was ist das für ein Leben, das ohne Erfüllung vergeht?

Vor meiner Therapie war nichts in Ordnung, ich war todunglücklich mit meinem in Schlaf gesunkenen Körper, aber nun wird meine Lust für mich manchmal zur Last! Wenn ich sie nicht ausleben kann und bei Tag und Nacht nur noch an das eine denke, dabei eine bis dahin nicht gekannte Sehnsucht nach seiner Dominanz spüre, ja beinahe wie eine läufige Hündin auf der Suche nach dem Alpharüden herumrenne –, dann bin ich mir nicht sicher, ob ich nicht besser mit der Hormontherapie aufhöre – oder aber konsequent allem ein Ende setze ...»

Daphne hatte lange nicht mehr gefühlt, wie nahe die Sehnsucht nach Leben oder Tod nebeneinanderliegen konnten. Einerseits fand sie den Gedanken vollkommen absurd, andererseits überfiel sie manchmal für Minuten eine depressive Stimmung, in der sie sich alles vorstellen konnte, auch das Schlimmste. Ihr war zum Heulen zumute.

Als junge Frau, bevor sie Jesper kennen gelernt hatte, hatte sie es schon einmal erlebt, dass sie sich unnütz und überflüssig vorkam, sich ein ums andere Mal ohne passende Antworten fragte, wozu dieses Leben gut sein sollte. Wozu war sie auf der Welt? War sie denn zu irgendetwas nützlich? Es genügte oft eine Kleinigkeit, ein dummer Spruch von Kollegen oder Fremden, der ihr Selbstwertgefühl ins Wanken brachte. Aber irgendwie, sie wusste selbst nicht mehr wie, war sie aus diesem Tief aufgestiegen und das scheinbar ohne besondere Schäden.

Obwohl sie Viola sonst alles anvertraute, was sie bewegte, wagte sie es an dieser Stelle nicht, ihr zu erzählen, wie nahe sie derzeit an diesem Abgrund stand. Eine gähnende dunkle Leere tat sich immer öfter vor ihr auf und zog sie magisch an. Wieder einmal machte sie nur eine Andeutung.

«Jesper hat mich schon gefragt, was mit mir los ist, aber ich konnte es ihm nicht so richtig erklären. Wenn ich ihm sage, es hängt mit der Hormontherapie zusammen, glaubt er am Ende noch, es sei nicht wichtig für mich, mit ihm zu schlafen, sondern ich wäre so geil, dass ich einfach nur irgendeinen Mann bräuchte. Aber das ist nicht so! Ich will nicht irgendjemanden, ich will ihn – nur ihn! Es macht mich nicht mehr als sonst an, fremde Männer anzuschauen. Natürlich schau ich gerne mal auf einen knackigen Arsch, so wie Männer uns Frauen auf die Titten

starren – aber es geilt mich nicht auf. Jespers nackter Hintern dagegen – ich würde in jedem Augenblick zu gerne meine Finger darauf pressen, dann meine nackte Scham an ihm reiben – wenn sie denn richtig nackt wäre! – ihn von hinten umarmen, über seine kleinen festen Knöpfe streicheln – bis er es nicht mehr erträgt, sich zu mir umdreht, sich auf mich wirft und mich nimmt. Hemmungslos, schnell und impulsiv.»

Sie gab ein leises, verzweifeltes Lachen von sich, zuckte über dem süßen Schmerz in ihrem Schoß zusammen, las ihre letzten Zeilen noch einmal durch und fuhr fort.

«Nun stell dir vor, während wir also durch den Wald laufen und uns über alles Mögliche unterhalten – es waren übrigens gute Gespräche heute! – sehnte ich mich danach, dass er mich irgendwann ins Gebüsch ziehen würde, um es mit mir zu treiben. Aber nicht einfach so. Ich wage kaum, dir meine Gedanken mitzuteilen, aber du bist ja verschwiegen, nicht wahr – also, er nimmt seinen Gürtel ab, bindet mir die Hände am nächsten Baum an und zieht mir die Hose herunter, macht meinen BH auf, fängt an mich zu streicheln. Dann hört er plötzlich auf, geht weg und ich sterbe fast vor Angst. Als er wiederkommt, hat er Zweige in der Hand, formt eine Art Rute, züchtigt mir damit meinen Po, es brennt vermutlich. Ich habe ja keine Ahnung, ich stelle es mir einfach nur schrecklich aufregend vor. Und dann, endlich umarmt er mich, streichelt mich erneut und nimmt mich in einem lustvollen und zugleich harten Ritt. Hach! Wie pubertär, oder? Und während ich dir dies schreibe, fühle ich es schon wieder bei mir einschießen und weiß nicht, wohin damit.»

Sie sprang auf, rannte einmal die Treppe wie gehetzt hinunter und wieder hinauf, wiederholte das Ganze mehrmals, bis sie schwitzte und völlig außer Atem war, aber es wurde nicht besser. Schließlich riss sie sich die Kleider herunter, duschte sich minutenlang eiskalt ab, bis ihre Zähne klapperten und eine unübersehbare Gänsehaut davon zeugte, dass sie fror. Beim Abtrocknen vermied sie bewusst jegliche Reibung an ihren sensibelsten Stellen und setzte sich dann, nur mit einem Nachthemd bekleidet, wieder an den Sekretär, um weiterzuschreiben.

«Fast schäme ich mich, liebste Freundin, dir mehr zu erzählen. Aber wenn nicht dir, wem dann? Heute Nacht habe ich davon geträumt und dann bin ich nass aufgewacht, mit meiner Hand zwischen den Schenkeln ... Ich habe vor lauter Lust gezittert, mich aufgebäumt, gewunden, gekeucht und konnte mich kaum beruhigen.»

Daphne ächzte. Die Wirkung der kalten Dusche begann bereits wieder zu verfliegen.

«Beinahe wäre ich neben Jesper zum Höhepunkt gekommen, nur sein Schnarchen erinnerte mich daran, dass ich nicht alleine war, und hielt mich davon ab, mich meiner Lust vollkommen ungehemmt hinzugeben.»

Mit fest zusammengepressten Schenkeln versuchte Daphne verzweifelt, ihre Begierde zu unterdrücken. Sie schloss die Augen, drückte ihren Kopf nach hinten gegen die hohe Stuhllehne. Aber die Erregung war so stark, dass sämtliche Fasern ihres Unterleibs zu zucken begannen, sie ihren Po zusammenkniff, damit aber nur erreichte, dass ihr Zittern schlimmer wurde, und sie fühlte, dass sie jetzt ihrem Orgasmus entgegenstrebte, und ergab sich hilflos in den Stuhl zurücksinkend ihrem Höhepunkt.

Eine Weile blieb sie einfach erschöpft sitzen, ehe sie in der Lage war, weiterzuschreiben und den Brief an Viola zu beenden.

«In diesem Augenblick war ich so heiß, dass ich mich an Jesper schmiegte, meinen Arm um ihn legte und über seine Brustwarzen strich. Aber er hielt meine Hand fest, brummte nur schläfrig, was los wäre. Er hat ja Recht. Was fällt mir mitten in der Nacht ein, ihn aus dem Schlaf heraus zu verführen und zu erwarten, dass es funktioniert. Ich hätte allerdings nichts dagegen einzuwenden, wenn er das mit mir machen würde. Es bleibt mir aber wohl nichts anderes übrig, als abzuwarten und ihm die Initiative zu überlassen ...»

Das Gefühl, auch weiterhin mit einem ungelösten Problem konfrontiert zu sein, ließ Daphne trotz der offenen Worte an ihre Freundin nicht los.

Heimliche Recherchen

«Liebste Viola!

Wie gut, dass ich dich habe, wenigstens eine Person, der ich meine Heimlichkeiten anvertrauen darf! Bisher habe ich Computer nur als Arbeitsinstrumente betrachtet und Jespers Laptop zuhause kaum genutzt. Aber jetzt bin ich richtig froh, dass er mir mal gezeigt hat, wie man damit ins Internet geht und – dass meine halben Arbeitstage mir genügend Zeit lassen, unbemerkt am Nachmittag im Internet zu surfen. Ich hätte nie gedacht, dass es derart interessant und aufregend sein könnte!»

Daphnes Job als Chefassistentin eines Rechtsanwalts brachte es mit sich, dass sie sich zwangsläufig mit der Bedienung eines Computers angefreundet hatte. Warum Jesper allerdings manchmal stundenlang davorsaß, um im Internet zu surfen, hatte sie nie verstanden, obwohl er versuchte, es ihr schmackhaft zu machen. Wenigstens hatte sie so viel von seinen Erklärungen verstanden, dass sie nun unter der Eingabe bestimmter Stichwörter das fand, wonach sie suchte.

Ganz wohl war ihr allerdings nicht dabei. Sie fühlte sich ein wenig wie ein Kind, dass es nicht lassen kann, verbotene Dinge zu tun. Ständig horchte sie, ob er nicht vielleicht eher nach Hause kam und sie dabei ertappen würde, wie sie aufregende erotische Geschichten las oder fassungslos in Erotikshops herumklickte. Sie befand, dass sie ziemlich naiv, fast unschuldig durchs Leben gestolpert war, was Sexspielzeug und erotische Fantasien betraf – was sicherlich auch Vorteile mit sich gebracht hatte. Aber in ihrer derzeitigen aufgewühlten Verfassung befriedigte sie es, Bilder anzusehen, die sie früher als unanständig abgetan hätte, oder Geschichten zu lesen, die sie an den Rand eines Orgasmus trieben.

Auf einmal verstand sie, dass ihre wilden nächtlichen Fantasien gar nicht so ungewöhnlich oder abartig waren, wie sie geglaubt hatte. Sie hatte Jesper gegenüber diese noch nie erwähnt, weil sie sich fürchtete, ihn mit ihren Neigungen zu konfrontieren. Es gab Internetseiten, in denen diverse Subkulturen ihre persönlichen Tipps austauschten und Ratschläge in der Handhabung von Instrumenten zur sexuellen Züchtigung gaben, die sie beim ersten Mal so erschreckten, dass sie die Seite schnell wegklickte und mit klopfendem Herzen den Computer ausschaltete. Aber ihre Neugierde war viel zu groß, um dem Reiz zu widerstehen, und bereits am nächsten Tag loggte sie sich wieder ein und berauschte sich an all dem Neuen – neu in dem Sinne, dass das, was sich in ihrem Kopf abspielte, dort teilweise dem Niedergeschriebenen entsprach. Manches war zu heftig, als dass sie es sich für sich selbst vorstellen mochte, aber anderes bestätigte ihre eigenen Fantasien, erregte sie sofort und sie wünschte sich nichts sehnlicher, als es auszuprobieren.

Aufgeregt berichtete sie Viola ausführlich von ihren Entdeckungen und rechtfertigte, warum sie das tun musste und warum sie Jesper nicht davon erzählte. Wie denn auch – nach mehreren Jahren Ehe interessierte sie sich für eine Art von Erotik, die sie früher als undenkbar abgetan hatte! Hatte sie das? Sie war sich nicht einmal mehr darüber im Klaren. Gab es da eine große Schublade in ihrem Gehirn, in die sie alle heimlichen Wünsche verbannt hatte, voller Scham, weggeschlossen in einem Tresor, zu dem sogar sie selbst nicht den Aufenthaltsort des Schlüssels kannte und der jetzt wie durch ein Wunder geknackt worden war? Und was noch schlimmer wog – welche Fantasien hatte eigentlich Jesper? Hatte er womöglich ebenso wie sie darüber geschwiegen und litt ähnliche Qualen? Hatte sie selbst ihn vielleicht, ohne es zu wissen, durch Bemerkungen oder Verhaltensweisen ausgebremst? Sollte sie es ihm sagen, wie sie inzwischen fühlte und dachte? Wie würde er wohl reagieren? Was würde er davon halten?

«Ich muss vollkommen verrückt sein, liebste Viola. Warum geschieht das mit mir? Ist es wirklich nur die Hormontherapie oder befinde ich mich gleichzeitig in einer neuen Lebensphase, die dieses Verlangen in mir hervorruft, dass ich beinahe verbrenne? Du solltest mal Jesper hören, wenn er zu philosophieren anfängt. Er sagt, jeder Mensch macht mehrere Phasen in seinem Leben durch, die eklatante Änderungen mit sich brächten, ob man das nun wolle oder nicht. Ich habe mir darüber nie ernsthaft Gedanken gemacht, es einfach akzeptiert, ja, warum sollte es nicht so sein. Aber wie so oft, wenn man glaubt, das passiert nur anderen, aber niemals einem selbst, tritt genau das Unerwartete ein.

Wenn du mir nur einen Rat geben könntest, meine schweigsame Freundin. Soll ich die Flucht nach vorne antreten, ihm alles beichten, ihn mit meinen Empfindungen konfrontieren? Oder bringe ich so viel Geduld auf, strategisch vorzugehen, ihn langsam einzubeziehen? Oh, ich fürchte, ich schaffe weder das eine noch das andere!

Dabei geht meine Geilheit mit mir mehr und mehr durch und ich wünschte mir dabei, er würde mich aus diesem Kreislauf befreien!

Neulich war er ausnahmsweise mal eher zuhause als ich, saß am Tisch und las die Tageszeitung. Wir gaben uns nur einen flüchtigen Kuss, aber in diesem Moment hatte ich die Fantasie, er würde mich einfach packen, zu sich nah heranziehen, mir über meine Brüste streicheln, meine Bluse und meine Hose öffnen, bis über den Po herunterziehen, über die nackte Haut streicheln und –»

Daphne musste kurz beim Schreiben innehalten. Ihre Hand zitterte vor Erregung. Sie legte den Stift weg, schüttelte die Hand kräftig aus und fuhr dann hastig fort.

«– mich dann über seine Schenkel ziehen, um mir genussvoll, aber nicht zu hart den Hintern zu versohlen mit dem spielerischen Tadel, ich hätte das verdient, weil ich zu spät heimgekommen sei. Danach, wenn mein Hinterteil gerötet und ich etwas verlegen wäre, hätte er mich gestreichelt und schließlich auf dem Sofa mit mir Liebe gemacht. Sind das nicht wunderbar frivole Gedanken? Wie bringe ich ihn dazu, es auf diese Weise mit mir zu treiben? Oder verhalte ich mich kindisch? Bin ich zu alt für solche erotischen Spielereien?»

Wie schon mehrfach in letzter Zeit schloss Daphne ihr Schreiben mit einer Frage oder einer frustrierten Feststellung. Sie bewegte sich im Kreis, nein – noch schlimmer, in einer Spirale, die sich unaufhaltsam immer enger und enger zusammenzog. Sie hatte keine Ahnung, was passieren würde, wenn sie in der absolut verengten Mitte ankäme, aber sie hatte manchmal das Gefühl, sie würde ersticken.

Daphne beendete ihre handschriftlichen Zeilen an Viola und richtete ihre Aufmerksamkeit nun auf den Computerbildschirm, surfte noch eine Weile ziellos im Internet herum, loggte sich dann aus, klappte den Laptop zu und ging nach unten, um im Wohnzimmer zu bügeln.

Aber auch dabei schweiften ihre Gedanken immer wieder zu ihrem Problem zurück, dass sie sich wünschte, Jesper würde mehr Dominanz ausstrahlen, sie unter ihre Fittiche nehmen, in jeglicher Hinsicht mehr von ihr verlangen. Es gab eine Zeit, da hätte sie ihn genau aus denselben Gründen verlassen, sich niemals auf ein sexuelles Rollenspiel eingelassen. Sie hätte ihn für brutal gehalten, für abartig, pervers, für einen Frauenverächter. Jetzt wünschte sie sich genau dieses, von ihm gefesselt zu werden, mit verbundenen Augen auf seine Liebkosungen oder eine Züchtigung wegen angeblichen Ungehorsams zu warten. Sie zog sogar in Erwägung, dass er sie lüstern am ganzen Körper berührte, sie dann zitternd vor Lust hinhielt, verschnürt, festgebunden – eine Viertelstunde, eine halbe Stunde oder länger. Und sie könnte nichts dagegen tun, rein gar nichts, als ihn anzubetteln, damit er weitermachte. Ja, vielleicht nicht einmal das, denn er könnte ihr verbieten zu sprechen und sie für jedes Wort strafen, sie erst recht zappeln lassen und sie würde dabei bestimmt immer geiler werden. Sie wäre seiner Entscheidung völlig ausgeliefert.

Daphne gestand es sich ein: Sie war zu allem bereit, nur um von ihren Problemen erlöst zu werden und letztlich beschützt in seinen starken vertrauten Armen zu schmachten, und sie verachtete sich im selben Moment dafür, dass sie diesen Ausweg suchte und bereit war, ein Stück ihrer Freiheit, ihrer Selbstständigkeit, im schlimmsten Fall sogar ein Stück ihrer Persönlichkeit zugunsten des Erlebens einer heimlichen Sehnsucht aufzugeben.

«Autsch!» Erschrocken zog sie ihren Arm vom Bügeleisen zurück. Vor lauter Nachdenken hatte sie sich die Kante des Bügeleisens gegen den Unterarm gedrückt. Hastig stellte sie es ab und lief in die Küche, um kaltes Wasser über die verletzte Haut laufen zu lassen. Mit verkniffenem Gesicht betrachtete sie den geröteten Strich, der eine Kerbe in den Arm gebrannt hatte.

Ein Wunsch geht in Erfüllung

«Liebste Viola!

Das Unglaubliche ist geschehen. Als hätte ich einen Wunschzettel an eine Fee geschrieben, die bereit ist, geheime Wünsche zu erfüllen. Stell dir vor: Ich habe meinen Meister gefunden und er hat mich zu seiner Lustsklavin gemacht! Jetzt zittere ich vor dem Unbekannten, vor Angst und Erwartung.» Daphne hielt kurz inne, horchte mit klopfendem Herzen, schrieb dann schnell weiter. *«Er kommt. Ich muss Schluss machen und berichte dir wann anders alles Weitere!»*

Feste Schritte näherten sich über die knarrende Holztreppe. Die aufgeklebten Teppichmatten dämpften nur wenig den männlich markanten Auftritt. Hastig versteckte Daphne ihr Schreibzeug hinter einigen Büchern und nahm den Kunststoffwedel in die Hand, mit dem sie normalerweise den Sekretär und die Bücherregale abstaubte, wartete leicht vorgebeugt und mit gesenktem Blick, die Hände mit dem Wedel wie befohlen auf den Rücken gelegt, als er hereinkam.

«Hast du alle deine Pflichten erfüllt?» Seine Füße machten genau vor ihr Halt. Sie stellte fest, dass seine Socken im Bereich der großen Zehen allmählich fadenscheinig wurden. Sie würde ihm nächste Woche ein paar neue kaufen. Seine Stimme klang streng, als er seine Frage nach der Erfüllung ihrer Aufgaben stellte, aber weder unbeherrscht noch drohend. Daphnes Nervosität legte sich ein wenig. Er würde nichts zum Bemängeln finden.

«Ja, *Meister*. Ich habe dein Arbeitszimmer aufgeräumt, wie du gewünscht hast, die Briefmarken aus den von dir gesammelten Kuverts geschnitten, die Zeitungen aussortiert, das Altpapier in den Keller hinunter getragen, Staub gewischt – also alles gemacht, was du mir aufgetragen hast.»

Erschrocken hielt sie still, als er sich über sie herunterbeugte, ihren Kopf ein wenig tiefer drückte, wobei sie ihren Po automatisch mehr nach oben streckte, um ihr rechts und links in schneller Folge mehrere laute Klapse auf den Po zu geben. Es war nicht schmerzhaft, aber sie fühlte sich gemaßregelt und zugleich angemacht. «Was *Ihr* mir aufgetragen habt! Du beherrschst diese respektvolle Anrede immer noch nicht?», herrschte er sie mit strengem Tonfall an.

«Verzeiht *Meister*, ich werde mich bessern. Ich habe alles gemacht, was *Ihr* mir aufgetragen habt!», erwiderte sie zaghaft.

«Gut, ich werde das Ergebnis deiner Arbeit später kontrollieren. Zunächst aber werden wir an deinen Antworten und deiner Erziehung arbeiten. Es kann nicht angehen, dass du es an der gebührenden Höflichkeit mir gegenüber immer noch fehlen lässt!»

Daphne biss sich verlegen auf die Unterlippe. Wieso nur konnte sie sich diese dämliche, altmodische Ausdrucksweise nicht merken? Es war reine Schikane, dass er sie verlangte! Warum durfte sie ihn nicht einfach weiter duzen? Reichte es denn nicht, dass sie ihn mit *Meister* ansprach? Andererseits – wenn es sein Wunsch war, würde sie sich anstrengen, diesen künftig auszuführen. Sie wollte doch nichts anderes, als ihm gefallen und zu Willen sein, damit er so viel Zeit wie möglich mit ihr verbrachte, ihr seine Aufmerksamkeit schenkte und aufregenden Sex mit ihr machte.

Seine Stimme riss sie unsanft aus ihren Gedanken.

«Wir gehen nun die Regeln noch einmal durch, und überlege genau, ehe du antwortest, und achte darauf, dass deine Antworten vollständig sind.»

«Ja, *Meister*.»

Er setzte sich in seinen ausladenden Schreibtischstuhl, legte die Unterarme auf die mit Leder bezogenen Armlehnen, drehte den Stuhl seitlich zu dem alten Sekretär und musterte sie von oben bis unten. Es war nicht zu übersehen, dass sie sich in ihrer Haut ein wenig unwohl fühlte, sich in ihrer Nacktheit vor ihm genierte. Und ganz sicher war sie erregt, denn ihre Brustwarzen hoben sich fest und steil von ihren Brüsten ab und eine zarte Röte überzog ihre Wangen bis zu den Ohrspitzen. Oder konnte es sein, dass er sie bei irgendetwas gestört hatte? Sein Blick fiel auf den Laptop, der zugeschlagen auf dem Sekretär lag. Nein, gesurft hatte sie sicherlich nicht. Alle Lämpchen des Computers waren aus und die Zeit hätte ihr nicht gereicht, ihn schnell herunterzufahren. Aber die Bücher im Regal – sie waren verschoben, standen mit der Vorderkante nicht bündig am Regalbrett ausgerichtet. Sie hatte also wieder heimlich geschrieben. Jesper verkniff sich ein Grinsen. Schon seit Langem wusste er, hinter welchen Büchern sie ihr Geheimnis verbarg.

Er winkte Daphne näher zu sich heran und wies mit der Hand auf den Boden vor seinen leicht geöffneten Beinen. Sie gehorchte sofort und sank vor ihm auf die Knie. Dabei achtete sie darauf, ihre Schenkel ein wenig zu spreizen, die Hände auf dem Rücken zu lassen und das Kreuz gerade durchzustrecken, wie er es von ihr als Sklavin erwartete. Ihre Brüste zittern nach von der Bewegung und er sah ihr an, dass es ihr ein wenig peinlich war. Wahrscheinlich genierte sie sich, weil er angezogen war, sie jedoch wie von ihm befohlen splitternackt. Obwohl der Gedanke absurd war, nach so langer gemeinsam verbrachter Zeit, aber die Situation war neu und es war immerhin möglich.

«Sieh mich an! Wie hast du mich anzureden?»

«Ich habe dich – *oh, verflixt*, verzeiht mir bitte noch einmal *Meister!* – ich habe *Euch* mit *Meister* und in ehrerbietiger Höflichkeit anzusprechen!» Sie lächelte verlegen.

Jesper sah sie erwartungsvoll an. «Und weiter?»

Daphne schluckte. Was hatte sie vergessen? Es durchfuhr sie heiß. «Und ähm, ich habe Euch um eine Strafe zu bitten, wenn ich einen Fehler begangen habe. Ich bitte Euch also hiermit demütig, mich für die falsche Anrede Eurer Person zu bestrafen.»

Ihre Wangen glühten vor Verlegenheit noch mehr als zuvor, sie fühlte die Hitze, die fast bis zu den Ohren ausstrahlte, und sie wich seinem prüfenden Blick aus.

«Gut», erwiderte er. «Zu deiner Bestrafung kommen wir später. Was habe ich dir noch über dein Verhalten beigebracht?»

Daphne begann die Verhaltensregeln aufzuzählen und bemühte sich, ihn dabei anzuschauen, was ihr aber nicht durchgängig gelang.

«Erstens. Ich habe meinen *Meister* nur anzusehen und anzusprechen, wenn ich dazu aufgefordert werde. Zweitens. Ich habe alle Befehle meines *Meisters* ohne Widerspruch und unverzüglich auszuführen. Drittens. Ich habe jegliche Bestrafung durch meinen *Meister* ohne Widerspruch hinzunehmen und mich anschließend dafür zu bedanken.

Viertens. Wenn mein *Meister* den Raum betritt, habe ich niederzuknien, mit gesenktem Kopf und auf den Rücken oder seitlich angelegten Händen seine Befehle zu erwarten.

Fünftens. Ich habe keinen freien Willen. Für jede Handlung habe ich meinen *Meister* um Erlaubnis zu bitten.»

Sie hatte klar und deutlich gesprochen, konzentriert, ohne Hast. Obwohl es ihr unangenehm war, ihren Willen zur Unterwerfung laut zu wiederholen, spürte sie nun ein ziehendes Verlangen in ihrem Schoß und es wäre ihr nichts lieber gewesen, als wenn sie ihn hätte anfassen und streicheln dürfen. Sie unterdrückte nur mühsam das Bedürfnis, auf seinen Unterleib zu starren. Es wäre ihr sehr recht gewesen, wenn er verlangt hätte, dass sie sich ihm zur Verfügung stellte, damit er sie nehmen konnte, wann und wo und wie er wollte. *Sie war seine Sklavin, sein Eigentum, sein Spielzeug. Ihr Körper gehörte nicht länger ihr, es war sein Besitz und sie sehnte sich danach, dass er diesen benutzte. Denn sie ahnte, dass es ihr unendliche Lust und tiefe Befriedigung geben würde.* Dabei hatte Jesper diese extrem devote Haltung von ihr überhaupt nicht verlangt. Er hätte niemals Sex mit ihr gemacht, ohne sicherzustellen, dass sie dazu bereit und wirklich erregt war. Daphne wusste das. Er war viel zu gefühlvoll und hatte ein zu gutes Herz, um so etwas von ihr zu verlangen. Aber sie fantasierte sich das zusammen, während sie vor ihm kniete.

Doch die Hauptsache war, sie durfte in seiner Nähe sein, ihn gelegentlich berühren und dann im Laufe des Tages hoffen, dass er ebenso sehr Lust auf sie hatte wie sie auf ihn. Zu allererst aber war sie glücklich, dass *der Wunsch schlechthin* in Erfüllung ging, der sie schon ihre ganze Beziehung lang quälte: mehr Körperkontakt. Sie lechzte danach, von ihm in den Arm genommen oder irgendwo berührt zu werden, kurze, beinahe flüchtige, zärtliche Berührungen, und sei es ein Klaps auf ihrem Hintern.

Jesper las in ihrem Gesichtausdruck wie in einem Buch. Zu gerne hätte er ihrem Verlangen nachgegeben. Aber das widersprach seinem Anspruch, dieses Spiel möglichst realistisch durchzuziehen, sie auf ihre eigene Befriedigung warten zu lassen und es auch als ein Privileg zu gestalten, wenn sie ihn anfassen durfte.

Er beugte sich zu ihr vor, nahm ihre Brüste fest in seine Hände, drückte sie zur Mitte zusammen, bis sie sich berührten, und fuhr mit den Daumen fest über ihre dunklen Spitzen. Daphne zuckte wie unter einem elektrischen Schlag zusammen und schnappte unter dem Schmerz ächzend nach Luft. «*Meister*, darf ich Euch auch berühren ...»

Jesper fiel ihr ins Wort. «Nein, jetzt nicht.» Er fuhr fort, über ihre harten lüsternen Nippel zu streicheln, ergötzte sich an ihren hilflosen Zuckungen, in dem Bemühen, seinen Anweisungen Folge zu leisten und ihre Hände auf dem Rücken zu belassen. Nach wenigen Minuten hörte er auf und lehnte sich wieder zurück. Lächelnd begegnete er ihrem vorwurfsvollen Blick. «Mehr davon gibt es später, wenn du artig warst.» Sein Blick glitt über ihren Bauch herunter und zufrieden stellte er fest, dass es zwischen ihren Schenkeln feucht glänzte. Er würde genau das mit ihr machen, was sie sich insgeheim wünschte.

«Ja, *Meister*», antwortete Daphne seufzend. Ihr Körper glühte vor Verlangen. Sie spürte noch immer, wo seine Hände sie berührt hatten. Ihre Haut war wie elektrisiert.

«Nächste Lektion. Du wirst dir heute fünf Möglichkeiten überlegen, wie ich dich künftig strafen soll. Du wirst sie in Härtegrade einteilen und schriftlich begründen. Es müssen nicht nur Strafen sein, die dir weh tun. Schreib ruhig auch dazu, was dir besonders peinlich wäre. Du darfst dich dazu an den Wohnzimmertisch setzen, wenn ich später einen kleinen Mittagsschlaf mache. Hast du das verstanden?»

Daphne lief ein kalter Schauer über den Rücken. Sie sollte was ...? Doch zu ihrem eigenen Erstaunen antwortete sie brav. «Ja, *Meister*, wie Ihr wünscht.»

«Nicht schlecht. Eine vorzügliche Ausdrucksweise. Du hast die Höflichkeitsform also doch begriffen. Ich werde es positiv bewerten, wenn du dich weiterhin anstrengst.»

Sie fühlte ein wenig Stolz für dieses Lob und wagte ein Lächeln. Aber für übermütige Gefühle blieb ihr keine Zeit, denn der Dämpfer folgte sofort.

«Allerdings muss ich dich noch für deine anfänglichen Fehler strafen. Und dafür, dass du offenbar schon wieder ganz geil bist.»

«Aber dafür kann ich doch nichts, Jesper, wenn meine Hormone ...», entfuhr es Daphne hitzig und sie schaute zu ihm auf.

Er beugte sich vor und schob mit seinen Fingern ihre feuchten Schamlippen auseinander, bis ihre geschwollene Perle offen vor ihm lag. Zärtlich strich er darüber und beobachtete ihre Reaktion. Es erregte ihn in zunehmendem Maße, wie sie trotz ihrer Lust versuchte, ihm zu gehorchen und still zu halten. «Habe ich dir erlaubt zu widersprechen? Habe ich dir erlaubt, mich mit meinem Namen anzusprechen?», kritisierte er mit gespielter Strenge.

Daphne biss sich auf die Unterlippe und winselte leise vor Erregung. Ihre Schenkel zitterten in dem Bemühen, sie gespreizt und ruhig zu halten. Demütig schaute sie zu Boden und bat mit einem lüsternen Hauchen: «Nein, *Meister,* Ihr habt Recht, ich bin unerlaubterweise zu geil. Straft mich dafür!»

Sie schien absolut verlegen zu sein über das, was nun folgen würde, und das war gut so. Wenn sie sich genierte und trotzdem fügte, hatte er einen Grund, ihr entgegenzukommen und ihr das Spiel leichter zu machen. Es war nicht zu übersehen, dass sie die Aussichten erregten, sich seinem Befehl beugen zu müssen und einer Bestrafung ausgesetzt zu sein.

«Hm, steh auf und leg dich mit dem Oberkörper auf die Tischplatte! Die Arme weit nach vorne strecken!», befahl er ihr barsch.

Aufgeregt folgte Daphne seiner Anweisung. Sie hatte sich schuldig gemacht. Es war daher nur gerecht, wenn er sie strafen würde. Ihre nackten vollen Brüste quetschten sich auf der kühlen Lederunterlage platt. Sie senkte den Kopf zwischen ihre ausgestreckten Arme, bis sie mit der Nase auf der Tischplatte aufstieß. Ihr Unterleib drückte sich gegen die harte Tischkante und sie fühlte sich auf eine angenehme Weise unsäglich hilflos und ausgeliefert. Gerade diese prekäre Lage löste das aus, was sie sich in ihren Fantasien erträumt hatte. Die Erregung schoss unaufhaltsam weiter in ihren Unterleib ein. Mühsam unterdrückte sie ein allzu verräterisches Ächzen. Hoffentlich lief ihr nicht bereits ein Lusttropfen die Schenkel hinunter. Er würde es merken.

«Gleich noch eine Lektion! Wenn ich dir sage, du sollst dich irgendwo drüberlegen, um dich mir zu präsentieren, dann spreizt du deine Beine so weit, wie du kannst! Und das alles ein bisschen schneller! *Capito?* Sollte das nicht klappen, werde ich zu anderen Maßnahmen greifen und dich gespreizt festbinden, bis du es begriffen hast.» Jesper gab sich große Mühe, streng zu klingen. Daphne sollte seine Befehle ernst nehmen, gleichzeitig aber die Gelegenheit erhalten, die Ausmaße des Spiels mitzubestimmen. Aber wenn sie es unbedingt wollte, brauchte sie es nur zu provozieren und dann würde er es auch ausführen. «Ist das klar?»

«Ja, *Meister!*» Sie stieß ihre Antwort heraus, als wäre sie ein Soldat auf dem Exerzierplatz und schob ihre Beine in die gewünschte Position. Erregt atmete sie intensiv ein und aus und schloss kurz die Augen. Sie würde sich fügen, sie wollte ihn nicht zu sehr herausfordern, obwohl ihr der Gedanke gefiel, dass er sie gespreizt fixieren und anschließend ungehindert bestrafen könnte. Nein, sie würde ihm beweisen, dass sie gehorchen konnte, damit er sie *belohnte*, und er sollte sie nicht mehr als nötig züchtigen, obwohl dieser Gedanke einen Reiz auf sie ausübte. Aber vielleicht wollte er das gar nicht? Und vielleicht würde sie es gar nicht mögen, obwohl sie es sich so sehr wünschte? Daphne war zwischen diesen Möglichkeiten hin- und hergerissen.

Für einen Augenblick dachte sie an die leichte Erziehungsmaßnahme zurück, mit der er sie, nachdem er im Bett gefrühstückt hatte, auf ihren Sklavenstatus verwiesen hatte. Sie hatte ihre Beine gespreizt, musste sich nach unten beugen und ihre Hände um ihre Unterschenkel legen. Dann hatte er zunächst mit seinen Händen ihre Pohälften, danach ihre Schamlippen weit auseinandergezogen und mit seinen Fingern ihre Körperöffnungen betastet. Sie kam sich ein wenig vor wie eine Stute, deren Rossigkeit überprüft wird, um festzulegen, wann man sie am besten dem Hengst zum Besamen bringen sollte. Es war einerseits hochpeinlich, andererseits aber sehr aufregend. Sie genoss die Berührung seiner Hände und wie er seine Nase schnüffelnd ihrem Schoß näherte, wie seine Finger über ihren Po hinab zu ihrer Spalte strichen – um sich dann zu ihrer großen Enttäuschung zurückzuziehen, statt in sie einzudringen.

Daphne konnte nur erahnen, dass er dabei lediglich feststellen wollte, wie willig sie seinen Befehlen gehorchte, auch wenn sie deren Sinn nicht verstand, vielleicht wollte er aber auch nur riechen, fühlen, sehen, wie nass und geschwollen sie vor Geilheit war. Er hatte ihr seine Beweggründe nicht verraten. Dann aber hatte er sie, wie auch am Freitagabend, dem Beginn ihres Spiels, gezüchtigt, indem er sie über seine Schenkel befohlen und ihr mit der flachen Hand zunächst leicht, dann kräftiger auf jede Pobacke geklatscht hatte, bis beide leicht zu brennen begannen. Sie hatte sich ächzend auf seinem Schoß gewunden und einen Klaps auf ihre Hände kassiert, als sie ihre glühende Kehrseite betasten wollte. Dann wurden seine Klapse schwächer und zuletzt hatte er ihren Rücken gestreichelt, sie herumgedreht, sich über sie gebeugt, an ihren Nippeln gesaugt, sie überall am Körper geküsst, ihr erlaubt, ihn zu streicheln, und dann mit ihr geschlafen.

Es war nicht der Schmerz, der sie aus der Fassung brachte und den sie jetzt aufgeregt erwartete, sondern die Tatsache, dass sie sich seiner Züchtigung beugen musste, wann immer es ihm notwendig erschien, begründet oder einfach aus einer Laune heraus. Es war ein bisschen anders, als sie es sich in ihren erotischen Fantasien vorgestellt hatte, noch erniedrigender, absoluter, direkter – und zu ihrer Überraschung tatsächlich erregend.

Jespers Stimme forderte wieder ihre ganze Konzentration. «Wiederhole, wofür erhältst du nun von mir eine Strafe, Sklavin?»

«Ihr werdet mich für meine Widerworte und für meine mangelnde Höflichkeit Euch gegenüber bestrafen, *Meister!*» Sie starrte auf die dunkle Tischplatte unter sich. «Und weil es Euer Recht als mein *Meister* ist, mir Grenzen aufzuzeigen.»

Jesper grunzte zufrieden und verzichtete auf weitere Worte. Er zog seinen Ledergürtel aus der Jeans, nahm ihn doppelt und hielt ihn Daphne unter das Gesicht, damit sie ihn küsste. Sie betrachtete entsetzt den Gürtel, gehorchte dann und drückte widerstrebend ihre Lippen darauf. Jesper hielt ihn kurz auf ihren Po, um Maß zu nehmen und sie wartete ängstlich auf den ersten schmerzhaften Schlag. Ihr stockte vor Schreck der Atem. Welcher Schmerz stand ihr bevor? Die Erkenntnis, dass sie sich nach etwas sehnte und zu etwas bereit erklärte, wovon sie nicht wirklich Ahnung hatte, war mit einem Mal erschreckend. Hatte er nicht gesagt, er würde ihr niemals wirklich wehtun, weil alle Züchtigungen vor allem dazu dienen sollten, ihre gemeinsame sexuelle Lust zu befriedigen und dabei Neuland zu betreten? Hatte er nicht versprochen, sie einzubeziehen, sie über die Härte und Art seiner Bestrafungen mitbestimmen zu lassen, damit sie beide ihren Spaß bei diesem Spiel hatten und aus dem Spiel nicht Ernst wurde? Abwartend presste sie Zähne und Lippen aufeinander, um seinem Befehl Folge zu leisten, stillzuhalten und nicht zu schreien.

Dann klatschte jedoch anstelle des Gürtels seine flache Hand auf ihren Po. Einmal, zweimal, dreimal, wieder und wieder auf dieselbe Stelle, nur leicht, aber mit der Zeit doch spürbar. Die freigesetzten Endorphine trieben Daphnes Lust in die Höhe. Jespers Hände waren groß genug, um eine große Fläche ihres Gesäßes zu bedecken. Er klatschte gleichmäßig rundherum auf ihre Rundungen, nichts wurde ausgelassen, bis zum Ansatz ihrer

Schenkel. Dumpf ächzte sie zwischen den Lippen ihr Erstaunen hervor. Hitze breitete sich auf ihrer Haut aus. Es war weniger schlimm, als sie erwartet hatte, aber heftig genug, um ein schmerzhaftes Ziehen hervorzurufen. Er hatte sie getäuscht oder war dies nur die Einleitung, sozusagen das Warmmachen, und er würde doch noch zum Gürtel greifen? In diesem Moment, nach der Vorbereitung durch seine Hand, wäre es ihr fast egal gewesen. Sie holte tief durch den Mund Luft und ihre Schenkel zitterten unkontrolliert in Erwartung des unbekannten Fortgangs. Wann würde er zum Gürtel greifen? Sie stöhnte leise. Doch dann war es plötzlich vorbei.

«In Ordnung, fertig. Entspann dich, aber bleib liegen. Wenn du dich nur einen Millimeter bewegst, mache ich von meinem Gürtel Gebrauch!»

«Danke, *Meister*, danke», erwiderte sie seufzend.

Daphnes Gedanken rotierten. Sie musste vollkommen verrückt sein – hatte sie sich tatsächlich freiwillig auf den Schreibtisch gelegt? Wie demütigend! Aber wenn sie ehrlich zu sich selbst war, hätte sie sich sogar eine deftigere Züchtigung gewünscht. Ihr nackter Po war ihm schutzlos ausgeliefert. Ohne hinzusehen ahnte sie, dass er rundum kräftig gerötet war. Sollte sie es riskieren und unartig sein? Sie erzitterte erneut vor Scham und Aufregung, als Jespers Hände ihr nun zärtlich über den Rücken strichen, über ihre erhitzte Haut, dann tiefer über ihre Schenkel, wo sich ein warmes klebriges Gefühl zwischen ihren geschwollenen Schamlippen breitgemacht hatte. Sie legte stöhnend den Kopf in den Nacken.

«Meine kleine Sklavin! Voller Bereitschaft die Launen ihres Meisters hinzunehmen. Und so lüstern und ungeduldig.» Seine Stimme klang dunkel und sanft, betörend sexy. «Ich liebe dich.» Langsam bahnte sich seine Hand einen Weg zwischen ihre Schenkel, strich auf der Innenseite mehrmals sanft entlang, über ihren Venushügel und tiefer in ihre Spalte, um ungeniert den Grad ihrer Erregtheit zu erkunden.

«Aaaah», ächzte sie laut auf, bog den Rücken durch, schob ihren Po weiter hinaus. *Jetzt*, dachte sie, *um Himmels willen, jetzt! Nutz meine hilflose Position aus und befriedige dich an mir! Ich will dich auch …*

Als hätte er ihre Gedanken gelesen, presste er sich auf ihren Rücken, vergrub seine Nase in ihren kastanienbraunen Locken, sog tief die Mischung aus dem Duft ihres Shampoos und den feinen Schweißperlen in ihrem Nacken ein und fragte sie leise: «Willst du von mir genommen werden, meine süße Sklavin? Hier und jetzt? Auf dem Schreibtisch deines *Meisters*?»

«Oh, ja, bitte, *Meister!*», bettelte sie erregt. Daphnes Worte überschlugen sich beinahe, als sie hektisch und gierig ihre Sehnsucht hervorstieß.

«Hatte ich dir nicht gesagt, du darfst dich keinen Millimeter bewegen?»

«Ihhh, *Meister*, es tut mir leid», winselte sie erregt. «Bitte befriedigt Euch an mir und betrachtet es als Strafe!»

Jesper lachte leise in sich hinein. Als ob Sex für Daphne eine Strafe wäre! Er war immer noch überrascht, wie geil sein Weib neuerdings war. Ihre Lenden wanden sich ungeduldig vor ihm, ihr Po stupste auffordernd gegen seinen Unterleib und verstärkte seine Erektion.

«Das werde ich, aber erst muss ich dich daran erinnern, dass du schon wieder nicht gehorcht hast!»

«*Meister!*», jammerte sie ergeben.

Gleich darauf fuhr sie erschrocken hoch, doch seine Linke drückte sie wieder auf den Schreibtisch herunter und erneut sauste die Rechte, diesmal mit dem Plastiklineal, auf ihr Hinterteil nieder.

Daphne japste nach Luft. Ihr Po glühte wie noch nie. So also fühlte sich das an? Es war – atemberaubend.

Jesper öffnete seine Hose, legte das Lineal weg und schob behutsam mit den Fingern ihre Schamlippen auseinander, um mit seinem Glied langsam einzudringen.

«Raaahhh», sie ächzte auf, presste dann schnell wieder die Lippen aufeinander. Er hatte es noch nie gemocht, wenn sie beim Sex zu laut wurde. Mit ihrem Unterleib stemmte sie sich ihm entgegen, um seine Stöße so hart und intensiv wie möglich zu erleben.

«Lass dich gehen, sei ganz du selbst», hörte sie ihn wie aus der Ferne sagen. «Komm, genieße es, du hast es dir verdient, meine Geliebte!»

Sie öffnete ihren Mund, um lautlos zu antworten, seine Worte trugen sie fort in eine andere Sphäre und ihre Lider begannen zu flattern. Unter seinem nächsten Stoß stöhnte sie unkontrolliert lauter auf. Darauf hatte sie schon seit dem heutigen Aufwachen gewartet, dass er es mit ihr trieb, irgendwie und irgendwo. Aber sie hatte nicht zu hoffen gewagt, dass es so bald sein würde. «Ja, nimm mich!» Mit lauterem Stöhnen hielt sie seinem Druck stand, als sein nächster Stoß ihren Höhepunkt auslöste, eine Welle des Glücks ihren Körper durchflutete und die Ekstase sie alles um sich herum vergessen ließ. Sekunden später kam er selbst, sich üppig in sie ergießend, und verharrte noch einen Moment in ihr, nur langsam erschlaffend und nach Luft ringend.

«Ahhh, danke *Meister!* Es war wunderbar», stotterte sie glücklich, mit seitlich auf dem Schreibtisch aufgelegtem Kopf, und sie meinte es so, wie sie es sagte. Erschöpft entspannten sich ihre Muskeln.

Jesper wartete, bis Daphne ihre Augen aufschlug. Dann beugte er sich vor, entschlossen, dem Spiel an dieser Stelle eine abrupte Wendung zu geben. Er drückte sie fester auf die Tischplatte herunter und drehte seine Schreibtischuhr so, dass sie die Digitalanzeige sehen konnte. Dann vergrub er seine Finger in ihren Haaren, um ihren Kopf hochzuziehen, und sie riss erschrocken die Augen noch weiter auf.

«Schau genau hin. Es ist jetzt elf Uhr! In genau fünf Stunden wirst du zu mir kommen und mich demütig um Erlaubnis bitten, mich befriedigen zu dürfen. Ich erwarte, dass du mir eine prächtige Erektion verschaffst und dann zur Verfügung stehst. Du gehörst mir, vergiss das nicht.»

Daphne keuchte erregt und Jesper brauchte nur in ihr Gesicht zu schauen, um zu erkennen, dass sie über seine Wortwahl zwar leicht entsetzt war, es jedoch kaum abwarten konnte, bis die Zeit verstrichen wäre. Der Gedanke an die bevorstehende Szene schien sie bereits jetzt zu faszinieren und mit jeder Sekunde, die seit seinen Worten vergangen war, ein Stück mehr.

«Bis dahin wirst du erst mal einen Kuchen backen und mir etwas Feines zu essen kochen! Marsch in die Küche mit dir!» Er richtete sich auf, gab ihr einen Klaps auf den immer noch geröteten Hintern und schaute ihr nach, wie sie diensteifrig auf etwas schwachen und steifen Beinen zur Tür lief.

«Und – Daphne?»

Sie drehte sich um und sah ihn fragend an.

«Vergiss nicht, heute Nachmittag deine Strafliste wahrheitsgemäß aufzuschreiben!»

«Ja, *Meister!*» Sie verließ das Zimmer und schloss die Tür hinter sich. Sekunden später ging die Tür jedoch noch einmal auf und sie streckte den Kopf herein.

Er runzelte die Stirn, um ihr einen strengen Blick zu schicken, aber sie hielt die Augen gesenkt. «Was gibt's noch? Waren meine Befehle nicht eindeutig genug?»

«Doch, *Meister*, ich wollte Euch nur fragen, wünscht Ihr einen bestimmten Kuchen?»

«Wenn das so wäre, hätte ich es dich wissen lassen.»

Sie zuckte unter seinem rüden Tonfall zusammen und murmelte: «Gewiss, *Meister*. Natürlich. Verzeiht mir.»

Dann schloss sie leise die Tür von außen und ging hinunter in die Küche. Sie nahm ein Küchentuch von der Rolle und schob es sich zwischen die Beine, um die Feuchtigkeit aufzusaugen. Waschen würde sie sich später, wenn Zeit dazu war. Der Kuchen war wichtiger. Außerdem musste sie sich Gedanken über das Essen machen, vielleicht wären ein paar Tagliatelle mit Krabben und Zitronensauce genau das Richtige, und hinterher eine Weinschaumcreme. Sie öffnete den Kühlschrank, alle Zutaten waren vorhanden. Mit Feuereifer machte sie sich an die Arbeit, stellte das Radio an und summte vor sich hin.

Während der Käsekuchen im Rohr allmählich eine leichte Bräunung annahm und sich das Wasser für die Nudeln auf dem Herd erhitzte, huschte Daphne kurz ins Bad, um sich gründlich zu waschen. Sie lächelte glücklich vor sich hin. Die Erinnerung an die Züchtigung und anschließende Befriedigung war zu aufregend. Sie fühlte sich im Augenblick völlig entspannt.

Dann nahm sie die kleine transparente Gießkanne vom Fensterbrett im Wohnzimmer, um die Pflanzen zu gießen. Sie war froh, dass die nächsten Nachbarn weit genug entfernt wohnten und der Garten vor dem großen Fenster reich mit Stauden und Büschen bepflanzt war, sodass niemand ihre Nacktheit sehen konnte. In der Küche war sie durch die halbe Scheibengardine und die Kräuter, die dicht das Fensterbrett bevölkerten, vor neugierigen Blicken geschützt. Solange sie kein Licht einschaltete, war sie also vor Voyeuren sicher. Erst gegen Abend würde sie die Rollläden herunterlassen.

Die ganze Woche über hatte sie überlegt, wie sie es Viola erklären sollte. Sie war sonst nicht zimperlich, legte ganz offen ihre Gedanken dar und wusste, ihre beste Freundin würde es nicht kommentieren, sondern einfach nur verstehen. Auf einmal aber hielt sie eine ihr bis dahin unbekannte Scheu davon ab, das in Worte zu fassen, was sie am intimsten betraf.

Daphne erschrak und fuhr aus ihren Überlegungen auf, als es an der Haustür klingelte. Sie stellte die Gießkanne ab und hechtete zwei Stufen auf einmal nehmend die Treppe hinauf. Jesper hatte sein Arbeitszimmer verlassen und ging nach unten, während Daphne seiner Anweisung gemäß im Schlafzimmer verschwand. Ihr Herz klopfte bis zum Anschlag. Sie hörte seine Stimme, wie er mit dem Nachbarn sprach, konnte aber nichts verstehen. Das Schlafzimmer lag seitlich oberhalb des Hauseingangs. Sie linste durch die Gardine und sah einem Auto hinterher, das um die Kurve davonfuhr. Ansonsten war lediglich ein Vater mit seinem kleinen Sohn auf dem Gehweg unterwegs und brachte ihm das Fahrradfahren bei.

«Wo bleiben deine Manieren?»

Seine Worte rissen sie herum. Schnell legte sie die Hände auf den Rücken, sank auf die Knie, um ihn milde zu stimmen, und schaute betroffen zu Boden. «Bitte, verzeiht mir, mein *Gebieter*», antwortete sie kleinlaut. «Ich war ungezogen, bitte ...»

«*Gebieter?*», wiederholte er verwundert. Ihre Lider flackerten unsicher und ihr Atem ging stoßweise. «Willst du mich lieber *Gebieter* nennen statt *Herr* oder *Meister?*»

«Ja, bitte, *Gebieter*», hauchte sie und schenkte ihm von unten den unterwürfigen Blick eines Hündchens, das um Liebe bettelt. In diesem Augenblick hätte er das verdammte Spiel am liebsten abgebrochen, sie in seine Arme genommen und geküsst. Aber er musste nachdenken, nur nicht spontan handeln. Damit hätte er vielleicht zu viel zerstört.

Zunächst musste er sich über die Tragweite jeder Handlung im Klaren sein. Schließlich hatte es ihm nicht zugestanden, ihre heimlichen Briefe an Viola zu lesen, die ihn erst auf die Idee zu diesem Rollenspiel inklusive ihrer Erziehung gebracht hatten, und er würde darauf achten, dass sie es auch niemals erfahren würde, um ihr Vertrauen nicht zu entehren. Er durfte ihr nicht die Schuld dafür geben, dass er es überhaupt getan hatte, obwohl ihr Verhalten der Anlass dazu gewesen war. Das Einzige, was er beim Lesen der an Viola gerichteten Briefe verstanden hatte, war, dass Daphne einen Beschützer für ihre Seele brauchte, und dazu war es nötig, dass sie ihm noch intensiver als bisher vertraute. Gewiss, natürlich vertraute sie ihm, auf eine ganz normale Weise, wie sich Menschen vertrauen, die sich lieben, gut miteinander auskommen und schon lange zusammenleben. Aber er wollte, dass sie sich vollkommen fallen ließ, ohne nachzudenken, ohne Rückfragen, absolut blindlings – nur dann war es denkbar, dass sie ihm rechtzeitig von ihren Wünschen, ihren heimlichen Begierden und vor allem von ihren finsteren Abgründen erzählte und er sie davor bewahren konnte, sich auf irgendeine Weise Schaden zuzufügen.

Als sie ihn jetzt mit ihren strahlend blauen, um Vergebung bettelnden Augen anhimmelte, war er nicht nur über ihre Hingabe gerührt, sondern schmolz förmlich dahin. Erneut gab er sich einen Ruck. Was er zwischen den Zeilen herausinterpretiert hatte, hatte ihn teilweise noch mehr erschreckt als der eigentliche Text. Vielleicht hätte er trotzdem alles auf sich beruhen lassen und nichts unternommen, aber als sich an einem seiner seltenen «Männerabende» die Gelegenheit ergab, mit seinem besten Freund Paul seine Sorgen und die Option zu einem solchen Spiel zu diskutieren, ermutigte ihn dieser zu seiner Überraschung dazu. Es stellte sich heraus, dass Paul ähnliche Neigungen hatte wie er selbst.

In Daphnes Augen standen zu seiner Verblüffung ehrliche Tränen und ihre Lippen zitterten, als sie jetzt vor ihm kniete, sich ihres Fehlers vollkommen bewusst. In dieser Sekunde lebte sie ganz offensichtlich ihre Rolle mit jeder Faser ihres Körpers. Er war sich nicht sicher, ob sie es auch genoss. Langsam drückte er ihren Kopf nach unten.

«Einverstanden, Sklavin. Nenn mich von jetzt an *Gebieter*. Vielleicht fällt es dir dann leichter zu gehorchen? Du weißt, dass ich dich dafür bestrafen muss, dass du am Fenster spioniert hast, statt in devoter Haltung abzuwarten? Wir hatten vereinbart, dass du vor dem Bett in Unterwerfungsstellung kniest und auf mich wartest, wenn es an der Haustür klingelt.»

«Ja, mein *Gebieter*. Ich weiß, ich war ungehorsam. Bitte straft mich aber nicht zu hart! Mein Po ist es noch nicht gewöhnt, öfter gezüchtigt zu werden», bettelte sie leise.

Jesper brachte es nicht übers Herz, noch einmal an diesem Tag die Hand gegen sie zu erheben. Der Gedanke war einfach zu absurd. Es fiel ihm schwerer, seine Rolle zu leben, als er gedacht hatte. Er wusste, dass er Schwäche zeigte, wenn er sie für ihre Verfehlung nicht strafte, aber er konnte einfach nicht. Deshalb gab er ihr lediglich einen harten Klaps auf den Allerwertesten und fragte: «Wann ist das Essen fertig?»

«Ähm, in einer Viertelstunde, mein *Gebieter*», antwortete Daphne ein wenig verwirrt, dass er nicht mit ihrer Bestrafung fortfuhr.

«Gut, dann kehre in die Küche zurück. Wenn das Essen zu meiner Zufriedenheit ausfällt, erlasse ich dir die Strafe, obwohl du sie verdient hättest. Andernfalls ... geh jetzt!»

Einerseits gefiel Jesper der Gedanke, dass Daphne jede Strafe hinnehmen würde, um zu gehorchen, und zudem davon erregt würde, andererseits hatte er sich noch nicht an seine Rolle gewöhnt. Ihn befriedigte der Gedanke, dass sie nervös war und ihm durch ihr Dienen gefallen wollte, aber er wollte sie nicht wirklich erniedrigen und schon gar nicht mehr als nötig züchtigen. Sein Ziel war ein anderes. *Sie* wollte eine neue Art der Erotik kennen lernen und herausfinden, ob sie ihr Spaß machte. In einem gewissen Rahmen wollte er das zwar auch. Aber noch mehr wollte *er* ihren Gehorsam, damit sie ihm in ihrer völligen Unterwerfung irgendwann auch die Gedanken mitteilte, die ihr Innerstes zerwühlten und die sie derart gekonnt die ganzen Jahre über vor ihm verborgen hatte. Es war ihm, als entdeckte er Daphne neu und er fand den Gedanken unheimlich, aber auch zunehmend aufregender, ähnlich wie es jemandem geht, der ein spannendes Buch liest und sich zusammenreißen muss, langsam und chronologisch weiterzulesen, statt einfach zur letzten Seite zu wechseln, um den Ausgang der Geschichte vorab zu kennen.

Es klang wie ein erleichtertes Aufjauchzen, als Daphne an ihm vorbei zur Tür eilte. «Danke, mein *Gebieter.* Ich habe Eure Großzügigkeit nicht verdient. Aber ich werde mich würdig erweisen! Ich werde Euch nicht enttäuschen!» Und schon war sie die Treppe hinuntergeeilt.

Jesper musste schmunzeln. Ihre Geschäftigkeit und ihre blumige altmodische Ausdrucksweise erheiterten ihn. Er beglückwünschte sich selbst zu seiner Idee. Diese Höflichkeitsform war wesentlich eindrucksvoller als ein einfaches «Sie». Sich von seiner Sklavin duzen zu lassen, hielt er nicht für angemessen. Diesen Teil des Spiels beherrschte Daphne inzwischen ganz gut, dabei war es erst der zweite Tag ihrer *Erziehung.* Bei dem Stichwort *Erziehung* fiel ihm wieder das neutral aussehende Paket ein, das der Nachbar am Vortag vom Postboten entgegengenommen und nun vorbeigebracht hatte, und das er beim Betreten des Zimmers auf der Kommode abgelegt hatte. Er nahm es und ging damit hinüber in sein Arbeitszimmer.

Während er seinen Laptop aus dem Ruhezustand aufweckte, dachte er zum wiederholten Male über die Internetseiten nach, auf denen Daphne sich herumgetrieben hatte. Wenn sie die Suchwortliste gelöscht hätte, wäre es ihm vermutlich niemals aufgefallen. Aber als er eines Abends im vergangenen Oktober auf dieselben Stichworte zum Suchen zurückgreifen wollte wie am Abend zuvor, stellte er überrascht fest, dass die Liste inzwischen viel länger geworden war und Begriffe wie *Klaps, Züchtigung, Rohrstock, Unterwerfung* und *Sklavin* enthielt. Sekundenlang hatte er wie paralysiert davor gesessen, weil er seinen Augen nicht traute. Dann hatte er sich angesehen, welche Seiten anhand dieser Stichworte vorgeschlagen wurden, und vermutete, dass Daphne einen Teil davon besucht hatte. Sie hatte zumindest die Chronik der besuchten Webseiten geleert, wie er es ihr gezeigt hatte, sodass er es nicht exakt nachverfolgen konnte.

Von da an fand er immer häufiger Suchbegriffe vor, die nicht von ihm stammten, und schließlich kam er auf die Idee, ihren Lesezeichenordner zu durchstöbern. Zunächst schienen alle abgespeicherten Seiten ganz harmlos zu sein. Es ging um Gesundheitstipps, Pflanzenpflege und Kochrezepte. Dann aber fand er heraus, dass sich hinter einigen harmlos benannten Lesezeichen in Wirklichkeit ganz andere Seiten verbargen. Sie war raffiniert genug gewesen, sich unverfängliche Namen zur Benennung auszudenken, sodass sie bei oberflächlicher Betrachtung unverdächtig erschienen.

Das alles und die heimlichen Briefe an Viola hatten Jesper eine Zeit lang sehr belastet. Warum sprach sie nicht mit ihm über ihre Sehnsüchte? Gab es einen Geliebten? Dafür allerdings fand er keinerlei Hinweise. Nein, anhand der an Viola adressierten Briefe wurde klar, Daphne hatte Probleme, und schweren Herzens rang er sich durch, diese in die Hand zu nehmen. Ob der eingeschlagene Weg dafür der richtige sein würde, darüber war er sich noch nicht schlüssig.

Er schnitt die Klebestreifen des Päckchens durch, prüfte den Inhalt, verstaute alles in dem großen Fach seines Sekretärs, schloss es ab und nahm den Schlüssel an sich. Dann rief er die Maske des Onlinebankings auf und überwies den Betrag, der auf der Rechnung des Erotikshops aufgeführt war.

Um ein Uhr klopfte Daphne an der Tür, um ihm höflich mitzuteilen, dass das Essen fertig sei. Sie hatte den Esszimmertisch für zwei Personen gedeckt, eine Kerze angezündet und eine Flasche Wein geöffnet.

Jesper setzte sich und sah ihr schweigend zu, wie sie sein Glas füllte und ihm das Essen auf seinen Teller drapierte. Als sie nach ihrem eigenen Teller griff, um sich aufzutun, hielt er ihre Hand fest. «Stopp! Du wirst nicht mit mir essen. Rechte müssen verdient werden. Sklavinnen essen nicht am Tisch ihres Herrn, sondern müssen dieses Privileg erst erwerben. Hol dir ein Kissen und knie dich auf den Boden neben mir!»

Für einen Augenblick überlegte Daphne, ob sie sich weigern und damit absichtlich eine Züchtigung provozieren sollte. Wie erstarrt stand sie neben ihrem Stuhl und rührte sich nicht einen Millimeter.

Jesper runzelte die Stirn. Dann holte seine Hand aus und gab ihr einen Klaps auf den Po, der Daphne aus ihrer Unschlüssigkeit zurückholte. Sie stellte ihren leeren Teller wieder auf dem Tisch ab, holte mit zusammengekniffenen Lippen ein Kissen und kniete sich links neben seinem Stuhl darauf nieder, den Kopf gesenkt und die Hände an den Oberschenkeln.

Jesper aß langsam, trank zwischendurch von dem Wein und beachtete Daphne weiter nicht. Als er fertig war, verlangte er einen Espresso. Dann erlaubte er ihr abzuräumen und in der Küche zu essen, während er nun einen Mittagsschlaf machen würde und nicht gestört werden wollte.

Daphne saß am Küchentisch und stocherte im Essen herum. Sie war den Tränen nahe. Dieser Aspekt des Spiels gefiel ihr nicht. Was hatte sie falsch gemacht? Wieso gönnte er es ihr nicht, mit ihm zusammen zu essen? Mussten die Regeln unbedingt derart streng sein? Ihr Spiel sollte doch lediglich ein *Spiel der Lust* werden, zwar eines, das sich über das gesamte Wochenende erstreckte, aber dennoch nicht eine reale Umsetzung des Sklaventums, die den ganzen Tagesablauf veränderte! Sie verstand nicht, dass es ihm überhaupt geschmeckt hatte, so ganz alleine am Tisch, ohne Unterhaltung und Blickkontakt!

Frustriert warf sie die Reste von ihrem Teller in den Müll und setzte ihre Haushaltsarbeit fort, ehe sie sich im Wohnzimmer an den Tisch setzte, um die von ihm geforderte Strafliste zu erstellen. Es fiel ihr schwer, sich festzulegen und dabei ehrlich zu sein. Mehrmals fing sie von vorne an, zerknüllte das Geschriebene oder zerriss das Blatt in kleine Fetzen. Aber schließlich schaffte sie es doch noch rechtzeitig, bevor Jesper vom Nachmittagsschlaf aufgestanden und ins Arbeitszimmer gegangen war. Sie faltete das Blatt und steckte es in das vorbereitete Kuvert mit der Aufschrift *«Für den Meister»*.

Ihre Stimmung besserte sich schlagartig, als sie ihm Kaffee und Kuchen brachte und er ihr dafür ein freundliches Lächeln und einen Kuss schenkte. Sie kroch unter den Sekretär, kniete sich zwischen seine Beine und schaute ihn von unten herauf an, während er seinen Nachmittagskaffee zu sich nahm. Es war an der Zeit. Sollte sie ihn einfach anfassen und beginnen, oder erwartete er, dafür um Erlaubnis gebeten zu werden? Sie war sich über diese Details unsicher und zog es vor zu fragen, bevor sie etwas falsch machte und dafür seine Verärgerung riskierte.

«Darf ich Euch anfassen, Eure Hose öffnen und Euch beglücken, *Gebieter?*»

«Du darfst, meine Süße», antwortete er grinsend und strich ihr mit den Fingern sanft über ihre Wange.

Daphne richtete sich kniend vor ihm auf. Ihre Hände öffneten geschickt sein Hemd und seine Hose. Sie streichelte zärtlich über seine Brust, presste ihm ihre Lippen in schnellen, sanften Küssen auf die Haut, knabberte vorsichtig an seinen Brustwarzen, küsste sich über den Bauch nach unten. Dann versank ihr Kopf in seinem Schoß und sie begann sein Glied zu lecken und zu saugen, das sich unter ihren Zärtlichkeiten steif aufgerichtet hatte. Jesper lehnte sich zurück und überließ sich leise seufzend der Lust.

Daphne vertiefte sich hingebungsvoll in ihre Tätigkeit. Sie leckte, saugte, schmatzte und versenkte seinen Schaft tief in ihrem Mund, kreiste mit der Zunge über seine Eichel. Währenddessen streichelte sie mit ihren Fingerspitzen zärtlich über seine Lenden, dann die Innenseite der Schenkel entlang, wieder hinauf, über seine Hoden, fast kitzelnd den Damm entlang. Er erinnerte sich kaum, wann es zuletzt ähnlich schön gewesen wäre. Sie hatte sich ihm schon lange nicht mehr so intensiv gewidmet. Es war ein wahrer Genuss. Daphne machte weiter, sinnlich, stimulierend, bis Jesper am Rande seines Höhepunkts angelangt war. Seine Erregung sprang auf Daphne über, sie fühlte die Hitze zwischen ihren Schenkeln, sehnte sich danach, ihn in sich zu spüren. Sanft leckte sie über seine Eichel und murmelte dabei: «Wollt Ihr, dass ich weitermache, mein *Gebieter*, oder soll ich mich Euch darbieten?»

Er schaute gierig auf sie hinunter. Mit welchem Tonfall sie das gesagt hatte. *Darbieten!* Ihre Augen glänzten und wirkten noch heller als sonst. War es einfach nur eine Floskel ihres gemeinsamen Spiels oder meinte sie das vielleicht sogar wörtlich?

Langsam schob er seinen Stuhl zurück und während er seine Hose weiter herunterstreifte und sich auf den Teppich kniete, zog er sie schweigend näher zu sich, den Blick niemals von ihren Augen lassend, die ihn erwartungsvoll fixierten. Sie spreizte bereitwillig ihre Schenkel vor ihm und er packte sie, legte sich ihre Beine über seine Schultern und griff ihren

Po, um sie zu halten, rieb sich an ihren feuchten Schamlippen und drang dann mit einem schnellen Stoß in sie ein. Sie war warm und feucht, und ihr wollüstiger Blick sagte ihm, dass sie für ihn bereit war.

«Nimm mich!», forderte sie ihn leise auf, streichelte fester seine Brustwarzen, presste sich ihm entgegen und gab sich ächzend dem Erdbeben hin, das sie überwältigte, als er wieder und wieder tief in sie eindrang. Dann schrie sie vor Vergnügen leise auf, zuckte in ekstatischen Wellen und riss ihn mit sich, worauf er sich heftig in ihren Schoß ergoss.

Jesper sank erschöpft auf sie herab, stützte sich dann mit den Händen auf dem Boden ab, um sich über sie zu beugen, küsste ihren nass geschwitzten Hals und schmunzelte: «Na, meine kleine geile Sklavin, geht's dir nun besser?»

Daphne nickte. Sie nahm sein Gesicht in ihre Hände und stahl ihm einen intensiven Kuss. Jesper knurrte abwehrend aus der Kehle, entzog sich ihr aber nicht. Dann säuberte sie ihn mit den mitgebrachten feuchten Intimtüchern. Als sie sich selbst reinigen wollte, hielt er ihre Hand fest.

«Halt, lass alles so, wie es ist! Ich will, dass du den dichtesten Slip anziehst, den du hast und den Rest des Tages in deinem und meinem Saft sitzt!»

Daphne verzog das Gesicht, um zu protestieren, dann aber schluckte sie ihre Bemerkung hinunter und nickte.

Trotz dieses schönen Nachmittagserlebnisses bestand Jesper zu ihrer Enttäuschung beim Abendessen wieder darauf, dass sie erneut zu seinen Füßen kniete. Diesmal machte er sich jedoch einen Spaß daraus, sie von seinem Teller zu füttern. Daphne widersetzte sich. «Ich kann selber essen, mein *Gebieter*, wenn Ihr zulasst, dass ich mit Euch am Tisch sitze!»

Ein leichter Klaps auf ihre Wange war die Antwort. «Hey!»

«Hast du irgendetwas selbst zu entscheiden?»

Verlegen schüttelte sie den Kopf. «Nein, mein *Gebieter*», maulte sie leise.

Er zupfte sie als weitere Rüge am Ohr, fuhr ihr lüstern über die linke Brustwarze und stopfte ihr eine Gabel voll Gemüse in den Mund. Er achtete darauf, dass sie vom Essen satt wurde, hielt ihr zuletzt sein Weinglas an die Lippen und sie trank, den Blick auf seine Augen fixiert, ohne etwas zu verschütten, obwohl er an ihrer rechten Brustwarze spielte und sie damit beinahe aus der Fassung brachte. Jesper verstrubbelte ihr zufrieden die Haare, gab ihr einen Kuss auf die Lippen und grinste, während er ihr dabei zusah, wie sie den Tisch abräumte. Als sie bei ihm vorbeiging, das restliche Geschirr zu holen, gab er ihr einen zarten Klaps auf den Po. Wie von ihm gefordert, trug sie seit dem Nachmittag einen Slip, aber nicht einen ihrer knappen Strings, sondern einen besonders eng anliegenden, ein wenig altmodischen Miederslip, der einen eindeutigen feuchten Fleck im Schritt zeigte. Sie blieb abrupt stehen und streckte ihm ihren Hintern herausfordernd entgegen. Er lachte leise und packte mit beiden Händen zu, um den Slip über ihre Rundungen herunterzuziehen, gab ihr vergnügt zwei kräftige Klapse auf den Blanken und stellte kritisierend fest: «Du riechst nach Geilheit – geh dich waschen!» Sie schaute ihn über die Schulter hinweg an und ihre Augen schenkten ihm einen verärgerten Blick, während sie einen Kommentar unterdrückte.

Am nächsten Morgen schälte Daphne sich vorsichtig aus der Bettdecke, um Jesper nicht aufzuwecken, und ging hinunter, um Frühstück zu machen. Wie er es gewünscht hatte, brachte sie ihm ein Croissant mit Marmelade und einen Cappuccino ans Bett, weckte ihn mit einem sanften Kuss, stellte das Tablett mit dem Frühstück auf die Bettkante und kniete davor nieder, um seine morgendlichen Befehle entgegenzunehmen.

Jesper betrachtete seine Sklavin zufrieden. «Hast du gut geschlafen?»

«Ja, mein *Gebieter*, vielen Dank!», erwiderte sie strahlend. «Und Ihr? Welche Wünsche habt Ihr heute Morgen?»

«Du wirst mich waschen, rasieren und mit Bodylotion eincremen. Aber achte darauf, dass du mich dabei nicht erregst! Ich will nur gepflegt werden! Danach erhältst du deine morgendliche Züchtigung, um dich an deinen Status zu erinnern!»

«Ja, mein *Gebieter!*»

Daphne kam ihrer Aufgabe perfekt nach. Sie wusch ihm zuerst Gesicht und Achseln, rasierte ihn vorsichtig und sorgfältig, verabreichte ihm sein Deo unter den Armen und verteilte ein wenig Aftershave auf seinem Gesicht. Als sie sein Geschlecht anfasste und abseifte, knurrte er leise. Sie lief rot an, versuchte ihn fertig zu waschen, ohne ihn dabei zu sehr zu befummeln, konnte aber nicht verhindern, dass seine Schlaffheit einer beginnenden Erregung wich. Sie verteilte die Bodylotion auf seinem Rücken, küsste seine Schulterblätter, cremte mit Hingabe seine Pobacken ein, kniff leicht hinein, ein verärgertes Grunzen erntend, fuhr dann auf seiner Brust fort und konnte sich nicht beherrschen, ihn zu küssen und dabei frech über seine Brustwarzen zu reiben.

Da war es mit Jespers Zurückhaltung vorbei. Er packte sie am Arm, zerrte sie ins Schlafzimmer und ehe sie sich versah, lag sie über seinen Schenkeln auf dem Bett und seine Hand klatschte diesmal unangenehm fest auf ihren Allerwertesten nieder. Sie strampelte mit den Beinen, wand sich und versuchte, ihren Po mit den Händen zu bedecken. Aber er schlug ihr hart auf die Finger und sie zog jaulend ihre Hände zurück. «Autsch, nein, mein *Gebieter*, bitte!»

«Halt still», brummte er, wechselte die Position, legte sie nunmehr nur über einen Schenkel und klemmte den anderen über ihre Kniekehlen, sodass sie sicher zwischen seinen Beinen fixiert war. Weil sie sich erneut wehrte, fing er ihre Handgelenke ein, hielt sie mit nur einer Hand auf ihrem Rücken umklammert und drückte sie auf das Bettlaken herunter. Hilflos musste sie die Züchtigung durch seine andere Hand ertragen.

Sie keuchte, von ihrer Gegenwehr außer Atem. Das kleine Machtspiel und wie er sie bewegungsunfähig machte, gefiel ihr und entfachte ein noch heißeres Feuer in ihrem Unterleib. Entzückt wand sie sich unter seinem Griff und stöhnte lustvoll. Allerdings brannte ihr Po bald wie Feuer und Jesper hörte nicht auf. Ein Schlag nach dem anderen ging auf ihrem Po nieder, bis sie schließlich immer lauter jammerte: «Autsch, bitte Jesper, es sollte doch nur ein Spiel sein – bitte nicht so fest!»

Er hielt kurz inne. «Was erlaubst du dir? Wer gibt dir das Recht, mich mit meinem Vornamen anzusprechen?»

Daphne nutzte die Pause, um tief Luft zu holen. «Verzeiht, *Gebieter*, Eure Sklavin vergaß, sich anständig zu benehmen! Auuuuua! Aber bitte, seid gnädig! Es tut wirklich weh!»

«Gut so. Als meine Sklavin ist dir ja wohl klar, dass ich dich solange und so fest züchtigen darf, wie es mir gefällt, wenn du meine Befehle nicht befolgst. Außerdem hast du dir gerade eine neue Strafe durch Regelverstoß eingehandelt.»

«Autsch, ja, mein *Gebieter!*», wimmerte sie. Das Brennen auf ihrer Haut ebbte nur langsam ab, verstärkte das lustvolle Ziehen in ihrem Unterleib und sie wand sich weiter erregt in der Umklammerung seiner Beine. Wie war es nur möglich, dass eine Situation wie diese derart aufregend und schön war? Warum empfand sie diese Züchtigung als lustvoll und wollte doch im selben Augenblick, dass er aufhörte, war aber enttäuscht, wenn er es tat? Warum empfand sie immer ambivalent?

«Verhalt dich ruhig, sonst setzt es noch ein paar Schläge mehr! Warum habe ich dich gestraft?» Seine warme Hand ruhte bedrohlich auf ihrem Po.

«Ich habe Euren Befehl nicht befolgt. Ich sollte Euch nicht erregen, sondern nur eincremen, *Gebieter!*», bekannte sie reumütig.

Er gab ihr erneut links und rechts einen leichten Klaps, dann gab er ihre Hände frei und knetete ihre glühenden Hälften genussvoll, schob seine Hand in ihre Pospalte. Daphne ächzte und spannte ihren Po an, ein neuerlicher fester Klaps war die Folge. «Lass locker!», knurrte Jesper. Sie gehorchte und gab nach.

«So, ich erkläre es dir noch mal. Sex mit mir ist ein Privileg, das du dir verdienen musst. Du kannst jeden Tag mehrmals in diesen Genuss kommen, wenn du möchtest, aber du musst meine Befehle exakt befolgen. Wenn du artig gewesen wärst, hätte ich dich im Laufe des Vormittags befriedigt! Aber so hast du diese Chance vorläufig verspielt.»

Er schubste sie von seinen Beinen und sie stand wie ein begossener Pudel vor dem Bett und rieb sich ihren schmerzenden Hintern.

«Bitte, *Meister*, wie kann ich es wiedergutmachen? Gebt mir eine Chance, bitte!» Sie kniete vor ihm nieder und sah ihn auffordernd an.

Jesper überlegte. Er hatte für heute keine weiteren Strafmaßnahmen geplant. Aber Daphnes Bereitschaft zur Sühne gab ihm die Gelegenheit, sie zum Gehorsam zu trainieren, was seinen Plänen entgegenkam. Sie wich seinem musternden Blick aus und senkte den Kopf.

«Du wirst den Rest des Tages kein Wort sprechen, mir nicht von der Seite weichen, verstanden? Ich will, dass du wie ein lautloser Schatten an mir klebst. Wenn du das nicht schaffst, verwende ich einen Knebel und binde dich irgendwo fest! Glaube mir, ich habe mir längst *alles* besorgt, was nötig ist, eine unartige Ehefrau in eine gefügige Sklavin zu verwandeln!»

Daphne hob den Kopf und starrte ihn an. Konnte es sein, dass sie das Spiel falsch verstanden oder Jesper unterschätzt hatte? Was meinte er mit *alles?* Was hatte er gekauft? Ihr fiel eine ganze Sammlung an Erziehungs- und Züchtigungsinstrumenten ein, von denen sie im Internet gelesen hatte.

«Verstanden?»

«Ja, mein *Gebieter!* Absolut.» Ihre Stimme bebte.

«Gut. Bevor wir in die Küche gehen ... warte hier.» Jesper ging hinaus und kehrte kurz darauf zurück. Er hielt etwas in der linken Hand hinter seinem Rücken, reichte ihr mit der rechten eine volle Wasserflasche. «Trink.»

«Alles?» Daphne war entsetzt. Einen Liter Wasser auf einmal?

Jesper nickte. Sein Blick ließ keine Zweifel aufkommen. Hatte sie wirklich versprochen zu gehorchen? Oh Gott, sie hatte gerade gesprochen, obwohl er es ihr verboten hatte. Sie musste ihm beweisen, dass sie alles tun würde, was er verlangte. Ein sehnsüchtiges Kribbeln erfasste ihren Körper, während sie artig die Flasche an die Lippen setzte. Es kostete sie viel Überwindung, alles auszutrinken. Aber Jesper drängelte nicht. Er ließ ihr Zeit.

«Brav. Nun stell dich vor mich, mit gespreizten Beinen.»

Sie gehorchte und war starr vor Schreck, als sie merkte, was er vorhatte. Um den Widerspruch zu unterdrücken, der ihr auf der Zunge lag, presste sie beide Hände auf ihren Mund.

Jesper hatte schon vor längerer Zeit eine große Stoffwindel und einen Latexslip gekauft. Er stand zwar nicht auf Windelspiele, aber er hatte sich gedacht, wenn Daphne einmal sehr unartig wäre, wäre dies eine gute Maßnahme, ihr zu zeigen, welche Position sie innehatte. Er wusste, dass es ihr peinlich sein würde und er selbst hätte nicht anders empfunden, aber er würde nicht nachgeben, egal wie sehr sie betteln würde. Aber sie leistete keinen Widerstand.

Sorgfältig legte er ihr alles an. Der Latexslip war etwas Besonderes. Er saß nicht nur besonders eng und absolut dicht, er enthielt einen Gürtel, der sich mit einem Schloss sichern ließ. Ausziehen unmöglich.

Daphne schaute ihn gequält an, während Jesper sein Werk zufrieden musterte.

«Prima. Weil du unartig warst, wirst du diese Windel bis morgen früh tragen.»

«Bis morgen –», ächzte Daphne und schlug sich schnell die Hand vor den Mund.

»Geh jetzt, zieh dir ein T-Shirt und Socken an. Ich will nicht, dass du frierst. Du findest mich dann in der Küche», erklärte er brüsk.

Jesper runzelte die Stirn, als er das T-Shirt sah. Ein Leopardenmuster mit aufgenähtem Gesicht. Einfach albern. Aber ihm war klar, warum sie es gewählt hatte. Es reichte bis über ihren Po und verdeckte die Windel.

Daphne verhielt sich wie gefordert still und folgsam. Sie schnippelte das Gemüse, das er ihr hinlegte, fing sich aber ein paar erneute Klapse auf ihre Arme ein, als er feststellte, dass sie sich nicht genügend Mühe gab.

Jesper summte beim Kochen fröhlich vor sich hin. Als das Gemüse so weit vorbereitet war, dass es vor sich hinköcheln konnte, legte er den Kochlöffel weg, mit dem er soeben probiert hatte, und holte die große Küchenschere aus der Schublade.

«Nun zu dir. Zieh das T-Shirt aus.»

Daphne zögerte.

«Ich werde nun das tun, was ich schon lange vorhatte. Dieses hässliche Ding zerschneiden.»

Sie wich zurück, auf die andere Seite des Küchentisches und schüttelte den Kopf.

«Zieh es aus und gib es mir.»

«Nein! Es ist nicht hässlich! Außerdem, weißt du, was das gekostet hat?»

Jesper grinste breit. «Wolltest du nicht gehorchen? Habe ich dir erlaubt zu sprechen?»

Daphne biss sich auf die Unterlippe. Sein Blick war durchdringend und sie merkte, wie sich ihre Nippel unter dem T-Shirt verhärteten.

«Es wird mir ein Vergnügen sein, dich für deinen fortwährenden Ungehorsam zu strafen, Sklavin.»

Daphne unterdrückte ein Stöhnen. Sie hätte niemals geglaubt, dass er seine Rolle so glaubwürdig und ernsthaft spielen würde. War das überhaupt noch ein Spiel?

Er kam näher. Seine Hand griff nach dem Shirt. «Zieh es aus.»

Sie gehorchte und sah mit einem Kloß im Hals zu, wie er den Leoparden in breite Streifen schnitt. Er drehte daraus Kordeln und sie ließ es willenlos geschehen, dass er ihre Arme auf den Rücken fesselte. Er patschte ihr mit der Hand auf die Hose. «Dein Glück, dass du dieses Höschen trägst, sonst hättest du jetzt Bekanntschaft mit dem Kochlöffel gemacht. Aber was nicht ist, kann ja noch werden.»

Wusste er, dass solche Drohungen ein höllisches Feuer in ihrer Vagina entfachten?

«Komm, wir trinken ein Schlückchen, bis die Lasagne fertig gegart ist.»

Er goss ein Glas Wein ein, trank davon und hielt es ihr an die Lippen. Nachdem sie das Glas gemeinsam geleert hatten, schenkte er ein neues ein. Daphne merkte, dass der Druck auf ihre Blase allmählich zunahm. Sie konnte an nichts anderes mehr denken. Hatte es Sinn, zu betteln?

«Nun, musst du schon pieseln?» Jesper schien ihre Gedanken zu lesen.

Daphne senkte den Blick und kniete sich vor ihn. «Bitte ...»

«Schweig.»

Daphne seufzte tief. War ihr klar, was es bedeutete, maso zu sein? Hatte sie sich ernsthaft Gedanken zu dem gemacht, was sie im Internet gesehen hatte und was sie wirklich wollte? Doch, sie wollte es. Noch einmal seufzte sie ergeben. Es war verwirrend, dass ihr sogar diese überaus demütigende Situation Lust bereitete und ihr Innerstes mit Zufriedenheit ausfüllte. Würde sie sich jemals selbst verstehen? Der Druck wurde immer stärker und schließlich blieb ihr nichts anderes übrig, als loszulassen. Sie merkte, wie ihr Gesicht heiß wurde, und sie senkte den Kopf noch tiefer. War das demütigend.

Jesper fütterte sie Löffel für Löffel, als das Essen eine halbe Stunde später fertig war. Die Lasagne war gut und lenkte sie von der feuchten Wärme ab, die sich mittlerweile in ihrer Windel staute. Ein weiteres Glas Wein sorgte für einen leichten Schwips.

Nach dem Essen schob Jesper sie auf der Treppe nach oben vor sich her ins Schlafzimmer, nahm ihr die Fessel ab und zwang sie in seinen Armen zu einem nachmittäglichen Nickerchen. Obwohl sie es nicht gewohnt war, um diese Tageszeit zu schlafen, driftete sie bald weg. Sie fühlte sich seltsam entspannt und beruhigt, räkelte sich genießend in der warmen Umklammerung seiner starken Arme. So viel Aufmerksamkeit hatte sie schon lange nicht mehr genossen und sie war bereit, dafür einiges in Kauf zu nehmen.

Nach dem Schlafen drehte Jesper sie zu sich herum und spielte sanft mit ihren Knospen. Er knurrte, als sie die Hände nach ihm ausstreckte. Daphne hätte ihn lieber ebenfalls berührt, ihm seine Zärtlichkeiten zurückgegeben, aber sie wusste, wenn er dieses Spiel der völligen Kontrolle wollte, musste sie sich fügen. Sie wand sich vor Lust, bebte, winselte. Der Schweiß brach ihr aus den Poren und die Feuchtigkeit in ihrem Schoß nahm eine neue Dimension an. Kurz bevor sie zum Höhepunkt kam, hörte Jesper auf.

Sie ächzte entsetzt. Das plötzliche Ausbleiben seiner Zärtlichkeiten war wie ein Schock. Aber er lachte nur schelmisch über ihren frustrierten Gesichtsausdruck. «Ich sagte heute Abend, Sklavin, nicht heute Nachmittag, und nur, wenn du bis dahin brav bist. Da ist noch eine Windel im Weg!»

Es machte sie wütend, dass er sie ihrer unbefriedigten Lust überlassen wollte. Mit Feuer in den Augen fauchte sie ihn an. «Du bist ein Schuft! Erst machst du mich nass und dann ...«

Jesper lachte amüsiert. «Vergiss nicht, du gehörst mir. Und achte auf die korrekte Anrede!»

Trotz ihrer Nervosität in seiner Nähe und trotz der flüchtigen, wie zufällig ausgeführten Berührungen, die immer wieder ihre Erregung aufflammen ließen, verhielt sich Daphne den Rest des Abends vorbildlich. Sie kniete devot zu seinen Füßen und bediente ihn, sobald er einen Wunsch äußerte. Erst als er den Fernseher ausmachte und begann, mit beiden Händen ihren Nacken und Rücken zärtlich hinauf und hinunter zu streichen, bettelte sie. «Bitte, mein *Gebieter!* War ich brav genug, dass ich mir meine Belohnung verdient habe und Ihr mich kommen lasst? Oh, bitte, zieht mir die Windel aus und schlaft mit mir. Bitte – ich flehe Euch an.»

Er hauchte ihr einen Kuss auf ihre Haare. Sie sah es in seinen Augen, wie sehr er sie liebte und dass sie von ihm niemals etwas zu befürchten hatte, nicht in der Vergangenheit und auch nicht in der Zukunft. «O. k., hier ist der Schlüssel. Mach dich sauber und dann komm zurück.»

«Danke, mein *Gebieter.*»

Jesper hatte es nicht eilig. Er streichelte sie überall, knuddelte ihre Hüften, ihre Schenkel und ihren Po, knabberte da und dort an ihrer Haut, kitzelte sie ein wenig. Er genoss es, wie sie ihrerseits ihn überall liebkoste und kleine Küsse auf seine Haut drückte. «Du wirst dich künftig weder am Busen noch in deinem Schoß selbst berühren, außer ich erlaube es dir. Und du wirst es mir beichten, wenn du ungehorsam warst. Und nun halt still.»

«Ja, *Meister*», wimmerte Daphne und flehte hilflos vor Lust, «Bitte, bitte nicht aufhören ...»

Jesper schaute sie an, während er ihren Hals und ihr Gesicht mit einer wilden Aneinanderreihung von Küssen bedeckte, die sie vollkommen atemlos machte. Sie hatte die Augen geschlossen, den Kopf zurückgeworfen, bot ihm ihre schutzlose Kehle dar und er saugte sich sanft daran fest, zwickte ihre Haut, bis sie winselte, verzweifelt bemüht, seinen Befehl auszuführen. Um ihrer Erregung dennoch Ausdruck zu verleihen, stieß sie merkwürdige Töne aus, die wie ein *Haaa!* oder ein *Hiii!* klangen. Lang gezogen, unwirklich und ekstatisch. Ihre Finger hatte sie hinter ihrem Rücken ineinandergehakt, sonst wäre es ihr nicht gelungen, sie von ihm zu lassen. Sie presste ihre Arme fest an den Körper, vor Verlangen verkrampft, aber folgsam und von dieser hilflosen Position fast genauso erregt, als wenn er sie tatsächlich gefesselt hätte.

Als Jesper sanft ihre zusammengepressten Schenkel auseinanderschob, schnellten ihre Hände wieder nach vorne, um ihn zu berühren, aber er packte sie und hielt sie so fest, dass sie jeden einzelnen Finger spürte. «Was habe ich dir gesagt? Kannst du nicht gehorchen?»

«Doch, bitte verzeih – ich bemühe mich ja, aber ...»

«Zieh deine Beine hoch und halt sie mit deinen Händen fest», unterbrach er sie mit einem lüsternen Knurren.

Daphne gehorchte, aber er war noch nicht zufrieden. «Noch höher. So ist es gut. Und nun halt still und genieße!»

Sein Kopf verschwand zwischen ihren Schenkel und seine Lippen saugten sich über ihrer Klitoris fest. Seine Zunge schob dabei die geschwollenen, feuchten Schamlippen auseinander und leckte ihre nasse Spalte aus, ehe er wieder und wieder mit seiner Zungenspitze mal leicht, mal fester über ihren Kitzler huschte, bis Daphne in einem fast schluchzenden Ton stammelte: «Aaaaah, nein, ja, oh bitte, nein, du bist verrückt, jaaaa, nicht aufhören, aaaah, nein, ich halte es nicht aus, aufhören ...»

Ein verlangendes und zugleich unterwürfiges Winseln kündete von ihrer Lust. Längst brachte sie keine zusammenhängenden Worte mehr heraus. Aber als dann noch zwei seiner Finger in ihre Spalte glitten, entwich ihren Lippen ein spitzer Schrei und ihr Gesicht wirkte überrascht, sie öffnete ihre Schenkel noch weiter, als wenn sie ihn zum Eindringen auffordern wollte, und dann presste sie heraus: «Oh, bitte ... mein *Gebieter*, ich halte es nicht mehr aus, bitte ... bitte, erlaubt ... dass ich komme, es ... ist so ... unerträglich schön ... was Ihr ... mit mir macht!»

Jesper lachte leise, zog seine Finger zurück und drang stattdessen jetzt tief mit seinem Penis in sie ein, nahm ihre Hände und legte sie sich auf die Brust, wo sie sofort anfing, zärtlich über seine Brustwarzen zu reiben. «Erlaubnis zu allem erteilt, meine kleine Lustsklavin!», forderte er sie auf, bewegte sich in ihr, drang so tief ein, dass seine prallen Hoden gegen ihre Haut klatschten, füllte sie bis in den letzten Winkel aus und Daphne bäumte sich auf, stemmte sich ihm entgegen und wusste nicht mehr, was sie sagte oder stöhnte. Ihre angestaute Erregung entlud sich mit wilden Zuckungen und sie nahm kaum noch wahr, wie er sich vor- und zurückbewegte, innehielt, um sie zu streicheln, dann weiter und tiefer in sie eindrang, ehe er nach seinem Höhepunkt auf ihr niedersank und sie unter seinem Gewicht begrub.

Es dauerte geraume Zeit, ehe Jesper sich neben Daphne entspannt ausstreckte, sie in seine Arme nahm, die Sofadecke über sie beide zog und sie fest an sich gedrückt hielt. Daphne lehnte ihren Kopf mit einem langen Seufzen an seine Brust und driftete in das Entzücken ab, von seinen starken Armen liebevoll gehalten zu werden und darin geborgen zu sein.

«Oh mein Gott, war das gut, mein *Gebieter!*», hauchte sie nach einer Weile erschöpft und küsste seine Brustwarze.

«Ich dachte mir, dass du es magst, auf diese hilflose Weise erregt zu werden!», erwiderte Jesper schläfrig. «Meine geliebte Sklavin.» Seine Finger glitten über ihre Lider, schlossen ihre Augen und das Letzte, was sie wahrnahm, bevor der Schlaf sie überwältigte, war sein zärtlich auf ihre geschlossenen Lippen gehauchter Kuss.

Wie alles begann

«Liebste Viola!

Ich weiß, ich bin eine untreue Seele. Sonst melde ich mich fast jeden Tag oder wenigstens einmal die Woche bei dir. Und nun sind schon fast drei Wochen vergangen! Du wirst es verstehen, wenn ich dir erzähle, was seit Neujahr geschehen ist und warum mir keine Zeit zum Schreiben blieb!»

Daphne lehnte sich zurück, um ihre Gedanken zu sammeln, die Ereignisse in die richtige Reihenfolge zu bringen. Sie wollte ihrer Freundin chronologisch berichten, nicht alles durcheinander, mal zu diesem, dann zu jenem Detail springen.

Es war in der Nacht von Silvester auf Neujahr geschehen. Jesper und sie hatten zusammen mit Freunden ausgiebig ins neue Jahr hineingefeiert. Sie waren leicht beschwipst, aber nicht betrunken heimgekehrt. Zum einen hatte sich Jesper mit Alkohol zurückgehalten, weil sie mit dem Auto gefahren waren, zum anderen verabscheuten es beide, zu viel zu trinken. Es war schon fast vier Uhr morgens, als sie endlich ins Bett krochen. Daphne hatte ihm verstohlen, zwischen halb geöffneten Lidern blinzelnd, dabei zugesehen, wie er seine Jeans und die Boxershorts auszog, um anschließend im Flur und dann im Bad zu verschwinden. Die Tür stand ein Stück offen und das Flurlicht warf einen schmalen Streifen auf den Schlafzimmerteppich. Sie horchte und vernahm das Rauschen des Wassers in der Dusche.

Jesper machte alle Lichter aus, als er zurückkam. Zu Daphnes Überraschung schmiegte er sich eng an ihren Rücken, als er ins Bett kam. Sie lag auf der Seite, leicht zusammengerollt und bis über die Knie in ihr weiches Flanellnachthemd gehüllt. Er legte seine Hand auf ihre Hüfte, strich ihr sanft an den Beinen hinunter, küsste dabei ihren Hals, schob den Stoff bis über ihren Po herauf. Ein leichtes Prickeln erfasste ihren Schoß. Dann spürte sie, dass er sich nackt an sie heranschmiegte und ihr sanft über Po und Schenkel streichelte.

«Bist du zu müde oder magst du noch mit mir ins neue Jahr hineinkuscheln, Liebes?», fragte er leise.

Sie drehte sich zu ihm um, lächelte im Dunkeln und zog schweigend ihr Nachthemd über den Kopf. Dann tastete sie nach seiner Brust, begann ihn zärtlich zu streicheln, setzte sich locker auf seinen Schoß und beugte sich nach vorne, damit Jesper eine ihrer Brustwarzen mit seiner Zunge beglückte und die andere behutsam zwischen seinen Fingern knetete. Sie küsste seinen Hals, seine Brust, seine kleinen Knospen. Sein Glied wurde unter ihr steifer, gebettet in die einladende Feuchtigkeit ihrer Schamlippen. Sie bewegte sich genussvoll vor und zurück, mit offenem Mund keuchend ...

Es wurde ein kurzes Vorspiel. Beide kamen schnell in Fahrt und Daphne genoss es, ihre Vagina über seinen Penis zu stülpen, ihn betont langsam in sich aufzunehmen. Aber Jesper überließ ihr nicht die gesamte Regie. Er fasste sie an den Hüften, unterstützte sie in ihrer Bewegung und erhöhte das Tempo.

Daphne kam vor ihm, mit einem leisen Aufschrei gab sie sich völlig dem Glücksgefühl ihres Orgasmus hin. Benommen bewegte sie sich unter dem Druck seiner Hände weiter, und Jespers Orgasmus war so heftig, dass er sie zu einem zweiten mit sich riss.

Danach nahm er sie in seine Arme und sie lehnte glücklich ihren Kopf an seine Schulter. Diese Geste war eine Seltenheit und sie kostete es daher jedes Mal bewusst und genießerisch aus. In diesen Augenblicken fühlte sie sich geborgen und beschützt wie sonst nie, und sie wünschte sich, es würde ewig so bleiben.

«Liebes», sagte Jesper schließlich in die Stille des Zimmers hinein. «Sag mir, wenn ich mich irre, aber bist du in letzter Zeit ein wenig geiler als sonst? Was ist mit dir los? Erst willst oder kannst du fast nicht mehr, und ich halte mich zurück, so gut es geht – und dann willst du plötzlich öfter und mehr Sex, als ich dir bieten kann.»

Daphne holte tief Luft. «Ich weiß es auch nicht,» schwindelte sie. «Aber ist es nicht besser so als andersrum?»

«Schon. Aber ich muss mich erst noch daran gewöhnen!» Jesper lachte leise. «Sag mal, hast du eigentlich schon mal daran gedacht, dass Sex auch noch ein bisschen anders sein könnte, mit einem kleinen Spiel verbunden? Vielleicht ließe sich deine Geilheit damit intensiver befriedigen?»

Für einen Moment drehten sich die Gedanken in ihrem Kopf und ihr wurde fast schwindelig dabei. «Was meinst du?» Ahnte er ihre geheimen Sehnsüchte?

«Ein Rollenspiel. Herr und Sklavin. Könntest du dir das vorstellen?», fragte er.

«Du meinst, mit Fesseln und so?», erwiderte sie verhalten und starrte in die Dunkelheit.

«Ja, vielleicht. Wenn du Lust dazu hast? Ich weiß es ja nicht! Wenn du die Wahl hättest – wärst du lieber die Domina, die mich beherrscht, oder lieber die Sklavin, die sich unterwirft?»

Daphnes Herz klopfte bis zum Anschlag. Es war tatsächlich beinahe so, als ob er ihre geheimsten Wünsche kannte, die kleinen Perversitäten, die sich ihr Gehirn im Schlaf ausdachte, um sie mit erotischen Fantasien zu quälen, zu befeuchten und in Unruhe zu versetzen. Erst nach mehreren, beinahe schlaflosen Nächten war sie meistens erschöpft genug, zur Abwechslung mal eine Nacht durchzuschlafen und erholt aufzuwachen.

«Es muss dir nicht peinlich sein, sag es einfach, wenn es so ist. Oder hast du nie darüber nachgedacht?»

«Hm, doch, in letzter Zeit schon», antwortete sie fast wahrheitsgemäß. Die Sehnsucht danach hatte sie in ihrem Leben schon früher verspürt, aber es war ihr peinlich gewesen. Jetzt fand sie diese Gefühle nicht mehr so abartig, und vor allem waren sie in den vergangenen Monaten wesentlich stärker geworden und ließen sich nicht einfach ignorieren. Ihr Körper spielte mit ihren Gefühlen ein grausames Spiel, das sie möglicherweise nicht mehr unter Kontrolle bringen, sondern verlieren würde. Der Gedanke machte ihr Angst, weil sie für sich keinen Ausweg sah. Eigentlich widersprach die Frage nach Dominanz oder Unterwerfung ihrem Selbstverständnis von Gleichberechtigung und gegenseitigem Respekt. Wo sollte die Grenze zwischen Spiel und Ernst sein? Durfte man in diesem Zusammenhang überhaupt von einem Spiel sprechen? Jesper hatte sie, obwohl einige Jahre älter, immer als ebenbürtige Partnerin behandelt und sie war ihm dankbar dafür.

«Nun?», flüsterte er sanft. «Domina oder Sklavin?» Er drückte sie fester an sich und sie fühlte eine Woge neuer Erregung und wünschte sich im selben Augenblick, er würde sie noch fester halten, umklammern, sie unbeweglich machen, küssen und dann ...

«Sklavin», hauchte sie und nahm all ihren Mut zusammen, um weiter zu sprechen. «Ich wünsche mir manchmal nichts mehr, als deine Befehle zu befolgen und dir zu Willen zu sein, dass du mich wehrlos machst und mir unter irgendeinem banalen Vorwand meinen Hintern ein wenig mit deiner Hand versohlst ...»

Ihre Stimme erstickte fast unter diesem einen Satz, den sie in atemberaubender Schnelligkeit herausgestoßen hatte und der am Schluss immer leiser geworden war. Nun war es geschehen, sie hatte es ihm gesagt und ihr Puls raste vor Anspannung.

Jesper drehte sich auf die Seite, zog seinen Arm unter ihr weg und schaltete die Nachttischlampe ein. Auf einen schummrigen Schein heruntergedimmt, warf die Lampe ein weiches Licht auf Daphnes Gesicht. Ihre Augen waren aufgerissen, ihre Lippen zitterten vor Aufregung und sie starrte ihn mit geweiteten Pupillen an. «Bist – bist du schockiert?»

«Ein wenig», schmunzelte er und betrachtete sie liebevoll. «Und warum willst du das? Sag's mir!», ermunterte er sie. Insgeheim amüsierte ihn ihre nicht zu übersehende Verlegenheit, die ihr Geständnis hervorgerufen hatte.

«Na ja.» Daphne zögerte und versuchte in seinem Blick zu erkennen, ob er sich lustig über sie machen würde, aber es gelang ihr nicht. «Ich weiß nicht so genau, vielleicht damit du mir beweist, dass du mein Ehemann bist und das Sagen hast, mir alle Entscheidungen abnimmst und über mich bestimmst.» Sie holte tief Luft. «Könntest du mich nicht öfters mal anfassen, ich meine einfach so zwischendurch – in den Arm nehmen, streicheln, hmmm, ein wenig begrapschen, wo immer du willst – es muss ja nicht unbedingt gleich darauf Sex folgen, wenn du nicht willst! Aber ich möchte spüren, dass ich deine Frau bin, und würde gerne häufiger deine Nähe, deine Haut, deine Finger spüren, egal auf welche Weise ...» Sie senkte ihre Augen und hielt verlegen den Atem an. Warum schämte sie sich eigentlich, diese Wünsche ihrem Mann mitzuteilen? Sie vertrauten einander, sie liebten sich.

Jesper griff nach Daphnes Hand, streichelte ihr über die Finger, dann langsam den Unterarm hinauf, kreiste über ihrem Ellenbogen. Auf ihrer Haut stellten sich die feinen Härchen sichtbar auf. Sie unterdrückte ein Seufzen. Seine Berührung jagte ihr Schauer über den Körper, die sowohl erhitzend als auch fröstelnd waren. Sie sah ihm zu, wie seine Finger weiter wanderten, über ihren Oberarm, dann Spiralen über ihre Schulter zogen und als sie in einer Zickzacklinie zu ihrer Brustwarze hinabglitten, streckte sie das Kreuz durch und wölbte ihm herausfordernd ihre Brüste entgegen. Mehrmals umrundete Jespers Zeigefinger ihre steil aufragende

Knospe und als er sie endlich fest zwischen Daumen und Mittelfinger drehte, zuckte sie vor Wonne zusammen, obwohl es schmerzte. Seine Stimme klang rau und beherrscht, als er fragte: «Meinst du so?» Und sie presste mühsam heraus: «Ja, mach weiter, bitte!»

Aber er nahm zu ihrer Enttäuschung seine Hand zurück und sagte ruhig: «Ich möchte dir einen Vorschlag unterbreiten und vielleicht ist es ja an mir, dich damit zu schockieren.»

Er sah ihr direkt in ihre klaren blauen Augen, die ihn vom ersten Tag an fasziniert hatten, umgeben von einem ungewöhnlich dichten Kranz schwarzer Wimpern. Daphne hatte eine makellose Haut und strahlte eine natürliche Schönheit aus. Wie viele andere Frauen kämpfte sie gegen ein paar Pfunde zu viel an, mit wenig Erfolg. Aber das störte Jesper nicht. Lieber eine Frau, die ein wenig molliger war und etwas zum Anfassen bot, als wenn er ihre Rippen zählen konnte.

«Woran denkst du?», fragte Daphne vorsichtig.

«Am Wochenende, beginnend mit Freitagabend, wenn ich nach Hause komme, und bis Montag früh dauernd, wenn der Wecker klingelt, leben wir ein Rollenspiel. Mit Unterwerfung, Aufgaben, Befehlen. Und mit Sex als Belohnung. Das Ganze ein Jahr lang, von heute bis zum nächsten Neujahr. Du bist in dieser Zeit meine Dienerin und ich dein Herr. Du wirst widerspruchslos wie eine Sklavin gehorchen und ich werde dir befehlen. Es wird sexuelle Belohnungen geben, aber auch erotische Strafen.»

«Erkläre es mir genauer», fragte sie heiser mit wachsendem Interesse, als er innehielt, um ihre Reaktion zu prüfen.

Sie war bei Weitem nicht so irritiert über seinen Vorschlag, wie er erwartet hatte, und er fuhr daher fort. «Es wird den gesamten Tagesablauf betreffen. Ich werde dich in dieser Zeit zu einer gefügigen Sklavin erziehen und du wirst dich glücklich schätzen, mir dienen zu dürfen. Wenn du alles zu meiner Zufriedenheit erfüllst, werde ich dich so oft wie möglich sexuell befriedigen – wenn du willst, mehrmals am Tag.»

Ein sehnsüchtiger, fast gieriger Glanz erschien in ihren Augen. Ihre Zunge leckte einmal unkontrolliert über ihre Lippen.

«Bei Ungehorsam wirst du allerdings leer ausgehen, unbefriedigt bleiben, meine Hand oder auch ein anderes Instrument der Züchtigung kennen lernen.»

Daphne starrte ihn ebenso begierig wie fassungslos an.

«Aber nicht, dass du denkst, dass du ein reines Objekt meiner Begierde sein sollst und das Ganze in ein reales Sklaventum ausartet, nein, es soll auf jeden Fall ein Spiel bleiben, ein Spiel der Lust, das jedem von uns beiden Spaß macht. Du würdest dieses Spiel auf jeden Fall mitgestalten!» Jespers dunkle Augen waren mit einer komplexen Mischung von Emotionen gefüllt, die sie nicht zu deuten wagte.

«Und unter der Woche?», brachte sie mühsam heraus.

Er zog die Schultern kurz hoch. «Nichts. An allen anderen Tagen gibt es kein Spiel. Wir müssen ja nicht übertreiben. Du darfst mich verführen oder ich dich, keiner bestimmt über den anderen, alles verläuft wie sonst auch. Aber am Wochenende wirst du nur dann Sex haben, wenn ich es dir gestattete, und zwar ausschließlich zu meinen Bedingungen.»

Zufrieden stellte er fest, dass sie nun allmählich nervös wurde. Ihr Blick hielt dem seinen nicht mehr stand, aber es lag ein sinnlicher Glanz darin, den er in dieser Form bei ihr noch nie gesehen hatte. Zu gerne hätte er gewusst, was in diesem Augenblick in ihrem Kopf vor sich ging. Sie setzte sich auf und umklammerte, scheinbar ohne es wahrzunehmen, ein Stück Bettdecke und rieb es unruhig zwischen ihren Fingern.

«Findest du nicht, dass wir das erst mal für ein paar Stunden ausprobieren sollten? Ein Wochenende kann eine verdammt lange Zeit sein! Es würde doch genügen, deine Idee ...»

«Ganz oder gar nicht!», unterbrach er sie rau. «Das ist meine Bedingung.» Sie war von seiner Entschlossenheit sichtlich beeindruckt.

Daphne war nur wenige Male bei Gerichtsverhandlungen anwesend gewesen, hatte aber jedes Mal Jespers klare Argumentation und sein unerschütterlich sicheres Auftreten bewundert. Er wusste ganz genau, was er wollte. So sehr sie früher darüber froh gewesen war, dass er sich zügelte und diese Dominanz zuhause nicht auslebte, so sehr sehnte sie sich inzwischen danach.

«Das heißt also, du wirst über mich nach Belieben verfügen? Du willst also, dass ich dir bedingungslosen Gehorsam schwöre und bestraft würde, wenn ich – wenn ich unartig wäre?» Ihre Stimme versagte, sie war zu aufgeregt und traute sich nicht weiterzusprechen. Auf ihrem Rücken fühlte sie den Schweiß ausbrechen, selbst ihr Kopf wurde heiß und schien zu schwitzen. Sie dachte an die vielen Geschichten, die sie im Internet gelesen hatte und von denen sie annahm, dass nicht einmal die Hälfte der Wahrheit entsprach. Aber sie hatte sich von einigen dennoch angemacht gefühlt und eine Bestätigung ihrer eigenen Sehnsüchte darin gefunden und ihrer erotischen Fantasien, die sie in schlaflosen Nächten heimsuchten, wenn ihr Hormonspiegel wieder einmal überlief. War er tatsächlich bereit, ein wenig davon in die Tat umzusetzen und ihr beispielsweise ... Ehe sie zu Ende überlegt hatte, fuhr er fort und nickte.

«Ja, ich werde dich bestrafen, wenn du unartig bist und einen roten Hintern verdienst! Es wird sicherlich ein bisschen wehtun. Aber du musst keine Angst haben. Vertrau mir einfach! Ich werde dich nicht quälen oder verprügeln. Ich werde dich züchtigen, indem ich dich übers Knie lege und immer ein bisschen im Ungewissen lasse, was als Nächstes folgt, um den Reiz zu erhöhen. Ich bin mir ziemlich sicher, es wird dich erregen. Und es wird keine physischen Spuren geben, keine blauen Flecken und möglichst keine Striemen. Noch einmal – es soll ein *Spiel für die Lust* bleiben! Ich möchte dich gewissermaßen auf eine andere Ereignisebene bringen, dabei deine Erregung steigern! Sag mir, wenn ich mich irren sollte: die Furcht vor der Ungewissheit, die Furcht vor einem kleinen bisschen Schmerz, die Furcht, nicht einmal zu ahnen, wann und wie intensiv dich die Strafe treffen könnte – das törnt dich an!»

Sie nickte zitternd, völlig verwirrt, woher er das alles erahnen konnte. Fieberhaft überlegte sie, ob ihr ein Fehler unterlaufen war und er vielleicht doch nachvollziehen konnte, auf welchen Internetseiten sie sich herumgetrieben hatte.

«Ich möchte mehr an dir haben als eine liebevolle Ehefrau. Ich möchte dich als willenlose, gehorsame Lustsklavin, als mein Spielzeug, denn diesen Gedanken finde ich höchst erotisch! Eine ergebene, manchmal aber auch etwas unartige Geliebte, die mich um den Verstand bringt und mir einen Grund liefert, sie entsprechend zu bestrafen! Weißt du, Daphne, ich muss erst noch mit dem Gedanken fertigwerden, dass du derart notgeil geworden bist. Dafür brauche ich Zeit und ich möchte die Kontrolle über diese Entwicklung übernehmen. Du wirst dich mir deshalb unterwerfen! Ich will deinen Trieb steuern und für meine eigene Luststeigerung nutzen!»

Nun war es endlich raus. Er hatte schon befürchtet, er würde es nie über die Lippen bekommen. Es war ihm ein bisschen unangenehm, denn damit gab er einen Teil seiner eigenen Wünsche preis – er war sich indes nicht sicher, ob Daphne in ihrer momentanen Verwirrtheit dies überhaupt begriffen hatte. Glücklicherweise hatte sie keine Ahnung, wie sehr sie ihn in den letzten Wochen durcheinandergebracht hatte und dass er längst wusste, was sie sich insgeheim wünschte. Sie passten viel besser zusammen, als er jemals vermutet hatte. Langsam, ganz langsam würde er seine eigenen Vorstellungen einbringen, ihr Zeit geben, sich daran zu gewöhnen und seine Ideen in ihrem Verständnis der Rolle akzeptieren und genießen.

Zuerst wollte Jesper Daphne zur Rede stellen, eine Aussprache, Antworten – aber er vermutete, dass sie diese Antworten eher Viola schreiben als ihm gegenüber aussprechen konnte, denn es schien ihr peinlich zu sein. Außerdem hätte er sich dann verraten, dass er ihre Briefe heimlich gelesen und dadurch ihr Vertrauen missbraucht hatte. Sie würde es nicht verstehen, dass ihn allein ihr Verhalten so sehr beunruhigt und dazu verführt hatte. Was er getan hatte, war jedoch durch nichts zu rechtfertigen, es entsprach einem Vertrauensbruch. Sie durfte nichts davon erfahren.

Nicht nur ihre stärkere sexuelle Aktivität, nein, auch anderes, Kleinigkeiten, die er teils kommentarlos zur Kenntnis genommen hatte, wie die Tatsache, dass sie ihre Fingernägel in abartigen bunten Farben wie Kornblumenblau oder Frühlingsgrün lackierte, tiefer ausgeschnittene Blusen kaufte und auf einmal sogar String-Tangas als Unterwäsche trug, verursachten seine Irritation und rüttelten ihn wach. Er kam seiner Meinung nach folgerichtig zu dem Schluss, dass es einen Liebhaber geben musste, der sie auf solche Ideen brachte. Nur deswegen, ausschließlich deswegen, um sich Gewissheit zu verschaffen, hatte er seiner nagenden Eifersucht nachgegeben und die Briefe gelesen. Briefe an Viola, diese imaginäre Freundin, der Daphne ihrer Meinung nach gefahrlos alles anvertrauen konnte. Wem sonst als ihr hätte sie dann wohl auch von einem Geliebten erzählt. Von einer Affäre.

Stattdessen musste Jesper jedoch feststellen, dass sie ständig nur an ihn dachte – an ihren Mann, an seine Hände, seinen Mund, seine Augen, wie sie seinen Rücken, seine Schenkel, seinen Po tätschelte und dass sie nichts anderes wollte, als von ihm umarmt, geküsst, gehalten, beschützt, von ihm begehrt und nach allen Regeln der Liebe, Zärtlichkeit und Leidenschaft *begattet* zu werden. Sie sprach auf ihre Weise von *lustvollen Ehepflichten*, denen sie viel zu selten nachkämen.

Voller Verwunderung hatte er festgestellt, dass sich seine jahrelang zurückgehaltenen, als nicht realisierbar abgehakten sadistischen Begierden mit ihren stillen, masochistischen und devoten Wünschen deckten und in den Briefen an Viola widerspiegelten. Er hatte sich davor gefürchtet, ihr erotische Spiele mit Fesseln und Züchtigungen vorzuschlagen. Nun lag die Chance dazu zum Greifen nahe. Diese Erkenntnis verschaffte ihm einige unruhige Nächte. Stundenlang wälzte er sich hin und her, sogar während der Arbeit, und die ganze Weihnachtszeit über hatte er überlegt, ob er ihr diesen Vorschlag zu einem Spiel der Liebe und des Gehorsams machen sollte oder nicht. Manchmal war es ihm so vorgekommen, als ob er gleich platzen und es hinausbrüllen müsste. Jetzt war es so weit. Die Entscheidung lag nun alleine bei ihr.

«Und?», fragte sie noch mal und fühlte ihren Puls im Hals klopfen. «Wirklich das ganze Wochenende über? Ist das nicht ein bisschen lang?»

«Komm schon, Daphne, ein paar Stunden – das ist etwas für Leute, die sich erst noch beschnuppern müssen! Aber wir beide, wir kennen uns nun schon ein halbes Leben lang! Vertraust du mir etwa nicht?», antwortete er provokant, mit einem sarkastischen Zug um die Mundwinkel.

«Doch», erwiderte sie zögernd, fast sprachlos über seinen Vorschlag. «Ich würde dir mein Leben anvertrauen, das weißt du!»

«Es bleiben dir ein paar Tage Zeit zum Nachdenken», erklärte Jesper, ganz sachlich im typischen Anwaltstonfall. «Ich werde dir morgen früh eine Art Vertrag mit meinen Bedingungen auf den Wohnzimmertisch legen. Wenn du einverstanden bist, unterschreibst du ihn bis Freitagabend und richtest dich nach den Anweisungen für unser erstes Wochenende, die ich dir dazulegen werde. Ich werde Freitag gegen neunzehn Uhr nach Hause kommen. Entweder du zerreißt den Vertrag, dann vergessen wir einfach meinen Vorschlag, oder du lässt den Vertrag unterschrieben auf dem Tisch liegen und führst meine Anweisungen aus.»

«Und wenn ich ihn unterschreibe, aber nach, sagen wir mal, drei Monaten feststelle, dass ich dieses Spiel nicht mehr will? Oder wenn ich das nicht aushalte oder gut finde, was auch immer du vorhast, in unser Spiel einzubringen? Wenn mir das einfach zu üppig oder zu streng – oder was auch immer – ist?»

Jesper nickte verständnisvoll. «Ich werde mir ein Codewort ausdenken und in den Vertrag schreiben. Das Spiel würde dann damit beendet.»

Ihre starre Haltung lockerte sich. Sie war ein bisschen erleichtert, dass sie keine übereilte Entscheidung treffen musste, sondern in Ruhe und alleine über seinen Vorschlag nachdenken durfte. Aber ein Vertrag? Irgendwie war das nicht nach ihrem Geschmack. Regeln. So was konnte sich nur ein Anwalt ausdenken. Sie seufzte leise.

Er stupste ihr mit dem Zeigefinger auf die Nasenspitze und sagte lächelnd: «Und jetzt leg dich hin und schlaf!»

Als wäre nichts geschehen, als hätten sie zu jener frühen Stunde nicht eine Verrücktheit besprochen, vergingen die nächsten Tage, an denen sie beide arbeiten mussten. Nur der Vertrag, wie er ihn genannt hatte, erinnerte Daphne daran, dass sie nicht geträumt hatte. Wie angekündigt lag er in einem verschlossenen, offiziell an «Daphne, meine Sklavin» adressierten Umschlag auf dem Wohnzimmertisch. Wenn sie alleine war, las sie ihn immer und immer wieder aufmerksam durch und kam dabei zu keinem Entschluss.

Sie schaltete Jespers Rechner an und suchte im Internet nach Verträgen zwischen *Meister* und *Sklavin.* Nach einer Stunde schwirrte ihr der Kopf von den vielen verschiedenen Beispielen, die sie gelesen hatte und die das, was Jesper sich ausgedacht hatte, bei Weitem übertrafen. Weitergeholfen hatten sie ihr indes nicht. Solche Verträge waren vor dem Gesetz null und nichtig, Jesper als Anwalt wusste das natürlich auch. Verträge dieser Art dienten lediglich der persönlichen Luststeigerung und um die dominante Position psychologisch zu stärken. Dennoch fürchtete sie sich ein bisschen davor, darauf einzugehen und damit die falsche Entscheidung zu treffen. Sie wusste genau, beide würden sie den Inhalt für ihr Spiel durchaus wörtlich nehmen. Wenn sie den Vertrag aber nicht unterschrieb und kein Spiel zustande kam, würde er vermutlich sehr enttäuscht sein, sonst hätte er den Vorschlag nicht gemacht, und sie war viel zu gespannt darauf, etwas Neues auszuprobieren, wie sie es sonst nur in ihren Träumen erlebte.

Vertrag zwischen Jesper,
im Folgenden Meister genannt, und
Daphne, im Folgenden Sklavin genannt.

1. *Die Sklavin wird von unten stehendem Datum an und bis zum nächsten Neujahr ihrem Meister ohne Widerspruch und ohne Rechte an jedem Wochenende dienen.*
2. *Die Sklavin wird für jegliche Art des Ungehorsams bestraft werden. Der Meister alleine entscheidet über Dauer, Häufigkeit und Art der Bestrafung.*
3. *Der Meister seinerseits verpflichtet sich, für die geistige und körperliche Unversehrtheit sowie für die Gesundheit seiner Sklavin Sorge zu tragen.*
4. *Der Vertrag kann von beiden Seiten ohne Nennung von Gründen fristlos durch Aussprechen des Codewortes «Game over» beendet werden.*

Datum und Unterschrift

Unter anderen Umständen hätte Daphne ihre Freundin Viola zu Rate gezogen. Wenn sie ihr von ihren Problemen schrieb, ergaben sich die Lösungen meistens von ganz alleine. Aber im Augenblick sah sie sich außer Stande, ihre Gefühle zu Papier zu bringen. Immer wenn sie dazu ansetzte zu schreiben, verdrehten sich die Sätze in ihrem Kopf. Einerseits sah sie einige ihrer geheimsten Wünsche in Erfüllung gehen, war fasziniert von dem Gedanken, von ihm beherrscht zu werden und nicht zu wissen, wohin dieses Spiel führen würde. Andererseits erschreckte sie das Ausmaß seines Vorschlags. Sie hätte es lieber erst mal ein wenig ausprobiert, statt sich gleich festzulegen und ausliefern. Nur mal für eine Stunde das Gefühl erleben, wie es sein mochte, wenn er die Herrschaft über ihren Geist und ihren Körper übernahm. Gewiss, er hatte ein Codewort zum Abbrechen des Spiels in den Vertrag geschrieben. Aber es war sicherlich nicht Sinn des Spiels, dieses bei der erstbesten Gelegenheit zu beenden.

«Liebste Viola!

Ich möchte dir im Augenblick nicht erzählen, um was es sich handelt. Noch nicht. Aber ich befinde mich dabei, eine höchst brisante Entscheidung zu treffen, die mich aus meiner Sackgasse befreien könnte.

Es ist einfach unglaublich. Ich kann diese Männerbemerkungen verstehen, wenn sie behaupten, eine Frau würde sich zickig verhalten, weil sie lange keinen Mann gehabt hätte und mal anständig gevögelt werden müsste. Früher hielt ich das immer für frauenfeindliches Machogerede. Aber ein bisschen Wahrheit scheint vielleicht doch darin zu stecken. Ich weiß nicht, ob man es mir anmerkt, wenn ich unbefriedigt bin. Aber auf jeden Fall fühle ich mich so. Ja, ich brauche mehr. Wenn ich einige Tage keinen Sex mit Jesper habe, noch nicht einmal von ihm zärtliche Berührungen erhalte, er mich nicht in den Arm nimmt und drückt, mir kaum körperliche Beachtung schenkt, dann scheinen meine Hormone überzulaufen, ich werde unzufrieden, beinahe knatschig, als ob ich ständig gegen eine Wand laufen würde. In letzter Zeit geschieht es sogar öfters, dass mich Traurigkeit überfällt, bevorzugt wenn ich alleine bin oder im Bett liege und grüble, während Jesper längst tief und selig schläft. Es kann sein, dass ich eine Stunde lang heule, ehe es mir dann ein wenig besser geht und ich schlafe. Aber so kann es doch nicht weitergehen? Was soll ich nur tun?»

Als Jesper Freitagabend nach einer kurzen, aber anstrengenden ersten Januarwoche aus seiner Rechtsanwaltskanzlei nach Hause kam, war es im Haus völlig ruhig. Es war schon fast zwanzig Uhr, später als er beabsichtigt hatte. Aber gerade als er gehen wollte, hatte ihn ein Klient angerufen, den er bereits mehrmals in kniffligen Angelegenheiten vertreten hatte.

Er zog die Schuhe aus, hängte sein Sakko über einen Bügel an der Garderobe und betrat in Socken das Wohnzimmer. Nur das Licht der langen blauen Neonröhre, die am Boden hinter den Rollcontainern lag, die Fernseher und Stereoanlage trugen, erhellte das große Zimmer ein wenig und tauchte es in ein kühles, neutrales Licht. Über die großen Lautsprecherboxen war leise klassische Musik zu hören.

Jesper ging zu dem ovalen Tisch der Essecke und machte den Deckenfluter an, der daneben stand. Daphne hatte in halbrunder Anordnung mehrere verschiedenfarbige Teelichter aufgereiht, die einen angenehmen Vanilleduft verbreitet hatten, inzwischen aber heruntergebrannt und ausgegangen waren. Er befühlte das bunte Glas. Es war noch handwarm. Mittendrin lag der Vertrag. Er nahm ihn in die Hand. Außer seiner eigenen vorab daraufgesetzten Unterschrift zierte ihn jetzt auch Daphnes, schwungvoll ausgeführt wie immer.

Bis zuletzt hätte er keine Wette darauf abgeschlossen, ob sie auf seine

Idee eingehen würde. Natürlich hatte er darüber nachgedacht, dieses Spiel zunächst ein paar Stunden zu testen. Aber er war bereit, alles auf eine Karte zu setzen. Das war die Methode, mit der er auch als Anwalt erfolgreich war. Alles genau durchdenken, alle Risiken abwägen und ausschließen, dann aber *ganz oder gar nicht* agieren.

Er lächelte. Wenn sich ihre und seine Wünsche deckten, stand ihnen eine erotische Zeit bevor, in der sie ihre Körper neu entdecken würden. Nicht nur das, er fand den Gedanken äußerst reizvoll, Daphne zu einer ihm in jeglicher Hinsicht ergebenen und gehorsamen Gattin zu «erziehen». Seine unterdrückten Neigungen würden sich frei entfalten. Er durfte nur nicht zu schnell, zu hart vorgehen. Er musste ihr ein wenig Zeit lassen, sich in ihre neue Rolle zu fügen.

Jesper legte den Vertrag zurück auf den Tisch und atmete tief durch. Auf einmal war er nervös. Er musste jetzt hinaufgehen und nachsehen, ob sie auch die Anweisungen befolgt hatte, die auf dem Beiblatt gestanden hatten. Es würde ihm nicht leichtfallen, die Autorität, die er in seinem Beruf ausstrahlte, plötzlich in sein Privatleben zu übertragen. Es war ein gewaltiger Schritt, die Verhaltensregeln zu ändern, von einer in jeder Hinsicht gleichberechtigten Partnerschaft zu einer vollkommenen Domination zu wechseln, wenngleich nur für eine begrenzte Zeit und nur als Spiel. *Spiel.* Das war der einzige Punkt, der ihm Kopfzerbrechen bereitete. Würde es ein Spiel bleiben?

Zögernd öffnete er den Umschlag, auf den Daphne in ihrer unverkennbaren, deutlichen Handschrift geschrieben hatte: *Für meinen Meister.* Er schluckte, als er das zusammengefaltete Papier entnahm und runzelte die Stirn, als er ihre Zeilen las. Das Blatt enthielt nicht die erwartete Information. Daphne hatte ihm Stichworte zu ihren Fantasien und Züchtigungswünschen aufschreiben sollen, aber stattdessen stand dort nur eine Entschuldigung.

«Mein verehrter Meister, ich weiß, dass ich mich hiermit Eurem ersten Befehl widersetze, aber es ist mir nicht möglich, Euch meine geheimsten Gedanken mitzuteilen. Ich bitte Euch hiermit um Verzeihung. Eure Sklavin Daphne.»

Jesper schmunzelte. Entweder hatte sie tatsächlich Schwierigkeiten damit, ihm ihre Sehnsüchte mitzuteilen, oder sie widersetzte sich absichtlich, um eine ernsthafte Bestrafung zu provozieren.

Zu Beginn ihrer Beziehung hatte Jesper ein wenig Probleme damit gehabt, Daphne ihre Selbstständigkeit zu lassen. Sein Job erforderte immer den ganzen Einsatz und die Willenskraft, Entscheidungen auch gegen den Widerstand anderer durchzusetzen. Im Laufe der Zeit hatte er jedoch gelernt, in dieser Hinsicht zwischen Kanzlei, Gerichtssaal und seiner Ehe zu trennen. Wenn ihm das einmal nicht gelang, wies Daphne ihn unmissverständlich darauf hin. «Ach, jetzt kommt wieder der Herr Anwalt zum Vorschein!» Ob sie sich das nun auch noch traute, frech zu widersprechen?

Jesper lockerte seine Krawatte, betrat den Flur und ging langsam die Treppe hinauf. Die Schlafzimmertür war nur angelehnt und das Licht am Nachttisch gedimmt. Vor ihrem Bett kniete Daphne auf dem wollweißen, grob geknüpften Teppich, nackt, die Augen mit einem roten Schal verbunden, die Hände auf den Rücken gelegt. Ihre Miene wirkte ein bisschen gequält. Vermutlich wurde ihr die Stellung allmählich unbequem. Als sie seine Schritte näherkommen hörte, streckte sie den Rücken ein wenig durch und hob den Kopf. «*Meister?*»

Er griff ihr unter das Kinn, hob es mehr an und gab ihr dann einen zarten Kuss auf die Lippen. «Ja, meine geliebte Sklavin, dein Herr und *Meister* ist jetzt zuhause. Schön, dass du dich entschieden hast, den Sklavenvertrag zu unterschreiben und dich völlig in meine Hand zu begeben. Du wirst es nicht bereuen. Du weißt, was das bedeutet?»

«Ja, *Meister!*», hauchte sie. «Ich gehöre dir und bin nur dazu da, dir zu gefallen und zu gehorchen.»

«Warst du artig?»

«Ja, *Meister!*»

Er entschied, ein wenig später auf ihr Entschuldigungsschreiben zurückzukommen. «Seid wann kniest du hier, um auf mich zu warten?»

«Seit achtzehn Uhr, *Meister*. Wie du befohlen hast.» Sie verzog das Gesicht. «Meine Knie tun allmählich weh.»

«Hm, du hättest dir ein Kissen unter die Beine legen dürfen. Denk das nächste Mal daran. Ich will nicht, dass mein Eigentum Schaden nimmt, verstanden?»

«Ja, *Meister*», antwortete sie leise und fühlte sich selbst ganz fremd dabei.

«Nun zähle mir deine Pflichten auf!»

Sie senkte ein wenig den Kopf und versuchte sich zu konzentrieren, während sie ihn im Zimmer herumlaufen hörte. «Ich muss meinem *Meister* bedingungslos gehorchen. Ich darf nur reden, wenn mein *Meister* es erlaubt. Wenn mein *Meister* sitzt, muss ich rechts von ihm am Boden knien. Morgens muss ich ihm das Frühstück ans Bett bringen, ihn bedienen und nach seinen Wünschen fragen. Mittags ...»

«Hm, schon gut», unterbrach er sie. Sie hörte das Rascheln von Stoff. Vermutlich zog er sich gerade bequeme Freizeitkleidung an. «Es scheint mir, du hast die Liste auswendig gelernt. Es wird sich noch zeigen, ob du sie auch verinnerlicht hast. Nenne mir nun deine Rechte und korrigiere dabei deine Ansprache.»

Daphnes Stimme zitterte ein wenig vor Anspannung, als sie erneut antwortete. Sie hatte vergessen, dass sie ihn nicht duzen wollte und dass er zudem auf einer Höflichkeitsform bestand, wie man sie sonst nur in alten Büchern oder historischen Romanen fand. «Eure Sklavin hat keine Rechte, *Meister.* Sie existiert nur, um Euch zu dienen.»

«Gut. Habe ich dir irgendwelche Zugeständnisse versprochen?»

«Ja, *Meister.*» Daphne zögerte, dann fuhr sie leiser und mit einem Lächeln fort. «Du hast deiner Sklavin versprochen, dass du sie mit Sex belohnen wirst, wenn sie deine Befehle zu deiner Zufriedenheit ausführt.» Sie spürte, dass er ganz nah vor ihr stand, noch bevor er etwas sagte.

«So weit, so gut. Es wird sich zeigen, inwieweit ich dich erziehen muss. Je artiger du bist, desto weniger Demütigungen wirst du erdulden müssen, aber umso öfter werde ich dich belohnen und auf deine sexuellen Wünsche eingehen. Nur das mit der Anrede funktioniert noch nicht. Ich werde dich wohl bestrafen müssen, damit du sie lernst. Außerdem warst du nicht artig, wie du behauptet hast.»

Sein Tonfall war strenger geworden, während er sie tadelte, und Daphne lief ein wohliger Schauer den Rücken hinunter, als er weitersprach.

«Wenn ich mich nicht irre, hast du dich bereits einer Anordnung verweigert. Dein Entschuldigungsschreiben ist inakzeptabel. Damit du dich nicht der Illusion hingibst, dass ich vor Züchtigungen zurückschrecken werde und der ganze Vertrag nur zum Schein abgeschlossen ist, werde ich dir als Erstes eine lehrreiche Lektion erteilen, damit du künftig meinen Befehlen gehorchst.»

«Ja, *Meister*», antwortete Daphne leise und ihre Worte waren mehr gehaucht als gesprochen. Während der langen Wartezeit hatte sie hin- und herüberlegt, ob sie sich richtig entschieden hatte. Nackt und mit verbundenen Augen auf dem Teppich zu knien, sich vorzustellen, dass sie ihm völlig gehorchen wollte, was auch immer er verlangte, und das hatte sie schließlich erregt. Ihre Scham war warm und feucht. Andererseits genierte sie das Ganze und sie fragte sich, was sie hier machte.

Als Jesper ihr nun irgendetwas um die Handgelenke schlang, vielleicht ein Halstuch oder einen Schal, und fest verknotete, wurde ihr Körper sofort von einer intensiveren Welle der Erregung überflutet. Instinktiv beugte sie sich noch tiefer nach unten, zerrte testend an den Fesseln, nur um zu spüren, dass es tatsächlich sinnlos war. Sie unterdrückte das Wimmern, das in ihrer Kehle aufstieg. Das Tuch war zwar nicht hauteng um ihre Handgelenke geschlungen, aber eng genug, um ihre Hände nicht herauszulassen. Die kribbelnde Angst, auf die sie so lange gewartet hatte, die sie bislang nur in ihren Träumen als erotisierende Begleiterscheinung erlebt hatte, fiel ungeahnt heftig über sie her, lähmte ihre Muskeln und ihren Verstand, sodass sie beinahe zu atmen vergaß. Schlagartig verspürte sie das Bedürfnis, ihre Beine mehr zu öffnen und ihm ihre Bereitschaft zu demonstrieren.

«Streck deinen Po heraus!», forderte Jesper und sie gehorchte erwartungsvoll. «Du wirst mir, wenn ich dich dazu auffordere, deinen nackten Po entgegenstrecken. Verstanden?»

«Ja, *Meister*», wisperte Daphne erwartungsvoll. Dann traf sie der erste Klaps. Klatschend ging Jespers Hand abwechselnd links und rechts auf ihre Rundungen nieder, zärtlich, eher wie ein Hauch. Daphne seufzte lüstern, das Geräusch auf ihrer Haut machte sie an. Es klang lauter, als sie es sich vorgestellt hatte. *Klatsch* und noch mal *klatsch.* Sie beugte sich mit dem Kopf tiefer, bemüht, ihren Hintern noch mehr nach oben zu recken. Daraufhin schlug seine Hand ein wenig fester zu und verwirrt fühlte sie, wie sie den leichteren Schmerz genoss, und ihrem Mund entfuhr ein erregtes «Ahhh». Ihre Vagina begann zu pumpen.

«Nun, diese kleine Standardzüchtigung soll dich stets daran erinnern, wer du bist und dass du mir gehörst. Nur mir. Ohne Wenn und Aber. Du wirst dich in den Stunden deines Sklavendaseins völlig unterwerfen und bedingungslos gehorchen! Verstanden?»

«Ja, *Meister*», wisperte sie. «Ich bin Eure Sklavin und werde alles tun, was Ihr befehlt.»

«So, damit du dir auch wirklich Mühe gibst, mich mit dem nötigen Respekt und in der korrekten Weise anzusprechen, gebe ich dir jetzt noch einen Nachschlag! Du stimmst mir doch sicherlich zu, dass du eine Erziehungsmaßnahme benötigst?»

«Ja, *Meister*», hörte sich Daphne antworten, über sich selbst verwundert, wie leicht es ihr von den Lippen ging. «Ja bitte, straft mich für meinen Ungehorsam.»

Jesper verpasste ihr mit dem Fliegenklatscher, der griffbereit wie befohlen auf dem Bett hinter ihr gelegen hatte, zunächst fünf leichte Schläge auf jede Pobacke, die Daphne umso mehr erregten, steigerte sich dann aber zu fünf kräftigeren Hieben, die ihren Po intensiv aufheizten. Anfangs ächzte sie nur, nahm dieses vollkommen neue Erlebnis gierig auf, fühlte eine erneute heiße Woge der Erregung ihren Körper überfluten. Als das Brennen auf ihrer Haut jedoch zunahm, weil er mehrmals auf dieselbe Stelle klatschte, flehte sie ihn an aufzuhören. «Bitte, Jesper, aua, bitte nicht mehr.»

In ihrem ganzen Leben war sie noch nie geschlagen worden, nicht einmal als Kind, und nun begab sie sich freiwillig und in voller Zustimmung in diese demütigende Lage? Aber das hatte ja auch gar nichts mit einem Versohlen zu tun, wie es Eltern manchmal bei ihren Kindern vollzogen. Es war anders. Baute auf freiwilligem Hinnehmen auf, darauf dass sie wollte, dass es geschah. Es war nicht der Schmerz, der sie zum Wimmern brachte, zumindest noch nicht, sondern die Erkenntnis über ihre Situation, der sie sich ganz bewusst ausgesetzt hatte. Hilflos zerrte sie an ihrer Fessel und jammerte bei jedem Schlag laut auf in der Hoffnung, er hätte Mitleid mit ihr und würde vorzeitig damit aufhören. Gleichzeitig wünschte sie sich, er würde sich davon nicht beeindrucken lassen. War es das, wovon sie Viola in ihrer unbegreiflichen Sehnsucht geschrieben hatte? Es war erregend, ähnlich wie sie es sich vorgestellt hatte, wie sie es in ihren feuchten Träumen erlebt hatte. Aber den nächtlichen Fantasien fehlte der Schmerz, der sie nun in beinahe beunruhigender Weise lüstern machte, obwohl sie es immer noch nicht verstand. Was ging hier vor, mit ihr, mit ihrem Mann? Hatten sie bis zu diesem Moment geglaubt, sich zu kennen, dann wurde ihre kleine intime Welt gerade auf den Kopf gestellt.

In ihrer Vagina hatte ein verlangendes Ziehen eingesetzt, das unaufhörlich stärker wurde, aber im Widerspruch zu dem brennenden Schmerz auf ihrem Po stand. Doch wenn dies der Preis für ihre unerfüllten Sehnsüchte sein sollte, würde Daphne ihn gerne bezahlen.

Es war auch für Jesper ein eigenartiges Gefühl. Zwar hatte er sich darauf gefreut, seinen geheimsten Wünschen nachzugeben, dennoch war es ungewohnt und plötzlich war er von Skrupeln erfüllt, ob es richtig war, was er tat. Er packte Daphne am Genick und drückte sie nach unten, als sie sich wimmernd aufbäumte, und sie hielt von da an still, wie ein Welpe, der von der Hündin im Nackenfell getragen und von einer Art Muskelstarre erfasst wird. Eigentlich ist es sogar mehr als ein erotisches Züchtigen, dachte Jesper. Eher ein Akt zur völligen Unterwerfung, aber das würde Daphne hoffentlich viel zu spät begreifen, um noch zurückzukönnen.

Ihr Gewimmer ging mehr und mehr in ein lautes Flehen um Gnade über, in kleine spitze Schreie, aber Jesper setzte seine Züchtigung auf ihren Oberschenkeln fort und ignorierte ihr Klagen, bis ihre Haut glühte.

Er war so erregt, dass er kaum der Versuchung einer Vereinigung widerstehen konnte. Aber sie sollte danach lechzen, süchtig nach Sex werden, dass sie alles tun würde, was er verlangte. Dafür lohnte es sich durchaus, sich zunächst ein wenig durch Zurückhaltung selbst zu quälen.

Daphne war völlig aufgewühlt. Wenn sie sich ihm auslieferte, konnte er *tatsächlich* mit ihr machen, was er wollte. Sobald er ihre Hände gefesselt hätte, wäre jegliche Gegenwehr nutzlos, und wenn ihm der Sinn danach stünde, könnte er sie das ganze Wochenende über einsperren und ... Die vielen Internetgeschichten sausten ihr wieder durch den Kopf. Wie gut kannte sie Jesper wirklich nach all der langen Zeit? Durfte sie ihm bis aufs Letzte vertrauen oder gab es eine bis dahin unbekannte Verhaltensweise, ähnlich wie bei Dr. Jekyll und Mr. Hyde – würde Jesper seine Macht genießen und sich in ein unkontrollierbares Monster verwandeln, sie verprügeln und demütigen? Sie verwarf diese erschreckenden Gedanken. Nein, das glaubte sie nicht. Sie konnte sich nicht derart in ihm getäuscht haben.

Nachdem er aufgehört und die Fliegenklatsche beiseitegelegt hatte, kniete Jesper sich vor Daphne auf den Boden, zog sie fest in seine Arme und drückte sie an sich. Sie keuchte atemlos wie nach einem Hundertmeterlauf, verwirrt über ihre eigene Reaktion. Zwar hatte sie gefleht und gejammert, obwohl sie sich vorgenommen hatte, nichts dergleichen zu tun, sondern sich schweigend der Züchtigung hinzugeben, aber seltsamerweise war ihr nicht wirklich zum Weinen zumute, obwohl ihre Haut wie Feuer brannte. Sie fühlte sich immer noch feucht und sehnte sich noch mehr nach Befriedigung als nur nach seinem Streicheln ihren Rücken hinunter, mit dem er sie zu beruhigen versuchte.

«Du wirst es nicht bereuen, wenn du dich mir unterwirfst. Ich werde mit dir machen, was ich will, wann ich will, wie ich will, wie oft und wo ich will – irgendwelche Einwände?», fragte er und knabberte verführerisch an ihrem Ohrläppchen.

«Nein, *Meister*», antwortete Daphne mit zittriger Stimme. «Betrachte mich als dein Eigentum, als deine persönliche Sklavin der Lust, anpassungsfähig und stets zu Diensten.» Sie leckte sich erwartungsvoll über die Lippen und versuchte ihn zu küssen. Aber er lachte leise, wich ihr aus und strich ihr sanft über die Innenseite ihrer Schenkel.

«Nein, noch nicht. Du hast dich nicht höflich und richtig ausgedrückt.»

Daphne zog einen Schmollmund. Seine Finger umkreisten ihren Schamhügel mit den zarten Locken, teilten ihre Schamlippen und liebkosten zärtlich ihre geschwollene Perle. Sie zuckte zusammen und seufzte lüstern auf, presste sich ihm entgegen, aber er grunzte ablehnend. «Nicht jetzt! Du wirst dich gedulden müssen, meine Süße!» Dann drückte er ihr einen festen Kuss auf die geschlossenen Lippen, stand abrupt auf und ließ sie verwirrt mit ihren Gedanken und Gefühlen alleine auf dem Teppich kniend zurück, während er im Bad verschwand. Er brauchte dringend eine kalte Dusche.

Nachdem Jesper sich frisch angezogen hatte, löste er die Fesseln und nahm ihr die Augenbinde ab. Daphne schaute ihn demütig und erwartungsvoll von unten an. Während er sie streng darauf hinwies, dass er sie künftig für die Züchtigung nicht fesseln würde, sondern sie sich ihm gehorsam freiwillig darbieten würde, ohne sich zu wehren, und dass er sie knebeln würde, wenn sie zu laut jammerte, musterte sie seine Gesichtszüge. Seine Mundwinkel zuckten verräterisch. Er spielte diese Strenge nur. Überhaupt war alles nur ein Spiel. Mit seinem letzten Hinweis schickte Jesper sie in die Küche, das Abendessen fertig vorzubereiten.

Daphne bewegte sich wie ein Schlafwandler. Alles, was sie in der Küche machte, um das Essen fertigzustellen und ihn zu bedienen, geschah mit der Automatik der Gewohnheit. Sie nahm kaum die Nachrichten und die Werbung wahr, die aus dem Küchenradio quakten, während sie einen Salat anmachte, Nudeln kochte und den Gemüseeintopf, den sie vorbereitet hatte, auf die Herdplatte stellte. Ihr Po brannte längst nicht mehr, das war beruhigend.

Als Jesper plötzlich hinter ihr stand und seine Arme um sie legte, schrak sie aus ihren Gedanken hoch.

«Ist das Essen fertig, Sklavin?», fragte er und blickte über ihre Schulter hinweg auf den Herd.

«Ja, *Meister*, ich muss es Euch nur noch servieren.» Sie schluckte.

«Kannst du es warmstellen?», schnurrte er mit samtweicher Stimme in ihr Ohr, seine Nase in ihrem Haar vergrabend. Sie hörte, wie er tief ihren Duft einsog, und schloss für eine Sekunde die Augen, weil ihr fast schwindelig wurde. Dann hauchte sie: «Ja, *Meister!*», obwohl den Nudeln die Wartezeit bestimmt nicht gut bekommen würde.

«Dann tu es.»

Sie deckte den Topf zu, schob ihn zur Hälfte von dem Ceranfeld und schaltete die Temperatur aus.

Er wartete, drehte sie dann zu sich um, zog sie noch enger an sich, kuschelte sein Gesicht an ihren Hals, leckte ihn, küsste ihre Wangen, die Grube ihrer Kehle, ihre Ohrläppchen, ihre Lider.

«Du gehörst mir! Ich kann mit dir machen, was ich will, und im Moment will ich meinen Appetit an *dir* stillen! Mein Magen kann warten. Ich will kosten, wie *du* schmeckst!», knurrte er in einem leisen, sonoren Tonfall, der ihren Körper im gleichen Augenblick mit einem solchen Schub von Hormonen überflutete, dass ihre Beine nachzugeben drohten. Er vergrub seine Hand in ihrem Haar, beugte ihren Kopf nach hinten und fing an, ihren Hals hinunter zu lecken, dann tiefer zwischen ihre Brüste und schließlich zärtlich an ihrer rechten Brustwarze zu zupfen. Daphne ergab sich schlaff der festen Umarmung, die er mit nur einem Arm schaffte. Ihr Körper wurde in erregter Erwartung von Hormonen überschwemmt und sie lauschte atemlos seiner tiefen, samtigen Stimme.

«Du bist meiner Gnade ausgeliefert. Du wirst von mir sehr geliebt, aber vergiss nie, du bist eine Sklavin, ohne Rechte. Du wirst dich deinem *Meister* jederzeit hingeben, wann und wo ich will.»

Daphnes Lider begannen vor Erregung zu flattern. Seine eindringliche Stimme paralysierte ihren Verstand. Sie nahm nicht mehr wahr, dass er sie umklammerte, festhielt, ihre keine Bewegungsfreiheit ließ, sondern sie in einer wehrlos machenden Umklammerung an sich presste. Als hätte sie keine Muskulatur mehr, hing sie schlaff und ergeben in seiner Umarmung. Die Wärme seines Körpers wurde eins mit ihrem, so fest presste er sie an sich, und sie fühlte voller Freude die pralle, zuckende Erhebung seines Unterleibs.

«Du bist nicht länger du selbst, du gehörst mir. Es ist dein Schicksal und du wolltest es mehr als alles andere auf der Welt. Sei mein Eigentum, Daphne. Das hast du selbst gewollt. Mein Sextoy.»

Sie zitterte in seinen Armen, war im Bann seiner Stimme, dachte nichts mehr, hatte völlig vergessen, dass er ihr Mann war, und fühlte nur noch, dass sie sich dem Geliebten und *Meister* unterwarf, so wie sie es sich in ihren unerfüllten Träumen zurechtfantasiert hatte.

Jesper spürte, wie sie ihren allerletzten latenten Widerstand aufgab, ihr Körper in seinen Armen weich und anschmiegsam wurde. Er wollte nicht ihren Stolz brechen, ihr ihre Würde nehmen, aber er wollte ihre Bereitschaft wecken, alles zu tun, was er verlangte. Und er war sich durchaus der Verantwortung bewusst, die er damit auf sich lud.

Er dirigierte sie langsam ins Wohnzimmer, legte sie auf das Sofa, drehte sie auf den Bauch und fixierte ihre Handgelenke mit den vorbereiteten Klettbandfesseln an einem Gurt, den er ihr um den Leib schlang. Daphne gab ein verhaltenes Keuchen von sich, drehte ihren Kopf, um ihn anzuschauen. Ihre Augen glänzten.

Seine Erektion steigerte sich fast ins Schmerzhafte, als sie hilflos, ihm vollkommen ausgeliefert und sich vor Erregung windend vor ihm kniete, nach vorne gebeugt, ihr weißer, glatter Po sich nach oben wölbte. Er kniete sich hinter sie, gab ihr einige Klapse, die ihr ein leises Seufzen entlockten, umfasste dann ihre Brüste und streichelte sie. Ihre rosig-dunklen Knöpfe standen prall hervor und er entlockte ihr ein schnelleres Keuchen, als er sie fest zwischen seinen Fingern rieb.

«Ahhh, was macht Ihr mit mir, *Meister*, ja, ergreift von mir Besitz, befriedigt Euch an mir! Mein Körper gehört Euch, ich bin Eure gefügige Sklavin ...», winselte sie stockend. Trotz dieser Worte wand sie sich unter ihm, als ob sie ihm entkommen wollte, zerrte an den Fesseln, nur um festzustellen, dass es absolut nichts brachte, und ihre ächzenden Laute bestätigten unmissverständlich ihre Erregung.

Er schob ihre Schenkel weiter auseinander, breitete mit geschickten

Fingern ihre feuchten Schamlippen auseinander und dann stupste er ihre Öffnung immer wieder mit seiner feuchten Eichel an, ohne jedoch in sie einzudringen, was ihr ein herausforderndes Flehen entlockte.

«Bitte, *Meister*, quält mich nicht so lange, taucht ein in meine warme Spalte! Nehmt mich!» Daphne war selbst fassungslos über die Worte, die ihren Lippen entwichen, Worte, die sie vielleicht in ihren Träumen gedacht, aber niemals ausgesprochen hätte. Aber in diesem Moment empfand sie genau so. Sie wünschte sich nichts sehnlicher, als ihn in sich zu spüren. Tief, schnell. Sie wollte fühlen, wie er sie in Besitz nahm.

«Noch nicht», brummte Jesper und drehte ihre Knöpfe zwischen seinen Fingern, zog sie dabei lang, sodass es Daphne fast schmerzte. «Aaaaah!» Sie versuchte erfolglos aufzustehen, sich ihm zu entziehen, doch er drehte den Spieß um, drückte sie herunter auf die Knie, positionierte sie vor sich und schob ihr sein Geschlecht in den Mund.

Sie umschloss es sofort fest mit ihren Lippen und spielte mit ihrer Zunge über seine Eichel. Er sah ihr zu, wie sie gefühlvoll zu saugen begann, war fasziniert davon, wie sie es schaffte, einerseits ihre Aufmerksamkeit seiner Befriedigung zu widmen und andererseits tief aus ihrer Kehle heraus wollüstig zu stöhnen, als er ihre Brüste wieder in die Hände nahm und sanft fordernd knetete. Vor seinen Augen wogte ihr Hinterteil hin und her, von links nach rechts und zurück, weil sie sich in ihrer Erregung nicht ruhig zu halten vermochte. Er hielt diesen reizvollen Anblick und die weiche, feuchte Hinwendung ihres Mundes nicht lange aus, obwohl er es zu gerne einmal erlebt hätte, dass sie ihn bis zum Höhepunkt saugte und seinen Samen in sich aufnahm. Aber er zog sich rechtzeitig zurück, hob sie über die Lehne, packte fest ihr unruhiges Gesäß und stieß so ungeduldig zu, dass ihr ein spitzer Schrei entfuhr. «Ja, nimm mich ...»

Sie bewegte sich im gleichen Rhythmus mit ihm, bis sie kurz vor ihm zum Höhepunkt kam, am ganzen Körper zitternd, in Schweiß gebadet, nur von seinen Händen gestützt, ehe er mit einem lauten Ächzen auf ihren Rücken niedersank und sie auf das Sofa presste.

Später ruhten sie sich aneinandergekuschelt aus, Daphnes Körper mit seinem verschlungen. Jesper spielte mit ihrem Haar, während sie dalagen und der leisen Musik lauschten, die aus dem Radio klang. Daphne fühlte sich müde und glücklich. Sie war dort, wo sie hingehörte, wo sie sich hingewünscht hatte. Weit hinten in dem Nebel, der sie erfasst hatte, näherte sich die Erinnerung an das Essen, das noch darauf wartete, verzehrt zu werden.

«Hast du keinen Hunger, *Meister?*», murmelte sie mit geschlossenen Augen an seiner Brust.

Jesper lachte glucksend und ignorierte großzügig, dass sie ihn schon wieder duzte. «Nein, ich will nicht, dass du dich bewegst, keinen Millimeter. Bleib einfach so liegen und genieße deine Erschöpfung. Das Essen schmeckt in einer halben Stunde bestimmt auch noch.»

Der Vertrag der Sklavin

«Liebste Viola!

Ich habe die Bedingungen akzeptiert, weil ich süchtig nach Liebe und Geborgenheit bin. Und ich wollte mich wirklich gut dabei anstellen. Aber es ist mir bei der ersten größeren Aufgabe misslungen. Es ist also gar nicht so einfach, dieses Rollenspiel durchzuziehen. Denn ich war ungehorsam und bin dafür hart bestraft worden, weil ich versucht habe, ihn zu meinem Vorteil zu täuschen. Ich habe das Spiel wohl nicht so ernst genommen wie er. Dabei wollte ich mir doch ursprünglich wirklich Mühe geben, ihm alles recht zu machen ...»

Das nächste Spielwochenende begann ähnlich wie das erste am Freitagabend mit Jespers Heimkehr. Daphne erwartete ihren *Gebieter* nackt und unterwürfig im Wohnzimmer. Jesper nahm von ihr keine Notiz. Er ging duschen, zog sich um, dann befahl er ihr, in sein Arbeitszimmer zu kommen und mitten im Raum in demütiger Haltung niederzuknien. Bei seinem strengen Gesichtsausdruck läuteten sämtliche Alarmglocken in Daphnes Kopf. Sie hatte sich schon gefragt, warum er ihre Anwesenheit ignoriert und sie nicht begrüßt hatte. Nun überlegte sie fieberhaft, welchen Fehler sie begangen oder welches Verbot sie überschritten hatte. Ihr fiel nur ein einziges ein, aber genau dieses konnte Jesper nicht wissen. Was war es dann?

Er stand vor ihr, schaute auf sie herab. «Du enttäuschst mich, Sklavin. Ich hatte Gehorsam erwartet. Aber du hintergehst mich.»

Als er innehielt, nichts weiter hinzufügte, wagte sie eine Erwiderung. «Nein, *Gebieter*, das tue ich nicht. Wieso sollte ich das tun?»

Er seufzte laut. «Oh doch, du belügst mich. Was soll ich nur mit dir machen? Vielleicht war ich bisher zu gnädig mit dir? Vielleicht sollte ich dir mal ordentlich den Hintern versohlen, nicht zur Erregung, sondern so richtig zur Bestrafung?» Er drehte sich um, ging zum Fenster, stützte sich auf dem Fensterbrett auf und sah hinaus. «Oder vielleicht sollte ich ...?» Er sprach seinen Satz nicht zu Ende und ließ sie im Ungewissen, welche Ideen er noch hatte.

Daphne hob ein wenig den Kopf, um ihn zu betrachten. Die Androhung einer tatsächlichen Bestrafung hatte sie getroffen, aber auch einen Funken entzündet. Schauspielerte er? Ja, natürlich. Das Ganze war ja schließlich nur ein Spiel. Die ganze Woche über hatten sie so getan, als ob nichts gewesen wäre. Ihr Alltag war wie immer verlaufen. Aber nun – die Szene wirkte so echt. Würde er sie wirklich härter züchtigen? Niemals.

«Bitte *Gebieter*, sagt mir, was ich falsch gemacht habe, und bestraft mich dafür angemessen. Ich habe Euch nicht belogen. Nennt mir meine Fehler und gebt mir bitte eine Chance, mich zu bessern!» Ihre Stimme war fest und sicher. Sie meinte das, was sie sagte ehrlich.

«Also gut. Du sollst ein Recht darauf erhalten, dich zu bessern.» Er machte eine Denkpause. «Du hast mich belogen, da bin ich mir ziemlich sicher. Leider kann *ich* es dir nicht beweisen. Aber *du selbst* wirst es mir beweisen!»

Daphne schaute verwirrt auf. Sie verstand nicht, was er meinte. Als sich ihre Blicke trafen und ein ernster Ausdruck in seinen Augen lag, senkte sie schnell den Kopf und er gab ein warnendes Brummen von sich. Er trat an seinen Schreibtisch, holte einen Gegenstand und streckte ihn ihr entgegen.

«Hier, dein Tagebuch. Es steht mir nicht zu, darin herumzuschnüffeln. Außerdem hast du es abgeschlossen. Aber ich bin mir ziemlich sicher, dass du zu deinen letzten Erlebnissen einen Eintrag gemacht hast. Ich will, dass du ihn aufschlägst und mir vorliest.»

«Was?» Daphne sprang auf, riss ihm ihr Tagebuch aus der Hand. «Das geht dich überhaupt nichts an, Jesper. Das gehört nicht zu unserem Spiel! Viola ist mein Eigentum und nur sie kennt meine geheimsten Gedanken. Wie kannst du von mir verlangen ...», fauchte sie ihn unkontrolliert an.

Jesper sah das anders und er hatte seine Gründe. Daphne hatte nie ein Geheimnis aus ihrem Tagebuch gemacht, das sie Viola nannte, trotzdem hatte sie es an wechselnden Orten aufbewahrt, mal in ihrer Nachttischschublade, dann unter ihrer Unterwäsche, zwischen den Handtüchern oder zuletzt hinter einigen Romanen im Bücherregal. Aber sie hatte keine Ahnung, dass er eifersüchtig auf dieses kleine Buch war, das Gedanken von ihr kannte, die ihm als ihrem engsten Vertrauten, wie er sich inzwischen überzeugt hatte, verborgen blieben.

Daphnes Mimik war ein Spiegelbild ihrer Empörung. Was er von ihr erwartete, war unerhört und überschritt seine Befugnisse in diesem Spiel. Er sah ihr an, in welchem Zwiespalt sie sich befand.

Jesper herrschte sie etwas härter an, als er eigentlich wollte. «Du vergisst dich, Sklavin! Laut Vertrag stehen dir keine Rechte zu. Widersprich mir also nicht, sondern hol den Schlüssel, schlag auf und lies. Es gibt keine Geheimnisse zwischen uns! Dies ist mehr als nur ein Spiel, das war dir doch hoffentlich von Anfang an aufgrund meiner Regeln und Anweisungen klar – du solltest deine Rolle in jeder Minute ernst nehmen! Achte also darauf, was du sagst und wie du mich anredest, und gehorche.»

Er las die Konflikte an ihrem intensiven Mienenspiel ab. *Das Codewort, bitte Daphne, benutze es nicht. Nicht abbrechen, nicht jetzt!*, flehte er stumm.

Daphne hatte sich wieder hingekniet. Sie hielt das Buch umklammert, als hätte sie Angst, er könne es ihr wegnehmen. «Jesper, bitte, verlange alles, nur das nicht von mir. Ich habe keine echten Geheimnisse vor dir, glaube mir, aber das sind meine intimsten Gedanken, das ist ein Stück von mir. Wenn ich meine Gedanken aufschreibe, wird mir vieles klarer und leichter. Es hilft mir dabei, mein Gehirn zu sortieren, mehr nicht. Jeder hat doch etwas, was er für sich behalten will, was ist falsch daran? Du würdest das auch nicht wollen ...»

Er rührte sich zunächst nicht von der Stelle, sah auf sie herunter, dann ging er betont langsam zum Fenster zurück, nahm in seinem Schreibtischstuhl Platz, schlug die Beine locker übereinander und wartete.

Daphne fuhr sich mit der Hand über das Gesicht und schloss die Augen. Was sollte sie nun tun? Das Spiel hatte ihr bisher gefallen, sie erregt und befriedigt. Es war nicht nur die Verkörperung einer Rolle, es war mehr geworden und sie war neugierig auf die Fortsetzung gewesen. Sie hatte es genossen, seine Macht zu spüren und seinen Befehlen zu gehorchen. Aber seine Forderung brachte ihre Wünsche und Vorstellungen zum Kippen, und sie schwankte zwischen Befehlsausführung und Spielabbruch. Sollte sie jetzt aufgeben, das Codewort verwenden und das Spiel an dieser Stelle beenden, weil sie sich von ihm erpresst fühlte?

«Gehorche.»

Seufzend stand sie auf, ging ins Schlafzimmer, holte den Schlüssel, der zwischen ihren Ohrringen im Schmuckkästchen lag, und kehrte zurück ins Arbeitszimmer. Sie steckte den kleinen Schlüssel in das Schloss, drehte ihn herum, schlug das Tagebuch auf und blätterte zu ihrem Eintrag über das erotische Wochenende. Ihre Augen huschten kurz über die Zeilen, die mehr und mehr verschwammen, weil sich ihre Augen auf einmal mit Tränen füllten. *Er würde verärgert und enttäuscht sein, wenn sie ihm ihren Eintrag vorlas!* Eine emotionale, gleichermaßen von Erregung wie von Panik erfüllte Welle überflutete sie. Als ihre Lippen zu zittern began-nen, drückte sie kurz eine Hand auf den Mund und rang vergeblich um Fassung. Sie schaute zu Jesper auf und schluchzte: «Es wird Euch nicht gefallen, was ich geschrieben habe, mein *Gebieter!* Aber ich werde Euch gehorchen und es Euch vorlesen, wenn Ihr das verlangt.»

Er nickte schweigend. Ihre Stimme versagte beinahe vor Schluchzen. Die Tränen liefen ihr über die Wangen und tropften vom Kinn auf ihren Schenkel hinunter. Sie würde ihre intimsten Geheimnisse verlieren, und er? Was würde er ihr im Gegenzug verraten?

«Komm her und hol dir erst mal ein Taschentuch. Beruhige dich. Wenn du herumschluchzt, werde ich kein Wort von dem verstehen, was du mir vorliest.»

Jesper bemühte sich um einen möglichst neutralen Tonfall. Sie tat ihm leid, dieses Häufchen heulendes Elend, das dort vor ihm auf dem Teppich hockte, aber er hatte keine Wahl. Sie musste seinen Befehl ausführen! Er hatte es sich wohl doch ein wenig zu einfach vorgestellt, nach den Jahren kameradschaftlichen Zusammenlebens eine autoritäre Position zu übernehmen. Es gab nur zwei Möglichkeiten. Entweder einer von ihnen beiden brach das Spiel ab oder aber die Regeln wurden strikt eingehalten. Er durfte also nicht nachgeben. Außerdem war er sich absolut sicher, wenn sie erst mal ihre Scham überwunden und ihm mehr oder weniger freiwillig ihre geheimsten Sehnsüchte vorgelesen hatte, würde sie sich um vieles besser fühlen. Damit erteilte sie ihm auch die Chance, ihre erotischen Wünsche zu erfüllen, ohne sich die Blöße eines Vertrauensbruchs geben zu müssen, dass er Viola längst heimlich gelesen hatte.

Daphne kroch auf allen vieren zu ihm, nahm das Taschentuch dankend aus seiner Hand, indem sie einen flüchtigen Kuss auf seine Finger hauchte, wischte sich die Tränen ab und putzte sich sorgfältig die Nase, krabbelte dann auf ihre Position zurück und kniete sich ordnungsgemäß. Es gelang ihr, ihre Gefühle unter Kontrolle zu bringen, und sie begann stockend vorzulesen. *«Liebste Viola ...»*

Ihr Eintrag umfasste zunächst alle nennenswerten Einzelheiten, die sich ereignet hatten. Dann kam sie zu der Stelle, vor der sie Angst hatte, sie vorzulesen.

«*Glaube mir, diesmal ist es keine Fantasie, kein Traum. Es war nicht so demütigend, wie ich mir ausgemalt hatte. Aber es gab Momente, in denen ich mir mehr wünschte. Die Züchtigung mit der Fliegenklatsche war eher wie ein Tätscheln. Natürlich brannte es und es reichte, um in mir ein Feuer zu entfachen. Doch wie viel anders wäre es wohl, wenn er richtig doll draufklatschen würde, als ob ein Schwarm Fliegen auf meinem Po säße.*

Ich habe ein wenig darüber nachgedacht, welche Maßnahmen mich wirklich treffen würden. Zunächst natürlich, wenn er mich alleine lassen, sich nicht um mich kümmern würde. Dann eine ernsthafte Züchtigung mit einer Reitgerte oder einem Rohrstock ausgeführt. Wahrscheinlich würde ich heulen und schreien. Ich nehme mal an, dass jedes dieser Instrumente einen gewissen Kick auslöst, so wie ich es in den Internetgeschichten gelesen habe. Aber zwischen Lesen und Erleben ist doch ein großer Unterschied und ich glaube, ich bin eine richtige Memme und würde bald um Gnade winseln – und würde er dann aufhören oder erbarmungslos weitermachen? Wenn ich an die Fotos denke, die dunkelroten oder blauen Striemen. Ach du Schreck, Viola, auf was habe ich mich da nur eingelassen!»

An dieser Stelle endete der Eintrag. Daphne klappte das Buch zu und legte es auf den Boden. Sie schluchzte gequält: «Nun wisst Ihr es, *Gebieter.*»

Jesper schwieg nachdenklich und es brach ihr fast das Herz. Hatte sie ihn so sehr enttäuscht oder dachte er über ein hohes Strafmaß nach? Sie richtete sich wieder auf und schaute ihn durch ihren Tränenschleier hindurch an. «Ich – ich breche unser Spiel an dieser Stelle ab, Jesper! Ich kann das nicht ernsthaft umsetzen. Ich habe gedacht, es wäre einfacher. Ich weiß, wir haben erst angefangen. Aber ich habe Angst. Du bist bestimmt enttäuscht von mir?»

Ihre Wangen glühten vor Hitze und ihre Nase schwoll allmählich von den Tränen zu.

Er stand auf, kniete impulsiv vor ihr nieder, zog ihren Kopf empor und legte seinen Zeigefinger auf ihre bebenden Lippen. «Pscht, kein Wort mehr, Daphne! Schweig!», befahl er streng. Noch hatte sie das Codewort nicht gesagt, noch war nichts verloren. Er zog sie in seine Arme, umschlang sie und drückte sie fest an sich. Willenlos hing sie in seiner Umarmung, die Arme hingen an ihr herunter, als ob sie ihr nicht gehörten, ihr Kopf fiel gegen seinen Hals und sie weinte hemmungslos. Er streichelte ihr über die Haare, sanft, wieder und wieder, wie einem kleinen Kind, das sich die Knie aufgeschlagen hat und getröstet werden muss, und sie horchte zitternd auf seine Worte.

«Du kannst das, denn du bist stärker, als du denkst. Du wolltest dieses Spiel viel mehr als ich und du willst es noch immer. Es ist doch noch gar nichts passiert. Deswegen wirst du es auch durchstehen. Wir werden uns langsam herantasten, die Intensität des Spiels aufbauen.» Er holte tief Luft. «Lass dich fallen! Überantworte mir alle Entscheidungen, deine Gedanken, deine Zweifel. Bedingungslos.»

Als sie sich beruhigt hatte, löste er seine Umklammerung und stand auf. Er ging zurück zum Stuhl und setzte sich wieder.

Daphne starrte auf den Fußboden, die Hände auf die Oberschenkel gelegt. Sie schniefte leise, wischte sich mit dem Handrücken unter der Nase einen Tropfen fort. Seine Worte hallten in ihrem Kopf. Sie fühlte sich wie betäubt, unfähig einen klaren Gedanken zu fassen. Warum wollte er weitermachen, wenn sie doch unschlüssig war? Aber wenn es sein Wunsch sein sollte – sie beugte sich in aufrichtiger Demut tief nach unten.

«Vergebt mir, mein *Gebieter.* Es tut mir leid und es wird nicht wieder vorkommen. Ich werde Euch beweisen, dass ich eine gefügige Sklavin bin. In Zukunft werde ich Eure Entscheidungen nicht mehr in Frage stellen. Ich bitte Euch nur um eines. Schenkt mir die Gnade einer milden Strafe für mein Vergehen!» Sie senkte ihren Kopf noch tiefer, bis sie mit der Stirn schon fast den Teppich berührte, und fröstelte.

Jesper fiel es schwer, ernst zu bleiben. Er biss sich auf die Unterlippe. Die ganze Situation war irgendwie lächerlich und drohte, außer Kontrolle zu geraten. Da kniete seine eigene Frau vor ihm auf dem Boden, winselte beinahe ernsthaft in sorgsam gewählten, spielfilmreifen Worten um Gnade und behandelte ihn wie einen wahrhaft Fremden, dem sie als Sklavin gehörte und gehorchen musste. Es war einfach absurd. Er kam sich vor wie der Schauspieler in einem Theaterstück. Aber er wusste, warum er es tat, und ließ sie deshalb eine Weile schmoren. Er wollte wissen, wie reumütig sie tatsächlich war.

Daphne war sich inzwischen wieder sicher, dass sie das Spiel fortführen wollte. Wie er sie getröstet und in seinen Armen gehalten hatte, wie seine samtweiche Stimme sie beruhigt hatte, das entsprach genau ihren romantischen Vorstellungen eines dominanten, aber fürsorglichen Partners. Er hatte das von ihr verlangt, was sie selbst wollte: sich einem Menschen bedingungslos hingeben, in dem Vertrauen, dass er sie niemals enttäuschen, sondern immer genau das Richtige für sie entscheiden würde. Sie wollte aufgefangen und gehalten werden, geführt und sicher durch das Leben geleitet, sich einem sanften, wohlmeinenden Zwang fügen. Sie sehnte sich danach, von seinen Armen gehalten und beschützt zu werden. Deshalb verharrte sie geduldig in ihrer Stellung, die Hände auf den Rücken gelegt, den Kopf gesenkt, schweigend und *demütig*.

Ja, *demütig*, dabei war dies ein Wort, das sie seit jeher abgrundtief hasste. Aber es gab einen Unterschied. Gott *verlangte* Demut. Zumindest behaupteten das seine irdischen Handlanger. Ihm wäre sie niemals demütig gegenübergetreten, hatte niemals seit ihrer Kindheit in der Kirche ihr Knie gebeugt. Einem nicht greifbaren Hirngespinst, von Menschen in ihrer Unwissenheit über Naturereignisse und die Evolution erfunden, später bewusst zur Unterjochung des dummen Volkes benutzt. Schon lange hatte sie dem Gedanken abgeschworen, dass es einen Gott oder eine göttliche Instanz geben könnte. Sie hatte in ihrer tiefsten Verzweiflung aus dieser Ecke niemals Trost erhalten.

Aber das hier war etwas anderes. Sie ergab sich *ihrer Lage demütig*. Sie wollte dienen, ihre Ebenbürtigkeit aufgeben, um dadurch etwas anderes zu erlangen: Ruhe, Geborgenheit, Sicherheit und nicht zuletzt – Zärtlichkeit, Liebe und Sex. Sie gab Gehorsam – um belohnt zu werden. Es war klar, dass Jesper sie auf die Probe stellte, und es machte ihr nichts aus. Geduldig verharrte sie in ihrer Position.

Endlich brach er sein Schweigen. «Bring mir dein Tagebuch und den Schlüssel!», befahl er.

Sie richtete sich auf, robbte auf den Knien zu ihm hinüber, um ihm mit gesenktem Kopf beides entgegenzustrecken. Er nahm es ihr ab und sie legte die Hände wieder auf den Rücken.

«Schon besser. Also, dein Tagebuch bleibt hier auf meinem Sekretär liegen. Du wirst wie bisher deine Briefe an Viola schreiben. Und du wirst keine Gedanken weglassen, um sie vor mir zu verbergen. Denn wenn ich es für notwendig befinde, wirst du sie mir vorlesen. *Viola braucht nicht zu wissen, dass ich alles weiß!*»

Was für eine absurde Idee – sie sollte weiterhin ihre wahren Gedanken niederschreiben, in dem Bewusstsein, dass sie ihm diese irgendwann vorlesen musste? Wie sollte das denn funktionieren? Sie konnte doch nicht einfach so tun, als wüsste sie das nicht.

«Ich verspreche dir, dass ich ohne dein Beisein nicht in deinem Tagebuch lesen werde. Aber ich will keinerlei Geheimnisse mehr zwischen uns. Ich möchte deine intimsten Gedanken kennen lernen, nur dann kann ich dafür sorgen, dass meine geliebte Sklavin und Ehefrau sich wohlfühlt! Deshalb werde ich dich von Zeit zu Zeit auffordern, mir auch einen deiner älteren Briefe vorzulesen! Wirst du gehorchen?»

Daphne schaffte es nur mit Mühe, ihren Blick unten zu halten. Sie stöhnte innerlich über seine Forderung. *Abbrechen, aufhören* – sie musste das verdammte Codewort sagen, sie wollte es hinausschreien, *Game over,* es pulsierte unaufhörlich in ihren Adern, *Game over,* trommelte mit Vehemenz in ihrem Kopf, *Game over,* wollte hinaus, hinaus ... Ihre Lippen zitterten, aber sie biss die Zähne fest aufeinander. Nein, *Aufgeben* gehörte nicht zu ihren Prinzipien. Ihr Lebensmotto war *Durchhalten, egal was passiert.* Nur deswegen war sie überhaupt noch am Leben. Das war der Spruch, den sie sich selbst vorsagte, wenn sie glaubte, nicht mehr zu funktionieren.

«Ich höre nichts!», tadelte Jesper ungeduldig.

«Ja, mein *Gebieter!* Ich werde gehorchen und alles so machen, wie Ihr befehlt. Meine Gedanken gehören von nun an ohne Ausnahme vollkommen Euch!», murmelte Daphne.

«Gut. Dann stell dich in die Ecke, leg die Hände an die Wand und warte auf deine Bestrafung.»

Jesper wusste im Moment noch nicht, was er mit ihr machen sollte. Zwar hatte er die ganze Woche schon darüber nachgedacht, aber er war sich immer noch unschlüssig. Auf jeden Fall musste er sie unter so viel Druck setzen, dass sie daran nicht zerbrach, aber keine Zeit hatte, über eine frühzeitige Beendigung des Spiels nachzudenken. Alles musste so realitätsgetreu wie möglich ablaufen. Also musste er sie auch für ihren Ungehorsam bestrafen ...

Einer Ahnung folgend, hatte er Anfang Dezember heimlich in ihrem Tagebuch gelesen. Es war nicht schwierig gewesen, den Schlüssel zu finden. Das blanke Entsetzen hatte ihn beim Studieren ihrer Einträge gepackt, Zeile um Zeile, als er erkennen musste, dass seine Frau, dieses ausgeglichene, selbstständige und immer gut gelaunte Wesen, das scheinbar mit beiden Beinen fest im Alltag stand, der liebevolle Ruhepol in seinem Leben, manchmal verdammt nahe am Abgrund stand. Irgendwie hatte sie es bislang offensichtlich immer geschafft, sich am eigenen Schopf herauszuziehen und zu retten. Selbst ihre Zeilen an Viola erklärten nur unzureichend, wie es kam, dass ihre Seele von Zeit zu Zeit in tiefe Verwirrung und Verzweiflung abstürzte. Er musste sie dazu bringen, mit ihm darüber zu reden.

Darüber hinaus war er ziemlich erstaunt gewesen, als er ihre letzten erotischen Enthüllungen las. Er vermutete, dass sie eine schmerzvolle Züchtigung von ihm erwartete, obwohl sie ihn um Gnade angefleht hatte. Es war verrückt, aber sie sehnte sich wohl danach, dass er ihr Verantwortung abnahm und sie sich – bildlich gesprochen – an seiner Schulter anlehnen durfte. Sie wollte einen dominanten Beschützer und dies umso mehr, seit ihre Hormontherapie ihr Gefühlsleben auf Trab gebracht hatte. Das aber würde seiner Meinung nach nur funktionieren, wenn sie ihm noch mehr als bisher vertraute, ihm absolute Handlungsfreiheit gab, sich vollkommen fallen ließ. Also musste er ihre *Erziehung* fortsetzen. Unschlüssig starrte er auf Daphnes nackte Rückseite. Die meiste Zeit stand sie ruhig, ab und an verlagerte sie ihren Schwerpunkt von einem Bein auf das andere.

Es war noch so viel Zeit. Das Wochenende hatte gerade erst begonnen. Jesper seufzte leise in sich hinein. Eigentlich hatte er andere Pläne gehabt, die er nun verwerfen musste. Daphnes seelisches Gleichgewicht zu stabilisieren und sie glücklich zu machen schien ihm wichtiger als alles andere, und ihre Erziehung zu übernehmen war der Preis dafür. Ja, im Augenblick war es eher eine Aufgabe als ein Genuss. Entschlossen stand er auf, ging ins Schlafzimmer hinüber und kehrte mit ein paar Gegenständen zurück.

Er stand dicht hinter ihr, strich ihr mit der Hand sanft vom Nacken über den Rücken und Po bis zu ihren Oberschenkeln hinunter. Sie seufzte leise, rührte sich jedoch keinen Millimeter. «Bist du bereit, deine Strafe anzutreten, Sklavin?»

«Ja, mein *Gebieter.*»

«Gut. Du wirst ab sofort kein einziges Wort mehr sprechen, denn ich werde dir einen Knebel anlegen.»

Daphne drehte ihren Kopf, um ihn von der Seite anzuschauen, und starrte ihn mit großen Augen erschrocken an. «Muss das ...» Ihre Worte erstarben unter seinem Blick. «Ja, mein *Gebieter!*», flüsterte sie schuldbewusst.

«Du wirst dich hinknien und nicht aufstehen, außer ich erlaube es. Ich verspreche dir, dich nicht verdursten zu lassen und mit dir regelmäßig auf die Toilette zu gehen. Ich möchte, dass du ganz in deiner Rolle aufgehst und jedes Zugeständnis als Privileg empfindest, das hart verdient werden muss. Hast du das bis dahin verstanden?»

Daphne spürte ein ekelhaftes Kribbeln im Genick, wie Tausende kleiner Füßchen, die dort entlangtrippelten, und sie durfte sich ausgerechnet jetzt nicht kratzen. «Ja, mein *Gebieter.*»

«Leg deine Hände auf den Rücken.» Sie gehorchte augenblicklich und fühlte, wie er ihr breite Lederfesseln um beide Handgelenke legte, mit winzigen Schlössern sicherte. Am Rücken lief ein breiter Lederriemen nach oben, verbunden mit Oberarmlederfesseln, die ihre Arme streng zurückhielten. Sie fragte sich, wann und wo er diese Sachen gekauft hatte. Es fühlte sich nicht unangenehm an, obwohl sie ihre Arme keinen Millimeter rühren konnte. Ihre Brüste wurden durch den rückwärtigen Zug noch mehr nach vorne gepresst. Sie fühlte sich verschnürt und ihm ausgeliefert – und zu ihrem eigenen Staunen – sofort ein wenig erregt. Eine eigenartige Leere zog in Daphnes Kopf ein.

Sie wimmerte leise, wohl ohne dass es ihr bewusst war. Jesper drehte sie zu sich um, betrachtete ihr Gesicht und war überrascht von der Wirkung. Jetzt erst, in diesem Augenblick akzeptierte sie in vollem Umfang ihren Sklavenstatus und unterwarf sich seinem Willen. Endlich war es mehr als ein Spiel für ein paar amüsante Stunden. In ihren Augen lag ein merkwürdiger Glanz und sie schien entweder durch ihn hindurch zu sehen oder ihn völlig mit seiner Rolle als ihr *Meister* zu identifizieren, das wusste er nicht, jedenfalls war ihr Blick voll ehrlicher Ergebenheit, als ob sie ihn anbetete. Verblüfft gestand er sich ein, wie sehr ihn dieser devote Ausdruck anmachte. In seinem Schoß begann es erregt zu pulsieren. Hoffentlich machte er jetzt alles richtig. Schließlich war er nicht als Dom geboren, sondern musste erst noch lernen, mit seiner Macht richtig umzugehen.

«Öffne deinen Mund!», befahl er.

Sie gehorchte, ohne zu zögern. Er schob ihr einen roten Ballknebel zwischen die Zähne, kontrollierte den Sitz und fixierte die Bänder hinter ihrem Kopf.

Für einen Moment weiteten sich ihre Augen. Sie versuchte verzweifelt zu schlucken und ihre Kiefer zu bewegen, dann protestierte sie voller Panik, aber es war kaum mehr als ein Stöhnen zu hören.

Jesper hielt ihr Kinn fest, schaute ihr in die Augen und streichelte ihr sanft über die Wange. «Beruhige dich, Daphne! Atme gleichmäßig durch die Nase. Ich befestige zwei Glöckchen an deinem Zeigefinger. Halte sie in der Hand fest. Wenn du in Panik gerätst oder irgendein anderes Problem hast, bimmle damit. Aber nur, wenn es etwas Ernstes ist, verstanden?»

Daphne nickte schnaufend. Sie schloss ihre Finger um die Glöckchen. Seine Hände streichelten sie sanft, sinnlich, überall. Neckten ihre Nippel, bis sie steif wurden. Ihr Blick war entrückt, voller Erregung und Sehnsucht. Er brauchte sie nicht zu fragen, ob sie wollte. Als er sie zum Tisch schob, legte sie sich willig mit dem Oberkörper darauf und spreizte ihre Beine ...

Die Sklavin lernt ihre Rolle

«Liebste Viola!

Noch leben wir uns beide in unsere Rolle ein, und ich denke, nicht nur ich fühle mich wohl dabei. Es wird mir Freude machen, ihn zu verwöhnen und gelegentlich mit etwas Besonderem zu überraschen. Er soll sehen, wie ernst ich meine Rolle nehme.

Meine Erwartungen haben sich bisher teilweise erfüllt. Ich kann mit Gewissheit sagen, dass die meisten meiner nächtlichen Fantasien tatsächlich einem tiefen Bedürfnis entsprachen. Manchmal fällt es mir noch schwer, Befehle ohne Widerspruch auszuführen, zumal ich nicht weiß, was auf mich zukommt. Aber natürlich hat Jesper als mein Gebieter seine eigenen Methoden, mich dazu zu bringen, folgsam zu sein, und ich kann dies akzeptieren ...»

In puncto Erziehung war es im Grunde genommen ein Leichtes, Daphne gefügig zu machen. Denn wie Jesper bald feststellte, war ihre Schmerzgrenze sehr tief angesiedelt. Nachdem sie bereits erfahren hatte, dass er bereit war durchzugreifen, ließen drei bis vier kräftige, gezielte Hiebe mit der Fliegenklatsche auf dieselbe Stelle sie umgehend jammern, fachten aber gleichzeitig unverkennbar das Feuer in ihr an.

Wenn es ihm gefiel, packte er sie und legte sie an Ort und Stelle übers Knie, egal ob dies im Hausflur, auf der Treppe, in seinem Arbeitszimmer, in der Küche oder sonst wo stattfand. Anfangs hatte sie laut protestiert und dafür ein paar Klapse extra in Empfang genommen, mittlerweile aber hatte sie sich nicht nur an diese Überfälle gewöhnt, sondern verstand es geradezu, seine «Handarbeit» zu genießen. Mit jedem Mal schien sie mehr zu ertragen und heißer zu werden, und im Gegensatz zu früher sträubte sie sich nicht mehr, wenn er sie an Ort und Stelle vernaschte, statt im Schlafzimmer.

So war es auch geschehen, als sie an einem Samstagvormittag seine Schuhe putzen sollte. Früher hatte sie das nie für ihn gemacht, weil er so pingelig war und an ihrem Ergebnis herumnörgelte, bis sie befand, dann solle er seine Schuhe gefälligst selber putzen. So aber gehorchte sie und stand mit T-Shirt und einer Jogginghose bekleidet auf der Terrasse, putzte seine Schuhe und ging dann ins Arbeitszimmer, um sie ihm zu präsentieren.

Er war nicht zufrieden. Im Grunde hatte er nichts auszusetzen, denn natürlich hatte sie die Schuhe perfekt gewienert. Er selbst hätte das niemals ähnlich gut hinbekommen. Sie hatte sich wirklich mächtig angestrengt. Aber was spielte das für eine Rolle. Sein Wort war Gesetz und wenn er der Meinung war, sie solle sie noch einmal putzen, dann war das eben so.

Wortlos nahm er Daphne die Schuhe aus der Hand. Sie plumpsten auf den Boden. Er packte seine Sklavin am Handgelenk und zog sie über seinen Schoß. Mit einer Hand hielt er ihre Handgelenke auf dem Rücken in Schach, mit der anderen zog er ihr langsam und genüsslich die Jogginghose bis zu den Kniekehlen herunter. Sie bebte vor Erwartung. Er streichelte sanft über ihre blanke Haut und gab ihr ein paar leichte, fast schmerzfreie Klapse.

Dann fragte er: «Hältst du diese Schuhe ernsthaft für ordentlich geputzt?» Sie zögerte. Ein unverhofft kräftiger Klaps folgte. «Nun?»

«Äh, ich denke, wenn Ihr mich so fragt, mein *Gebieter*, dann werde ich sie wohl noch mal putzen müssen.»

«Richtig. Und damit du es diesmal ordentlich machst und weißt, was dich erwartet, falls sie nachher nicht picobello geputzt sind, bist du sicherlich damit einverstanden, dass dein Po mit meinem Lineal Bekanntschaft macht! Ich glaube, zehn auf jede Seite genügen fürs Erste.»

Daphne strampelte und versuchte sich seinem Griff zu entwinden, aber seine Hand war groß und kräftig genug, um sie festzuhalten, und es gab kein Entrinnen vor dieser Züchtigung. Gleichmäßig folgte ein Streich neben dem nächsten. Fünf vom Rücken ausgehend Richtung Schenkel und fünf über dieselbe Fläche zurück. Erst auf der linken, dann auf der rechten Pobacke. Daphne biss die Zähne zusammen und gab nur ein kaum hörbares Ächzen von sich.

«Nun?», fragte Jesper und streichelte mit der Linealkante über ihre gerötete Haut. «Wie es scheint, hat es gar nicht wehgetan? Genießt du es etwa? Also noch eine Runde!»

Erschrocken versuchte Daphne ihn über die Schulter hinweg anzuschauen. «Nein, bitte, *Gebieter*, nein – auaaaa!» Die Wiederholung der Prozedur ließ sie vergessen, dass sie tapfer sein und nicht jammern wollte.

Jeder der zwanzig Schläge wurde von ihr nun mit lautem Aufschrei begleitet. Doch gleichzeitig wurde ihr heiß und sie zappelte erregt.

«Glaubst du, du weißt jetzt, wie man Schuhe putzt? Du möchtest doch heute bestimmt noch verwöhnt werden, oder?», fragte Jesper, legte das Lineal beiseite und streichelte ihr tröstend über den Rücken, bis sich ihr Atem beruhigte. Dann ließ er sie los und half ihr dabei aufzustehen. Er griff ihr unters Kinn und zwang sie, ihn anzuschauen. Lächelnd griff er zwischen ihre Schenkel und leckte seine Finger mit ihrem Duft daran ab, ehe er ihr die Hose wieder hochzog.

«Ja, mein *Gebieter!* Ich werde mich mehr anstrengen.» Als sie ihm eine halbe Stunde später zum zweiten Mal seine Schuhe zur Begutachtung brachte, fand er nichts mehr auszusetzen. Daphne erschrak, als er sie dennoch über seine Schenkel legte und ihr die Hose herunterzog, aber diesmal waren seine Berührungen der reinste Genuss und ein freudige Erwartungen weckender Vorgeschmack auf das, was im Laufe des Wochenendes noch folgen sollte ...

Als Jesper eines Freitagabends nach Hause kam, war auf jeder zweiten Treppenstufe ein brennendes Teelicht aufgestellt. Daphne trug ein transparentes Stück Stoff locker um die Hüften gewickelt und hatte ihren Busen offensichtlich mit einer besonderen Creme gepflegt, denn feine Goldpigmente schimmerten auf ihrer Haut. Sie nahm ihm Schuhe und Jacke ab. Er hauchte ihr einen Kuss auf die Lippen und schaute dann fragend die Treppe hinauf. Sie lächelte, nahm ihn an der Hand und zog ihn schweigend hinter sich her ins Badezimmer. Kerzen verströmten zarten Vanilleduft und gaben dem Raum die Atmosphäre einer kleinen Entspannungsoase. Das Badradio spielte leise klassische Musik, klang ein wenig blechern. Badewasser war eingelassen, Wasserdampf hatte sich auf den Fliesen niedergeschlagen und die Wasseroberfläche schimmerte in einem frischen Grün des Badeöls.

«Darf ich, *Gebieter?*», fragte Daphne höflich und als er nicht antwortete, deutete sie dies als Zustimmung und begann sein Hemd aufzuknöpfen. Er stand wie eine Schaufensterpuppe vor ihr und überließ sich ihrem Tun, starrte sie unverwandt an und hätte zu gerne gewusst, was in diesem Augenblick in ihrem Kopf vor sich ging. Denn sie lächelte nicht einfach nur, während sie ihn mit ruhigen Bewegungen entkleidete, jedes Kleidungsstück auf einen bereitgelegten Bügel hängte, ihm wie zufällig dabei über die Haut strich – nein, ihr Lächeln hatte etwas in sich Ruhendes, versunken in ihre Tätigkeit, mit jeder Faser ihres Körpers nur auf ihren Meister konzentriert. Sie strahlte dabei so viel Zufriedenheit aus, dass sich ihre Ruhe auf ihn übertrug.

Jesper tauchte vergnügt in das warme Wasser ein und während er sich minütlich mehr entspannte, verblasste der Stress des Tages. Daphne hielt ein zusammengerolltes Handtuch fest, bis er seinen Kopf zurückgelegt hatte.

«Ich bin gleich wieder zurück, *Gebieter!*», wisperte sie und er hörte, wie sie sich mit eiligen Schritten entfernte und die Treppe hinunterlief. Es dauerte nicht lange und sie war mit einem Tablett zurück. Jespers hatte die Augen geschlossen und summte vor sich hin.

«*Gebieter?*», fragte Daphne leise. Er schlug die Augen auf und fand sie neben der Badewanne kniend vor, das Tablett auf einem Hocker abgestellt. Sie reichte ihm ein Glas Rotwein.

Jesper schüttelte den Schaum von der Hand, der sich durch seine Bewegungen auf der Wasseroberfläche gebildet hatte und nahm ihr das Glas ab. Er schnupperte daran, bevor er trank, und stellte dann anerkennend fest: «Gut gewählt!»

Daphne hielt seinem musternden Blick eine Sekunde stand, stellte dann das Glas auf das Tablett zurück und war sichtbar erleichtert, dass ihm der trockene französische Rotwein zusagte. Als sie sich kennen lernten, hatte sie von Weinsorten überhaupt keine Ahnung gehabt, aber sie war eine aufmerksame Zuhörerin und so hatte sie im Laufe der Jahre dazugelernt und wusste, dass er trockene, vollmundige Weine bevorzugte.

Sie nahm eines der Häppchen, die sie vorbereitet hatte, abwechslungsreich mit Mortadella, Parmaschinken und Käsestückchen auf Kräckern und Pumpernickel, garniert mit Weintrauben oder Oliven, und hielt es ihm vor den Mund.

Jesper ließ sich mit einem verlegenen Grinsen von seiner Sklavin füttern. So sehr er die unerwarteten Vorzüge genoss, ihr *Gebieter* zu sein, so sehr brachte ihn das aber auch in Verlegenheit. Aber Daphnes selbstverständliches Handeln half ihm, seine entspannte Haltung wiederzufinden.

«Lecker!», lobte er. «Soll das alles für mich sein?» Er richtete einen fragenden Blick auf den übervollen Teller. Daphne nickte schweigend.

«Bist du dir sicher, dass du nichts für dich eingeplant hast?» Sie nickte erneut, ein wenig heftiger.

Jesper runzelte die Stirn. «Hast du die Sprache verloren?»

Daphne grinste vergnügt und schüttelte den Kopf. Sie schob ihm erneut ein Häppchen in den Mund, als er ansetzte zu sprechen, und nahm ihm damit die Gelegenheit dazu. Er kaute kaum, schluckte ungeduldig hinunter und würgte hustend an einem Stück Parmaschinken, das weder vor- noch zurückrutschte. Dann hielt er ihre Hand fest, die ihm den nächsten Kräcker reichte.

«Was ist los mit dir? Ich will keine Monologe führen. Rede!», knurrte er.

Ihr Grinsen wurde breiter. «Aber *Gebieter* – Ihr habt angeordnet, dass ich nicht gleich losplappern soll, wenn Ihr nach Hause kommt. Sondern darauf warten, bis Ihr mich zum Reden auffordert, damit Ihr die Gelegenheit habt, Euch erst mal von Eurem anstrengenden Tag zu entspannen!»

Jesper löste seinen Griff und drohte ihr mit dem Zeigefinger. Aber er konnte sich dabei ein Schmunzeln nicht verkneifen. Sie versuchte, ihn mit seinen eigenen Waffen zu schlagen. «Werd nicht spitzfindig, meine Kleine! Habe ich dich nicht gerade aufgefordert, mit mir zu reden?»

«Na ja», erwiderte sie mit gekünsteltem Zögern und fixierte ihn mit halb gesenktem Blick. «Vielleicht habe ich das nicht richtig verstanden?»

Er stupste sie mit seinen nassen Fingern auf die Nase. «Nun, ich denke, diese Ladung leckerer Happen ist eindeutig zu viel für mich alleine. Hast du bei dieser Menge nicht vielleicht doch für dich mitgeplant?»

«Nein, *Gebieter*», erwiderte Daphne mit unschuldiger Miene und stopfte ihm reaktionsschnell den nächsten Kräcker zwischen die Zähne. «Schmeckt es Euch nicht?»

«Oh doch, du weißt nur zu gut, dass du perfekt gewählt hast. Aber hast du etwa vor, mich zu mästen, hmm? Iss! Ein Happen für mich, der nächste für dich», befahl er, nachdem er hinuntergeschluckt hatte, mit einem tiefen Unterton, der ihren Lidern einen kurzen, kecken Aufschlag entlockte.

«Ja, *Gebieter!*», flüsterte sie und befolgte seine Anweisung, aß jeweils ein Häppchen, nachdem sie ihm eines gereicht hatte, und der Teller leerte sich zusehends.

Dann schob sie den Hocker mit dem Tablett beiseite und nahm Jesper das Glas ab, das er genüsslich ausgetrunken hatte. Seine Befehle abwartend, sank sie wieder neben der Badewanne auf die Knie. Er betrachtete sie liebevoll. Soweit er sich erinnerte, hatte er noch nie faul in der Badewanne gelegen und dabei gegessen, geschweige denn, dass er jemals so aufmerksam bedient worden wäre.

Als er nichts sagte, sondern sie einfach nur weiterhin ansah, fragte sie verunsichert: «Soll ich Euch abseifen oder Euch die Haare waschen, *Gebieter?* Oder vielleicht ein bisschen warmes Wasser nachfüllen?»

«Ja», antwortete er leise. «Alles.» Als sie sich über ihn beugte, um den Warmwasserhahn aufzudrehen, hätte er sie beinahe gepackt und zu sich in die Wanne gezerrt. Aber er beschloss, sich ihr Angebot nicht entgehen zu lassen, und er sollte es nicht bereuen. Die folgenden Minuten gab er sich Daphnes pflegenden Händen hin. Sie schäumte einen Waschlappen dick mit einer wohl duftenden Aloe-Vera-Seife ein, seifte ihm hingebungsvoll zuerst seine Arme, dann, nachdem er sich aufgesetzt hatte, Brust, Schultern und Rücken ein. Als er sich wieder zurücklehnte, hob sie nacheinander erst das eine, dann das andere Bein aus dem Wasser und verwendete viel Zeit darauf, ihn auch dort sorgfältig abzureiben, vergaß auch nicht die Räume zwischen den Zehen. Zwischendurch stellte sie das Wasser wieder ab. Zuletzt kniete sie sich ans Kopfende, schäumte ihm die Haare mit Shampoo ein und ihr wohldosiertes Fingerkraulen entlockte ihm ein zufriedenes Seufzen. Vorsichtig duschte sie das Shampoo aus seinen Haaren, achtete darauf, dass ihm kein Wasser in die Augen lief.

«Ist alles in Ordnung, *Meister?*», fragte sie. «Wünscht Ihr noch etwas oder soll ich Euch nun abtrocknen?»

«Ja, ich habe einen Wunsch. Los, rein mit dir ins Wasser!», forderte Jesper seine Sklavin auf. «Es wird Zeit, dich für deine Aufmerksamkeit zu belohnen.»

Ein glückliches Strahlen erschien auf ihrem Gesicht, als sie den Stoff abwickelte, zwischen seinen Beinen in die Wanne glitt und sich mit dem Rücken an seine Brust schmiegte. Er umklammerte sie, spielte mit dem Schaum auf ihrer Haut, presste einen Kuss in ihre Haare. Eine Weile lagen sie schweigend im Wasser. Daphne hatte sich in seinen Armen entspannt und die Augen geschlossen.

«Du hast wunderbare Einfälle, meine Kleine», sagte er schließlich. «Aber allmählich fühle ich mich durchweicht. Lass uns aus dem Wasser steigen.» Er hielt stützend ihre Hand, als sie aus der Wanne stieg. Daphne trocknete sich flüchtig ab und schlang dann ein vorgewärmtes Handtuch um Jespers Körper und rubbelte ihn sorgsam von oben bis unten ab.

«Möchtet Ihr vielleicht noch eine Massage, Meister?», fragte sie und schaute ihn von unten herauf an. Jesper war hin- und hergerissen. Seine Erregung war nicht zu übersehen und er fragte sich, ob dies nur eine rhetorische Frage sein sollte oder was sie geplant haben könnte.

«Einverstanden», antwortete er mit heiserer Stimme. Daphne nahm ihn an der Hand und zog ihn hinter sich her ins Schlafzimmer. Sie schlug die Bettdecke auf und entfernte die Heizdecke, mit der sie das Bettlaken vorgewärmt hatte.

«Legt Euch bitte auf den Bauch, *Gebieter*», sagte sie. Dann schmierte sie ihre Handflächen mit Massageöl ein, rieb die Hände aneinander, um das Öl zu erwärmen, kniete sich neben ihn auf das Bett und begann, ihn an Schultern und Rücken zu massieren. Jesper hätte niemals vermutet, dass sich hinter ihren zarten Handgelenken so viel Kraft verbergen würde. Als hätte sie niemals etwas anderes als Massage gemacht, spürte sie sensibel seine Verspannungen auf, ertastete gefühlvoll die kleinen Knoten rund um seine Schulterblätter und rieb dann so intensiv darüber, dass er sich ein Aufstöhnen nicht verkneifen konnte.

«Zu fest, *Gebieter?*», fragte sie und hielt inne.

«Nein, du machst das gut, mach weiter so», brummte er in das Bettlaken und fragte sich angesichts seines zuckenden Gliedes, wie lange er es noch schaffte, seinen Orgasmus zurückzuhalten. Außerdem wurde die Bauchlage allmählich unbequem. Sein Schwanz wurde auf eine unangenehme Weise niedergepresst.

Daphnes Hände kneteten so lange über die kleinen Verhärtungen, bis sie eine leichte Verbesserung ertastete. Dann wanderten sie in kreisenden Bewegungen langsam nach unten. Sie schenkte seinen Pobacken mehr Aufmerksamkeit, als eine Massage erforderte, erlaubte sich, mehrere Küsse darauf abzudrücken, was Jesper ein lüsternes Grunzen entlockte, anschließend widmete sie sich intensiv seinen Schenkeln. Als sie bei seinen Füßen angelangt war, forderte sie ihn auf, sich umzudrehen.

Jesper rollte sich auf den Rücken, ohne die Augen zu öffnen, und Daphne hockte sich ans Fußende des Bettes. Sie nahm seinen linken Fuß in beide Hände und strich kräftig über seine Fußsohlen. Grunzend zuckte er zurück.

«Ihr seid doch nicht etwa kitzlig?», vermutete sie und machte weiter. Sie nahm jeden einzelnen Zeh zwischen Daumen und Zeigefinger, fuhr zweimal vom Nagel zur Zehengrube, knetete intensiv seinen Ballen und die Fußkanten und wiederholte dasselbe mit stoischer Ruhe am anderen Fuß. Mit einem knappen Blick auf seinen Unterleib stellte sie beruhigt fest, dass seine Erektion Bestand hatte.

Sie schwang sich über seine Schenkel, beidseitig kniend und sich langsam auf seinen Beinen niederlassend, und begann sanft über seinen Bauch und seine Brust zu streicheln, beugte sich über ihn, leckte fest an seiner linken Brustwarze. Dann griff sie sich zwischen ihre Beine, spreizte ihre Schamlippen, die warm und glitschig waren, bereit, jederzeit seine pralle Lust zwischen sich aufzunehmen, und sie stupste seine Eichel an, zuckte zurück, hätte sich am liebsten sofort über ihn gestülpt und ihn geritten. Aber stattdessen zwang sie sich, langsam vorzugehen, streichelte ihn weiter, glitt über seinem Geschlecht hin und her, rieb sich lüstern aufstöhnend und zuckend daran, seine Spitze so aufregend nah und sinnlich kitzelnd an ihrer Pforte.

Es fiel ihr mit jeder Sekunde schwerer, sich zurückzuhalten, aber Jesper erging es wohl genauso, bis er es nicht mehr ertragen konnte, seinen Unterleib anhob und sich in sie hineinstieß. Daphne entfuhr ein heiserer Aufschrei. Ungeduldig rutschte sie hin und her und presste sich auf ihn nieder.

«Langsam, nicht zu schnell!», flüsterte Jesper, streckte nun seine Hände nach ihren Brüsten aus, nahm ihre pralle Fülle auf und strich leicht erst um, dann über ihre geschwollenen Knospen. Ein Zittern erfasste Daphne und er wusste, sie würde es nicht mehr lange aushalten. Er hielt ihre Brüste fester, zog sie sanft näher zu sich und sie streckte sich ihm entgegen, ohne ihn dabei zu verlieren, und keuchte entzückt, als er ihre linke Brustwarze saugte.

«Fester, lass mich spüren, dass alles dir gehört, *mein Gebieter!*», winselte sie, die Worte stoßweise herauspressend. Er fühlte ihren warmen Atem, wie sie mit weit geöffnetem Mund über seinem Gesicht keuchte, als er ihre Aufforderung erfüllte. Seine Lippen pressten sich fest um ihre Knospe, er knabberte vorsichtig mit den Zähnen daran, während er die andere härter rieb und ihre Brüste fordernder mit seinen Händen umgab. «Aaaah, jaaa», jammerte sie, versuchte gleichzeitig ihren Unterleib zu bewegen, was nun fast unmöglich war, öffnete und schloss die Muskeln ihrer Lustpforte und kam mit einem erstickten, gurgelnden Schrei, als Jesper plötzlich ihre Brüste losließ, stattdessen ihre Hinterbacken packte, seinen Unterleib anhob und sich mehrmals fest in sie hineinstieß. Sie zuckte und zitterte über ihm, schaffte es kaum noch, sich neben seinen Schultern aufzustützen.

Daphne befürchtete jeden Moment, unter dieser alles in Besitz nehmenden Lust zusammenzubrechen. Sie fühlte, wie die warme Samenflüssigkeit bis in die tiefsten Winkel ihres Schoßes spritzte, sein Penis wieder und wieder pumpte, und sank dankbar auf Jesper herunter, als er ihren Po losließ, seine Arme um sie legte und sie auf seine Brust herabzog. Ein glückliches, glucksendes Kichern entglitt ihrer Kehle, als seine Spannung nachgab und sein Geschlecht erschlafft aus ihr herausflutschte. Sie fühlte sich wie gelähmt, knochenlos, unfähig, ihre Muskeln anzuspannen und sich aufzurichten, um sie beide zu säubern und Flecken auf dem Bettlaken zu verhindern.

Glücksmomente

«Liebste Viola!

Mein Gebieter war offensichtlich mit mir zufrieden. Ich habe mir aber auch wirklich sehr große Mühe gegeben. Das Wochenende verlief wunderbar. Es ist gemein und zugleich wunderbar, wie er mich in Erregung hält, ohne mir jedes Mal einen Orgasmus zu gönnen. Niemals hätte ich geglaubt, wie glücklich es mich machen würde, nur neben ihm zu sitzen, meinen Kopf an seinen Schenkel oder in seinen Schoß zu legen und seine Hand auf meinen Haaren zu spüren. Vorbei sind die Nächte, in denen ich mich einsam fühlte und heimlich meinen Kummer in meine Kopfkissen weinte ...»

Daphne hatte es inzwischen gelernt, ihren *Meister* am Freitagabend perfekt zu empfangen. Sie kniete im Flur vor der Treppe, wenn er hereinkam, mit seinen Hausschuhen in der Hand. Er war anfangs ein wenig verblüfft, sie hier zu sehen, statt wie vorgegeben im Wohnzimmer, blieb direkt vor ihr stehen und sie zog ihm die Schuhe aus, streifte ihm die Hausschuhe über, stand dann schweigend auf und nahm ihm sein Jackett ab. Sie hängte es über den Bügel an die Garderobe und blieb dann mit den Händen auf dem Rücken und gesenktem Kopf vor ihm stehen. Er machte ihr ein Handzeichen, dass sie niederknien sollte, und sie gehorchte augenblicklich und küsste demütig seine Hand.

«Gut, du machst das sehr gut. Ist das Essen fertig?»

«Ja, mein *Gebieter.*»

Das ganze Wochenende über unterlief ihr nicht ein einziger Fehler. Sie las ihm jeden Wunsch von seinen Gesten oder seiner Miene ab und war zufrieden, dass er ihr gestattete, sich einen Pyjama überzuziehen, statt nackt neben ihm am Boden zu sitzen. Überglücklich hätte sie beinahe laut gejauchzt, als sie ihm am Sonntagmorgen ein Bad einlassen und ihn abseifen sollte. Sie grinste bei dem Gedanken, dass es eine gute Gelegenheit wäre, über seine Brustwarzen zu streicheln und ihm einen Kuss abzuringen, während er entspannt im warmen Wasser lag. Aber als sie sich über ihn beugte, hielt er ihre Hand fest und sagte rau: «Untersteh dich!»

Mit leichtem Schmollen fuhr sie fort, seinen Bauch und die Beine abzuseifen. Als sie ihn anschließend abtrocknete und mit einer nach

Aprikose duftenden Bodylotion einrieb, traute sie sich nicht mehr, seine sensibelsten Stellen zu sehr zu berühren, und fuhr ihm nur kurz mit der flachen Hand über seine Brustwarzen. Er grinste und wollte ihr die Wange tätscheln, aber sie drehte mürrisch ihr Gesicht ab. Da gab er ihr einen wohlmeinenden Klaps auf den Hintern.

Bisher hatte Daphne meistens alleine in der Küche essen müssen, wenn Jesper mit seiner Mahlzeit fertig war. Es machte den Eindruck, als ob es ihm völlig egal war, gemeinsam mit ihr oder alleine zu speisen. Sie war darüber so frustriert, dass sie keinen Appetit verspürte und nach wenigen Bissen nur noch etwas Wasser trank. An diesem Samstag überraschte er sie dabei, wie sie gerade ihren halb vollen Teller in den Müll entleeren wollte. Er nahm ihn ihr aus der Hand und fragte streng: «Was soll das? Warum wirfst du das gute Essen weg?»

«Ich habe keinen Hunger, mein *Gebieter.*»

«Lüg nicht! Du weißt, dass ich dich dafür strafen werde!»

Sie kniete vor ihm nieder und sah ihn flehend von unten an. «Aber ich lüge nicht. Ich bringe nichts herunter, ehrlich, *Gebieter.* Ich habe keinen Appetit, wenn ich alleine essen muss.»

«Bring Teller und Löffel mit und folge mir.»

Er kehrte ins Wohnzimmer zurück, setzte sich in seinen Sessel, nahm ihr den Teller ab und befahl ihr, näher zu kommen und direkt vor seinem Sessel zwischen seinen Beinen Platz zu nehmen. Sie kniete sich aufrecht vor ihm nieder, die Hände wie immer devot auf dem Rücken. Da schlang er seine Schenkel eng um sie, machte sie bewegungsunfähig und zog sie so eng wie möglich an den Sessel heran. Aber es wäre nicht nötig gewesen, denn sie hatte nicht die Absicht, sich weiter dem Essen zu widersetzen. Die ganze Woche über hatte sie sich immer wieder vorgesagt, dass sie ab sofort nur noch perfekt funktionieren würde, und hatte es bisher durchgehalten. Wenn er also der Meinung war, dass sie nun unbedingt in seiner Gegenwart essen solle, würde sie nachgeben.

«So, und nun Mund auf. Sei ein braves Vögelchen», befahl er und musste selbst über seine Wortwahl grinsen.

Daphne gehorchte und nahm artig das Essen vom Löffel entgehen. Sie hatte tatsächlich keinen Appetit verspürt, als sie alleine am Küchentisch gesessen hatte. Aber als er sie nun Löffel um Löffel fütterte, geduldig wartete, bis sie gekaut und runtergeschluckt hatte, dann wie ein bettelnder Jungvogel wieder den Mund öffnete, verspürte sie doch Hunger und immensen Appetit.

Jesper lachte fröhlich. «Na also, warum nicht gleich so, mein Vögelchen!»

Sie setzte eine leidende Miene auf und versuchte möglichst kläglich zu klingen: «Piep!»

Er lachte und stopfte ihr gekonnt den letzten Löffel voll in den Mund. Nachdem sie heruntergeschluckt hatte, schaute er sie streng an. «Warum durftest du bisher nicht mit mir am Tisch essen?»

Daphne dachte einen Augenblick nach. «Vielleicht, weil das ein Privileg ist, dass man sich als Sklavin erst verdienen muss?»

Jesper nickte zufrieden. «Gut erkannt. In Zukunft deckst du den Tisch wieder für uns beide. Du hast deine Sache in letzter Zeit gut gemacht. Nun hol uns beiden einen Espresso und setz dich dann wieder neben mich!»

Daphne war erleichtert. Endlich normalisierte sich die Situation ein wenig. Nur mühsam unterdrückte sie das Bedürfnis, sich selbst anzufassen, um das lüsterne Ziehen in ihren Brüsten zu befriedigen. Jedes freundliche Wort von ihm wurde augenblicklich durch einen Hormonschub quittiert, vor allem wenn sie länger als einen Tag nicht miteinander geschlafen hatten. Seufzend beeilte sie sich, seinen Auftrag zu erfüllen und möglichst schnell in seine Nähe zurückzukehren. Sie kam mit einem kleinen Tablett, auf dem sie außer den beiden Espressotassen auch noch ein Tellerchen mit Keksen platziert hatte, seine Lieblingskekse, die sie zwei Tage zuvor gebacken hatte. Schweigend musterte sie ihn, nippte an ihrer Tasse, während er mit der Fernbedienung durch die Fernsehsender zappte und krachend in einen der Kekse biss.

Dann brachte sie das Geschirr hinaus, räumte den Geschirrspüler ein und stellte ihn an. Als sie sich wieder neben seinem Sessel auf ihr Kissen am Boden setzen wollte, hatte er angefangen, eine Dokumentation anzuschauen, die sie nicht interessierte. Unschlüssig blieb sie stehen.

«Was ist? Setz dich.»

«Ich dachte – ich sehe mal in der Waschküche nach dem Wäschetrockner, ob er fertig ist und ich ihn ausräumen kann.»

«Hm», brummte er geistesabwesend. «Aber bleib nicht zu lange ...»

«Ja, mein *Gebieter*», erwiderte sie.

Der Wäschetrockner zeigte an, dass er noch drei Minuten für das eingestellte Programm benötigte. Daphne beschloss zu warten. Sie lehnte sich mit geschlossenen Augen an die Wand gegenüber dem Trockner und hing ihren Gedanken nach. Sie hatte keine Ahnung, wann Jesper sie anfassen und befriedigen würde. Aber ihr Körper lechzte danach. Sie war süchtig nach Sex, süchtig danach, sein Glied tief in sich zu spüren, süchtig nach der Berührung ihrer Brustwarzen. Sie schmerzten vor unerfüllter Lust. Aber warum sollte sie darauf warten? Jesper war in den Fernsehbericht vertieft, er würde sie also vorerst nicht vermissen.

Sie streichelte mit den Händen ihre Brüste, ihren Bauch und stellte sich vor, es wären Jespers Hände, die ihr Blut in Wallung brachten. Die Luft aus dem Gebläse des Trockners umschmeichelte ihre Unterschenkel wie ein heißer Sommerwind. Leise stöhnend zwirbelte sie mit der einen Hand sanft ihre linke Brustwarze und wischte mit der rechten die Feuchtigkeit zwischen ihren Schamlippen über ihren Kitzler und begann ihn zu stimulieren. Wie gut das tat! Sie seufzte leise.

Ein erschrockener Aufschrei entfuhr ihrem Mund, als sie plötzlich ein harter Schlag auf ihre Hand und ihren Venushügel traf. «Was machst du hier? Habe ich dir etwa gestattet, dich selbst zu befriedigen?»

Daphne fühlte, wie ihre Wangen vor Scham und Schreck zu glühen begannen. Sie senkte ihren Blick. «Ich ...» Mehr brachte sie nicht über ihre Lippen.

«Ich habe dir nicht erlaubt, dich anzufassen. Wie oft befriedigst du dich selbst?»

Daphne wäre am liebsten vor Verlegenheit im Boden versunken. «Mindestens einmal am Tag», wisperte sie und sah zu Boden.

Jesper schwieg einen Moment. «So geil bist du also? Ich werde dir zeigen, was ich mit einer geilen, ungezogenen Sklavin mache!»

Seine Stimme hatte ein Timbre angenommen, dass Daphne durch und durch ging. Obwohl sie sich ein wenig vor dem fürchtete, was seine Drohung bedeuten würde, wurde ihre Erregung noch schlimmer.

«Hände hinter den Kopf, Beine weit auseinander.» Sein Kommandoton duldete keinen Widerspruch. Doch statt ihre Erregung zu stoppen, entfachte er sie nur noch mehr. «Wo bewahrst du die Wäscheklammern auf?»

Daphne durchzuckte die Erinnerung an Bilder, die sie im Internet gesehen hatte. Er wollte doch nicht etwa ...? Sie schaute ihn an.

«Nun – Sklavin?» Jesper zog voller Ungeduld die Augenbrauen hoch.

«Hinter dir in dem Beutel, der an der Wand hängt, *mein Gebieter.*»

Er entnahm ihm einige Klammern, drehte sie vor ihren Augen zwischen den Fingern. Dann fasste er ihren linken Nippel mit zwei Fingern, zog ihn lang und klippte eine Wäscheklammer daran.

Daphne sog scharf die Luft ein. Der Schmerz war intensiv, strahlte in ihre Brust aus. Sie presste die Lippen zusammen und blickte verunsichert an sich herunter. Ihr Nippel wölbte sich prall, aber ein wenig breit gequetscht hinter der Wäscheklammer hervor. Täuschte es oder wurde er auch dunkler? Es blieb ihr keine Zeit, darüber nachzudenken. Ihre zweite Brustwarze wurde ebenfalls von einer Wäscheklammer eingezwickt. Das war schlimmer, als sie sich ausgemalt hatte.

«Bitte, *mein Gebieter …*» Unter Jespers strengem Blick hielt sie inne und wimmerte mit zusammengepressten Lippen vor sich hin.

Er ging vor ihr in die Hocke, zog die Vorhaut über der Klitoris zurück und leckte ihre Perle. Daphne stöhnte und zitterte. Doch plötzlich hörte er auf, machte ihre Hoffnungen zunichte, packte ihre Schamlippen und zog sie in die Länge.

Daphne wagte kaum noch zu atmen. Sie ahnte, dass ihr noch Schlimmeres bevorstand. Er klippte ihre Schamlippen mit vier eng nebeneinandergesetzten Wäscheklammern zusammen.

Diesmal setzte der Schmerz noch heftiger ein als an ihren Nippeln. Daphne war fassungslos. Der Schmerz machte sie schier verrückt, aber nicht der klopfende Schmerz alleine, der sich in ihre Vagina fortsetzte, sondern auch die Lust, die dadurch ausgelöst wurde. Sie keuchte. Wie lange sollte sie das aushalten?

Jesper hielt noch eine einzige Wäscheklammer in der Hand. Daphnes Beine zitterten. Was hatte er vor? Seine Finger griffen noch einmal nach ihren Schamlippen, zogen die Vorhaut über ihrer Klitoris lang und klippten die Klammer daran fest.

«Nein, bitte nicht, bitte mach sie weg», jammerte sie.

Aber sie las es in seiner Miene, dass er zufrieden mit seinem Werk war und dass es ihn lüstern machte, sie zu bestrafen und zu sehen, wie sie mit sich kämpfte, es kaum schaffte, ruhig stehen zu bleiben.

«Bitte», klagte sie weinerlich. Die Klammer kitzelte erregend, wippte bei jeder Bewegung.

«Wirst du wohl stillstehen! Es gefällt dir doch, den Schmerz zu ertragen, für mich zu leiden. Du hast diese Strafe verdient und ich finde es aufregend, dich gespickt und leidend zu sehen. Aber da fehlt noch was.»

Daphne sah ihm winselnd zu, wie er eine Handvoll Klammern aus dem Beutel holte. Natürlich hatte er in allen Punkten Recht. Der Schmerz schien ihr unerträglich. Während sich ihre Brustwarzen inzwischen eher etwas taub anfühlten, pulsierte der Schmerz stechend und brennend in ihren Schamlippen, besonders unter der letzten Klammer, nahe dem Damm. Er zog in ihre Vagina hinein und ließ ihre Erregung schier unerträglich werden. Woher wusste Jesper das? Plötzlich sehnte sie sich danach, dass er sie lange genug leiden lassen würde, und zugleich hatte sie Angst davor, es ertragen zu müssen.

Jesper verteilte die Klammern an Daphnes Brüsten, zwickte sie rund um den dunkleren Brustwarzenhof fest. Die Spannung ihrer sensiblen Haut erhöhte sich mit jeder weiteren Klammer. Daphne keuchte. Sie suchte Jespers Blick, doch umsonst. Von ihm war keine Gnade zu erwarten. Klammer um Klammer fand ihren Platz.

Danach begann er sie zu liebkosen. Selbst dies war wie eine Folter. Ihre Haut reagierte übersensibel auf jede Berührung. Jesper grinste hinterhältig. «Willst du, dass ich dich befriedige?»

«Ja, bitte, mein Gebieter», wimmerte Daphne und wand sich verzweifelt unter seinen Händen.

«Noch nicht», erwiderte er und leckte sich über die Lippen. «Ich möchte dich noch ein wenig zappeln sehen, Sklavin. Es soll dir vergehen, deine geilen Nippel und deine Klit eigenhändig zu befriedigen. Willst du, dass ich dir künftig Windeln anziehe oder einen Keuschheitsgürtel, um dich davon abzuhalten?»

«Oh nein, bitte, bitte nicht», flehte sie, und sie meinte es ehrlich. Der Gedanke an diese Maßnahmen erschien ihr unerträglich und sie hoffte inständig, dass er das nicht wirklich vorhatte.

Jesper verschränkte die Arme vor der Brust, trat einen Schritt zurück und schaute sie streng an. «So, ab an die Arbeit. Du wolltest doch eigentlich den Wäschetrockner ausräumen.»

Daphne brauchte einen Moment, um zu begreifen, was er meinte. Nach dem ersten Schritt hielt sie inne. Wie das brannte und schmerzte, aber dennoch Lust machte – aber, sie würde das bestimmt nicht lange aushalten. Sie unterdrückte ein Stöhnen und ging breitbeinig mit kleinen Schritten zum Trockner, öffnete ihn und riss die Handtücher heraus. Sie fielen in den davorstehenden Wäschekorb.

«Nach oben tragen», kommandierte Jesper.

«Aber – so kann ich doch nicht laufen», jammerte sie laut.

«Du kannst», erwiderte er trocken. «Je schneller wir wieder unten sind, desto eher wirst du die Klammern los.»

Daphne versuchte, die Treppe möglichst schnell hoch zu gehen, aber je größer sie ihre Schritte machte, desto mehr spannte und schmerzte es. Es war fast unmöglich, den Fuß um eine Stufe anzuheben. Selbst der Wäschekorb erschien ihr schwerer und unhandlicher als sonst. Sie stöhnte und winselte vor sich hin, aber Jesper gab ihr von hinten einen Klaps auf den Po und schob sie unbarmherzig vorwärts. «Beine enger zusammen, geh nicht wie ein Cowboy, sondern wie eine Lady!»

Keuchend gehorchte sie. Die Klammern rieben bei jedem Schritt hin und her, klapperten, zwickten und zerrten. Oben angekommen, kippte sie die Handtücher auf die Betten und wollte schnell zurück zur Treppe, aber Jesper stand im Türrahmen und versperrte ihr den Weg. «Erst zusammenlegen und in den Schrank räumen.» Seine Stimme war dunkel. Hörte sie ein Vibrieren heraus?

Daphne zappelte von einem Bein auf das andere. Wie lange noch? War es möglich, dass der Schmerz immer noch zunahm? Warum packte Jesper sie nicht und vögelte sie auf der Stelle? Seine Hose beulte sich doch eindeutig? Sie wimmerte ununterbrochen vor sich hin, doch schließlich hatte sie es geschafft. Die Handtücher waren ordentlich zusammengelegt und in den Schrank geräumt.

Als sie wieder in der Waschküche ankamen, war Daphne völlig atemlos und verschwitzt. Jesper schob sie schweigend zum Wäschetrockner. Er öffnete seine Hose und Daphne entfuhr vor wollüstiger Erwartung ein tiefes Stöhnen. Sie beugte sich nach vorne, stützte sich mit den Händen am Wäschetrockner ab. Ihr lauter Schmerzensschrei gellte durch den kleinen Raum, als Jesper begann, die Klammern von ihren Schamlippen zu ziehen. Dagegen war der Dauerschmerz ein Kinderspiel gewesen. Sie schnappte nach Luft und schrie erneut auf, als er sich tief in sie hineinstieß. Ihre Vagina zog sich sofort eng zusammen und sie wusste, noch ein Stoß und ihr Orgasmus würde kommen.

Doch Jesper rührte sich nicht. Sie fühlte, wie sein Penis in ihr pulsierte und ihre Vagina darauf mit Zusammenziehen reagierte. Er presste sich an ihren Po, seine Hände streichelten über ihre Hüften hinauf zu ihren Brüsten und im selben Moment, in dem er grob die beiden Klammern von ihren Nippeln schnalzen ließ, stieß er erneut zu.

Der Schmerz war übermächtig und ihr Orgasmus so gewaltig, dass Daphne wie von Sinnen schrie, tief unten aus ihrer Kehle, und beinahe ohnmächtig wurde. Jesper stieß davon angefeuert noch hemmungsloser zu. Daphnes Kopf und Körper wurden von diesem pulsierenden Erdbeben vollkommen aus dem Diesseits hinweggetragen. Auf eine Ebene, wo es nur noch ihn und sie gab, nur noch das Glücksgefühl nach dem Orgasmus.

Sklavin ohne Rechte

«Liebste Viola!

Was soll ich dir berichten? Es geht mir jetzt besser als jemals zuvor. Jesper ‹kümmert› sich in jeglicher Hinsicht intensiv um mich. Was er eben so unter ‹kümmern› versteht. Ich denke, es war richtig, seiner Idee nachzugeben. Inzwischen identifiziere ich mich mit meiner Rolle als Sklavin ganz gut und warte die ganze Zeit über sehnsüchtig darauf, mich ihm am nächsten Wochenende zu unterwerfen – oder ihn zu provozieren. Obwohl ich Angst vor seinen Züchtigungen habe, bin ich von einem heißen Verlangen nach Strafe und Qual erfüllt. Dieses Gefühl ist irgendwie berauschend und zugleich entspannend. Ich kann es immer noch nicht in Worte fassen. Es kommt mir vor, als hätte ich mein ganzes Leben nur darauf gewartet ...»

Unter der Woche verloren Jesper und Daphne kein Wort darüber, was an ihren Spielwochenenden geschah. Sie taten einfach so, als ob es diese nicht gäbe, was Daphne wesentlich schwerer fiel als Jesper. An den Wochenenden setzte er seine Erziehungsmaßnahmen konsequent fort. Ihm fiel immer wieder etwas Neues ein und er war erstaunt, wie willig sie mitspielte. Ihr übergroßes Verlangen nach mehr Sex und ihre ungestillte Neugierde versetzten sie in einen regelrechten Rausch nach Unterwerfung. Trotzdem behielt er sein Ziel im Auge. Er musste wissen, was in ihrem Kopf vor sich ging.

Eines Tages schlug er das Tagebuch in dem Moment auf, in dem er es ihr reichte. Für sie unbemerkt, hatte er sich die Seite durch einen eingelegten Zettel gekennzeichnet.

«Ich will, dass du mir einen deiner älteren Briefe an Viola vorliest. Nehmen wir doch zufällig mal diese Seite.»

Daphne nahm das Tagebuch entgegen, überflog die ersten Zeilen und senkte es dann auf ihre nackten Schenkel. «Das werde ich dir nicht vorlesen!», widersetzte sie sich trotzig. «Lass uns eine andere Seite nehmen!»

Jesper wippte verärgert mit seinem rechten Fuß. «Lies, ich befehle es.»

«Aber – das sind ganz persönliche Dinge. Das geht niemanden etwas an – selbst dich nicht!»

«Lies vor! Sofort!»

Ungläubig starrte Daphne ihn an. Sie hatte ihm schon einige Male etwas vorgelesen, ohne allzu viel Murren gehorcht. Aber diese Passage? Niemals. Zwar traute sie sich angesichts seines verärgerten Gesichtsausdrucks und strengen Tonfalls nun nicht mehr, die Seiten einfach zuzuschlagen, aber sie legte das Tagebuch neben sich auf den Boden, als ob sie davon angewidert wäre. «Nein, ich will das nicht!»

Zu ihrer Überraschung sprang er auf, packte sie im Genick, warf sie auf den Boden, drückte sie unbarmherzig mit einer Hand nach unten und begann mit der anderen Hand auf ihren nackten Hintern zu klatschen. Das Ganze erfolgte so schnell, dass Daphne völlig überrumpelt war und gar nicht dazu kam, an Gegenwehr zu denken. Sie schrie auf, aber nicht vor Schmerz, denn er schlug nicht fest zu, sondern vor Schreck, dass er sich tatsächlich mit allen Mitteln durchsetzen wollte. Sein Handeln flößte ihr Angst ein. Nein, es war keine Angst. Sein Handeln rang ihr Achtung ab. Große Achtung. Es imponierte ihr, dass er sich Respekt verschaffte, obwohl eine innere Stimme noch auf Gegenwehr plädierte. Aber mit jedem der Hiebe, die mehr und mehr ein Brennen und Stechen ihrer Haut entfachten, entflammte auch ein aufgeregtes Kribbeln in ihrem Unterleib. Sie fühlte sich wie gelähmt, unfähig, sich zu widersetzen.

Unterwirf mich, dachte sie, fassungslos über ihre eigenen Gedanken zitternd. *Ich werde dir gehorchen.*

«Wer bist du?», brüllte er.

Daphne zuckte zusammen. Jesper hatte sie noch nie angeschrien, und in einer anderen Lage als dieser hätte sie es wohl auch nicht akzeptiert. «Deine Sklavin!»

«Falsche Anrede!» Er gab ihr ein paar härtere Klatscher in schneller Folge auf die Oberschenkel.

«Auaa! *Eure* Sklavin!» Daphne keuchte erregt und versuchte ihre Gedanken zu sammeln. Um was ging es überhaupt?

«Und wer bin ich?»

«Mein *Gebieter!*», winselte sie inbrünstig.

«Sag mir, welche Rechte hast du?» Er fuhr unbarmherzig fort, schlug ihr mal auf die Oberarme, dann wieder auf den Po, nicht zu fest, aber doch spürbar.

«Keine!», gestand sie laut jammernd.

Die nächsten Schläge waren fester, trafen eine kleinere Fläche, diese dafür umso intensiver, denn Jesper benutzte nun sein Plastiklineal, um sie zu züchtigen. Daphne stöhnte laut, sie wehrte sich noch mal gegen seinen Griff, kam aber nicht gegen ihn an. Ihre Knöpfe rieben sich an der fest gewebten Wolle des Teppichs und wurden dabei härter und lüsterner. Ihre Brüste spannten, als wollten sie vor Erregung platzen. Adrenalin und Endorphine übernahmen die Kontrolle über ihren Körper. Es war erniedrigend und gleichzeitig aufregend. Es war nicht nur sein Recht, es war geradezu seine Pflicht, sie für ihren Ungehorsam zu bestrafen. Das Lineal löste zunehmend einen Flächenbrand aus, wanderte tiefer, fast bis zu ihren Kniekehlen. Sie bäumte sich auf, strampelte, es schien ihr unerträglich und dennoch wusste sie, es war richtig. Er durfte alles von ihr verlangen. Sogar das Lesen ihrer Geheimnisse.

Daphnes Haut nahm eine noch intensivere Rötung an. Jesper war immer wieder von den verschiedenen Rotschattierungen fasziniert, die sich je nach Heftigkeit und Art des Züchtigungsinstruments einstellten. Dies und ihr flehendes Gejammer erregten ihn. Es nötigte ihm große Selbstbeherrschung ab, sie in dieser Situation nicht sofort zu vögeln. Er wusste, dass sie erregt genug war und dass er ihr damit einen Gefallen getan hätte. Aber sie sollte warten und nach Erfüllung lechzen, noch mehr Unterwerfung zeigen, lernen, ihm zu gehorchen. Jedenfalls war er fest entschlossen, seine Autorität zu beweisen und seine Bedingungen zu unterstreichen.

«Habe ich dich in dein Sklaventum gezwungen?»

Die folgenden Hiebe auf ihre Oberschenkel schmerzten noch mehr und Daphne verlegte sich vorsichtshalber auf einen devoteren Tonfall. «Nein, *Gebieter*, Ihr habt mich zu gar nichts gezwungen. Es war meine eigene Entscheidung», wimmerte sie.

«Dann wirst du mir jetzt also endlich vorlesen?»

«Ja, ja mein *Gebieter*.»

Jesper ließ sie los, stand auf und setzte sich wieder auf seinen Stuhl.

Daphne richtete sich auf, rieb sich mit beiden Händen vorsichtig ihr juckendes, heißes Hinterteil. Dann begann sie ihm vorzulesen.

«Liebste Viola!

Was mir doch für merkwürdige Ideen kommen. Heute war ich in der Stadt einkaufen und habe eines meiner grundlegenden Prinzipien über Bord geworfen. Du wirst es dir kaum vorstellen können, aber als ich vor einem Regal mit Slips stand und zufällig einen dieser String-Slips in der Hand hatte, die ich bisher nie tragen wollte, war ich plötzlich der Meinung, ich müsste es doch mal ausprobieren. Möglicherweise wäre es ja doch bequem oder sehr aufregend, so halb nackt unter der Jeans oder einem Rock zu sein? Ich kam mir bei dem Gedanken ein bisschen albern vor, konnte aber trotzdem nicht widerstehen.

Huh, ich sage dir, ich war ein wenig nervös. Aber nachdem ich mich daran gewöhnt hatte, dass das dünne Bändchen sich in meine Pofalte hineinquetscht und meine Arschbacken in ungewohnter Weichheit und ohne Einengung in der Jeans liegen – da überkam mich ein merkwürdiges Wohlgefühl von Freiheit und – wie könnte es anders sein – von Erregung. Ich glaube, ich will nie wieder etwas anderes tragen ...»

Ich könnte mir Jesper in ähnlichen Unterhosen sehr gut vorstellen. Er hat einen schönen knackigen Arsch, der durch einen String bestimmt äußerst vorteilhaft betont würde. Am liebsten würde ich ihn ständig mit meinen Händen befummeln, kneten und – auch mal draufklatschen, natürlich nur als Liebkosung, also eher ein Tätscheln, etwas anderes würde ich auch gar nicht wagen.

Ich seufze, während ich dir schreibe, denn ich kann kaum meine Lust unterdrücken.»

«Daphne!» Jespers tadelnder Ton unterbrach sie.

«Ja, mein *Gebieter?*»

«Hör auf herumzuzappeln! Ich bin habe doch gesagt, du sollst deine Begierden unter Kontrolle halten.»

«Ja, *Gebieter* ...», gab sie kleinlaut zurück.

Er knurrte noch einmal warnend vor sich hin und hob maßregelnd den Zeigefinger. «Lies weiter.»

«Nun fehlt eigentlich nur noch eines, liebe Viola, um meine Spinnereien perfekt zu machen. Am liebsten würde ich mich ganz nackt rasieren. Du weißt ja, ich hasse diese Schambehaarung. Weg mit dem Haarnest – das wäre es! Ich bin sicher, es würde gut zu meinen neuen sexuellen Bedürfnissen passen, wie ein

jungfräulicher Neubeginn. Auf in eine neue Ära der Körperlichkeit! Aber ich weiß nicht, wie ich es Jesper sagen soll, dass mir plötzlich danach ist.

Damit ende ich für heute, meine liebe, geduldig zuhörende Freundin.»

Daphne klappte das Tagebuch zu. Zunächst passierte gar nichts. Sie blieb wie erstarrt mit gesenktem Blick sitzen. Im Zimmer war eine Totenstille eingekehrt.

Dann forderte Jesper sie auf, näher zu kommen. Sie krabbelte auf allen vieren zu ihm und kniete sich zwischen seine Beine, die Schenkel leicht gespreizt, die Brust nach vorne gestreckt, die Hände gehorsam auf dem Rücken und den Blick gesenkt. Zunächst strapazierte er ihre Geduld, indem er sich erneut in Schweigen hüllte. Dann streichelte er sanft ihre Knospen und Daphne schloss schnurrend die Augen. Wie zärtlich er doch sein konnte ...

«Steh auf und lass uns ins Badezimmer gehen ...», sagte er unvermittelt.

Er befahl ihr, sich rücklings auf den weichen Badeläufer zu legen, die Beine hochzuheben und zu spreizen. Ein wenig genierte sie sich und stellte die Beine nur angewinkelt auf, aber als er sie erneut aufforderte, gehorchte sie.

Jesper verteilte Rasierschaum auf ihrem Schamhügel, neben ihren Schamlippen und überall sonst bis zur Pospalte. Die Aussicht, hier und jetzt von ihm rasiert zu werden, war auf einmal ungeheuer reizvoll, und es würde ihm nicht entgehen, wie sie unter seiner Berührung feuchter und lüsterner wurde, hoffte Daphne voller Spannung.

Vorsichtig und sorgfältig begann Jesper, mit seinem Nassrasierer ihre Haare abzuschaben. Der Rasierschaum brannte ein wenig auf ihrer empfindlichen Haut und sie zappelte.

«Lieg still! Ich will nicht riskieren, dich zu schneiden.»

«Aber es brennt!», beklagte Daphne sich, dabei eine Grimasse schneidend.

«Noch eine Bewegung oder ein Wort und deine Schenkel werden von den Schlägen der Fliegenklatsche noch viel mehr brennen. Du wirst dich in Zukunft regelmäßig selbst glatt rasieren, verstanden? Ich will keine Stoppeln sehen oder spüren, wenn ich dich anfasse.» Er wischte sie mit einem nassen Lappen ab, trocknete sorgfältig ihre Haut mit einem kleinen Handtuch und cremte sie mit einer Aloe-Vera-Lotion hingebungsvoll ein, bis sie wollüstig zu seufzen begann. «Beherrsch dich, Sklavin. Du hast keine Belohnung verdient, sondern Strafe.»

«Könnten wir das nicht vielleicht kombinieren? Wie heißt es doch so schön: Zuckerbrot und Peitsche? Vielleicht erst die Peitsche, dann das Zuckerbrot?» Sie sah ihn schelmisch von unten herauf an und er musste sich zusammennehmen, um nicht amüsiert loszulachen.

«Es gibt noch eine andere Version. *Gehst du zu Frauen, dann vergiss die Peitsche nicht!*», zitierte er die volkstümliche Version aus Nietzsches Zarathustra.

Daphne rümpfte die Nase. «Aber das stammt doch aus längst vergangenen Zeiten.»

Jesper ging auf ihre Widerrede nicht ein. Er lächelte nachgiebig. «Wieso hast du mir nicht einfach diese Geschichte vorgelesen, statt so ein Theater zu machen? War es so schlimm?»

«Hm, eigentlich nichts, *Gebieter.* Ich wollte nur ein paar Geheimnisse behalten ...»

«Merk dir ein für alle Mal: Es gibt keine Geheimnisse zwischen uns!» Er gab ihr einen Klaps auf den Schenkel. «Deine Gedanken gehören mir ebenso wie dein Körper!» Er streichelte über die Innenseite ihrer Schenkel. «Verstanden?»

«Ja, mein *Gebieter*», hauchte Daphne ergeben. « Ich werde mich bessern. Ich verspreche es.»

Jespers Hände nahmen sanft und sinnlich ihren Unterleib in Besitz, waren überall, liebkosten die eben rasierte Haut und neckten ihre rosige pralle Perle. «Du darfst mich stattdessen jetzt streicheln und befriedigen und alles, wonach es dir gelüstet, denn ich wüsste nicht, warum ich mich selbst bestrafen und noch länger auf Lust verzichten sollte.»

Daphne sank vor ihm auf die Knie, packte mit sichtbarer Begeisterung seinen lustbereiten Penis aus, streifte ihm die Hose ab, saugte und leckte ihn hingebungsvoll, sodass Jesper aufstöhnend die Augen schloss. Ihre Zunge tanzte abwechselnd rhythmischen Tango und schwebenden Walzer über seiner Eichel. Kurz bevor er sich in ihren Mund ergossen hätte, schob er sie rücklings auf den flauschigen Badewannenvorleger. Das sehnsüchtige Flehen in ihren Augen war eine einzige unartikulierte Aufforderung: Nimm mich.

Gefährliche Geheimnisse

«Liebe Viola!

Es ist alles ganz wunderbar. Nur in einem Punkt verstehe ich Jesper nicht. Er bohrt ständig nach, will wissen, welche Ängste ich vor ihm verberge. Das hat ihn doch früher nicht interessiert? Er hat doch gar keine Ahnung davon, dass es Dinge gibt, die mich von Zeit zu Zeit beschäftigen und psychisch runterziehen. Ich finde es besser, dass er nichts davon weiß. Wie soll ich ihm erklären, dass ich manchmal nah am Abgrund stehe, ohne das nach außen zu zeigen? Wie verhindere ich, dass er Verdacht schöpft, und bringe ihn davon ab, weiter nachzuforschen?»

Der Juli kam und ging vorbei. Daphne bemühte sich nach Kräften, ihrer Rolle gerecht zu werden. Sie wollte alles perfekt machen, um nur leichte erotische Züchtigungen zu empfangen und oft belohnt zu werden, und sie war glücklich, wenn sie ihr Ziel erreicht hatte. Dadurch war nun auch in ihrer sexuellen Beziehung wieder alles zum Besten bestellt. Sowohl unter der Woche wie auch an den Wochenenden hatten sie Sex, wenn auch auf unterschiedliche Art und Weise. Daphne fühlte sich ausgeglichen und zufrieden dabei. Aber es wurde immer schwieriger, sich wochentags aus der am Wochenende eingenommenen Rolle zu lösen. Immer tiefer und schneller tauchte sie in ihren Status als Sklavin ein.

Jesper war vollkommen zufrieden, nur in einem Punkt nicht. Daphne wollte ihm nach wie vor nicht freiwillig ihre geheimsten Gedanken anvertrauen. Dann entdeckte er eines Tages, dass in dem Tagebuch Seiten fehlten, sehr sorgsam herausgetrennt, sodass er es fast nicht bemerkt hätte.

Nach dem Frühstück am Samstagmorgen wartete er, bis Daphne den Tisch abgeräumt hatte. Dann sollte sie für ein ernstes Gespräch zu ihm ins Arbeitszimmer hinaufkommen. Am Abend zuvor hatte Jesper sich nichts von seinem Vorhaben anmerken lassen. Für eine Weile hatte er es sogar vergessen und den gemeinsamen Abend genossen. Denn Daphne hatte ihn mit einem Drei-Gänge-Menü empfangen, das sie dem Vorschlag eines der vielen Fernsehköche nachgekocht hatte. Sie hatte außerdem den Tisch festlich mit Kerzen, einem Strauß dunkelroter Baccararosen und kleinen goldenen Schleifchen dekoriert, eine seiner Lieblings-CDs mit dezenter Tafelmusik in den Recorder gelegt und sich ihm aufreizend präsentiert, in eine Bahn transparenten, glitzernden Stoffs gehüllt.

Daphne fürchtete inzwischen diese Momente im Arbeitszimmer, weil es bedeutete, dass Jesper sie mit irgendeiner alten Geschichte aus ihrem Tagebuch konfrontieren würde. Sie mochte diese «Geständnisse», wie sie es nannte, immer noch nicht, obwohl sie zugeben musste, dass sie sich danach meistens besser fühlte. Aber eine dumpfe Ahnung sagte ihr, es sollte noch schlimmer kommen als jemals zuvor.

Als sie das Arbeitszimmer betrat, hatte Jesper den Rollladen heruntergelassen und saß abgeschirmt in der Dunkelheit hinter seinem Schreibtisch. Nur zwei Schreibtischlampen spendeten dem Raum einen Lichtkegel, der genau den Bereich ausleuchtete, wo Daphne knien sollte.

Sie verspürte einen Kloß im Hals. Die Atmosphäre hatte etwas Fremdartiges, Unpersönliches und Bedrohliches an sich.

«Wird das ein Verhör, mein *Gebieter?* Habe ich etwas ausgefressen?»

«Schon möglich», erwiderte er streng. «Knie nieder.»

Daphne gehorchte.

«Denk daran: Du gehörst mir. Ich bin dein *Gebieter* und ich bestimme, was du zu tun hast. Wiederhole.»

Daphne schluckte, dann antwortete sie, ins Licht blinzelnd: «Du bist – Entschuldigung! *Ihr* seid mein *Gebieter.* Ich gehöre Euch und habe zu gehorchen.»

«Gut. Warum ist das so? Aber – Daphne, ich will diesmal keine auswendig gelernte Standardantwort hören!»

Sie überlegte einen Moment. Es gab viele Antworten. Weil sie devot war und sich auf dieses Rollenspiel eingelassen hatte? Weil er als der Dominante von ihnen sich diese Regeln ausgedacht hatte? Nein, Unsinn. Es musste einen anderen, ganz bestimmten Grund geben, den er diesmal hören wollte.

«Weil Ihr der Überzeugung seid, dass mir zu viel Selbstständigkeit und Freiheit nicht guttun?», erwiderte sie zaghaft und selbst wenig von ihrer Antwort überzeugt.

Zu ihrer Überraschung stimmte er ihr zu. «Richtig. Gut, dass du es einsiehst. Und nun erzähl mir deine schlimmsten Ängste, das Schlimmste, was du dir jemals selbst antun wolltest. Etwas, was du wahrscheinlich niemandem und wenn, dann wohl höchstens *Viola* erzählt hättest.»

Eine Gänsehaut überzog Daphnes Arme. Auf einmal ahnte sie, warum ihr die beiden Lampen so gnadenlos ins Gesicht schienen. Wollte er sich an ihrem Schrecken weiden – aber er konnte doch unmöglich wissen, dass ...

«Was, um Himmels willen, sollte das denn sein?», schwindelte sie unsicher.

«Daphne, ich warne dich nur einmal. Wenn du nach Ausflüchten suchst und lügst, werde ich dich sehr hart bestrafen. Und es könnte gut sein, dass du diese Züchtigung nicht erotisch finden wirst. Also fordere nicht meine Geduld heraus, sondern erzähl mir die Wahrheit.»

«Aber – ich verstehe immer noch nicht, worauf Ihr hinauswollt, mein *Gebieter?* Es gibt nichts, was ich Euch erzählen könnte.»

«Wenn wir fertig sind, erhältst du zur Strafe Gewichte an die Brustwarzen und zehn Hiebe mit dem Rohrstock», kommentierte er kühl.

«Aber wofür?», widersprach sie zornig. Ihre Vagina begann aufgeregt zu pochen, aber ihr Herz schlug eher ängstlich. Seit wann besaß er einen Rohrstock? Und wenn schon die Wäscheklammern so gemein gezwickt hatten, wie würde es sich erst anfühlen, Gewichte an ihren Nippeln hängen zu haben? Sie schaute auf, versuchte sein Gesicht in der Dunkelheit zu entdecken. Doch vergebens.

«Für deine Lüge! Wofür glaubst du, sind die Lampen auf dein Gesicht gerichtet? Du kannst nicht vor mir verbergen, dass du lügst. Erzähl mir von deiner tiefsten Verzweiflung.»

Mit ihrer Wut über sein Machtspiel kehrte die Wärme in Daphnes Körper zurück. Sie versuchte dagegen anzukämpfen und entgegnete verärgert mit zitternden Lippen, die ihre Gefühle preisgaben: «Macht dir das Vergnügen, Angst oder Wut in meinem Gesicht zu sehen? Forderst du mich deshalb heraus?»

Jesper war kurz davor aufzuspringen, um sie für ihre Widerspenstigkeit auf den Boden zu werfen. Aber er unterdrückte diesen Impuls und antwortete: «Nein. Red kein Blech! Fünf weitere Hiebe für diesen Unfug. Begreif doch endlich, ich will dir *helfen*, nicht schaden!»

Er hatte das ernst und ruhig gesagt. Aber sie wollte ihm wohl trotzdem nicht ihr Innerstes offenbaren.

«Erzähl es mir. Erzähl mir von deinen Ängsten», wiederholte er unerbittlich.

«Ich habe keine besonderen Ängste oder willst du hören, dass ich mich vor Spinnen im Keller fürchte?» Ein letztes Mal versuchte sie einem Geständnis zu entgehen.

Jesper hätte fast gebrüllt vor Lachen, aber er verkniff sich diese Reaktion, er wusste, dass sie sich vor Spinnen nicht fürchtete, sondern denen, die sich unvorsichtigerweise ins Haus verirrten, resolut mit Besen oder Staubsauger den Garaus machte. «Du hast abgrundtiefe Ängste, über die du noch nie mit mir gesprochen hast, und ich will sie von dir hören.»

«Die habe ich nicht. Oder hast du etwa welche?»

«Daphne! Zum letzten Mal. Fang an!»

«Und wenn *ich* das *nicht will?*», entgegnete sie trotzig.

Er zog die Augenbrauen hoch. «Wenn du *nicht willst?* Sag – wer bist du?»

Daphne schwieg einen Augenblick, dann hauchte sie mit gesenktem Kopf ihre Antwort. «Eure Sklavin.»

«Na also, dann gehorche.»

«Aber – mein *Gebieter*, wenn ich solche Ängste doch gar nicht habe?» Daphnes Stimme verlor an Sicherheit.

«Du lügst. Wir hatten Offenheit vereinbart. Zur Strafe zehn Minuten Wäscheklammern an deinen Nippeln.»

Sie schaute wütend auf, versuchte noch einmal erfolglos gegen das blendende Licht sein Gesicht auszumachen. «Ich lüge nicht!»

«In Ordnung, ich versuche es anders. Wo sind die zwei Seiten, die neuerdings in *Viola* fehlen?»

«Wo... woher weißt du das?», stotterte Daphne entsetzt. «Du hast versprochen, nicht in meinem Tagebuch zu schnüffeln!»

«Habe ich auch nicht. Ich habe es nur einer Intuition folgend durchgeblättert, ohne darin zu lesen, und dabei sind mir die beiden feinen Schnitte aufgefallen, mit denen du die Seiten herausgetrennt hast. Du hast dir viel Mühe gegeben, es zu vertuschen. Also muss es dir wichtig gewesen sein.»

Daphne krümmte sich wie unter Bauchschmerzen nach vorne. «Nein, Jesper, bitte, bitte nicht! Lass mir noch ein paar kleine Geheimnisse ...», winselte sie, die Regeln der Ansprache vergessend.

«Du benimmst dich daneben, Sklavin. Dein Hintern wird glühen, wenn du so weitermachst.»

Daphne unternahm einen letzten Versuch, richtete sich auf und schaute wieder in seine Richtung. «Aber – das ist unfair! Ihr dürft mich nicht dafür strafen! Unsere Regeln gelten nur für ein erotisches Zusammenspiel, nicht für ...» Ihre Worte stockten. Sie war hin- und hergerissen, versuchte verzweifelt, einen Blick auf ihn zu erhaschen, aber außer einem dunklen Schemen war nichts von ihm zu erkennen. «Und was ist, wenn ich Euch gehorchen will und ich kann nicht, wenn ich es nicht über meine Lippen bringe oder es einfach nicht in Worte fassen kann? Ich habe Angst davor – es ist wie eine Blockade!» Ihre Augen und ihre jetzt erhobenen und aneinandergeschlagenen Hände bettelten um Nachsicht. Es war ihr letzter Versuch, seinem Wunsch auszuweichen.

«Du kannst», antwortete er unnachgiebig und inzwischen auch ungehaltener über ihre fortwährende Weigerung.

Es waren nur wenige Sätze in diesem herausgeschnittenen Brief an Viola, die sie zum Vertuschen veranlasst hatten, aber vor diesen fürchtete sie sich. Tatsächlich war sie sehr sorgfältig vorgegangen und der festen Meinung gewesen, Jesper würde es niemals bemerken. Verzweifelt versuchte sie zu gehorchen, etwas zu sagen, aber es kam kein Wort über ihre Lippen. Das Licht war schlimmer als jede Finsternis, es geißelte gnadenlos ihre Augen. Sie öffnete den Mund, suchte nach einem Anfang, schloss ihre Lippen wieder, machte die Augen zu und riss sie wieder auf. Das Licht war so grell, dass sie durch ihre geschlossenen Lider hindurch ihre eigenen Adern sah.

«Die, die Seiten handelten davon, dass – dass ich mich umbringen würde, wenn ...» Daphne rang nach Luft.

Selbstmord. Es lähmte ihren Kopf, bohrte in ihrem Magen, stach in ihren Lungen. Bis zu diesem Augenblick hatte sie gehofft, ihm nur die halbe Wahrheit zu erzählen. Sie krümmte sich für Sekunden wie unter Schmerzen nach vorne und verschwendete einen winzigen Gedanken daran, das Codewort zu verwenden. Aber dieser Gedanke machte ihr noch viel mehr Angst als die Situation, die sie mehr und mehr zu verwirren begann. Warum wollte er das wissen? Jetzt begriff sie. Es ging um mehr, als ihre masochistische Neigung auszuloten und zu befriedigen. Er wollte seine Machtposition festigen.

Nein, beschloss sie, was auch passieren würde, sie würde sich nicht dazu hinreißen lassen, das Codewort zu benutzen. Sie würde nicht unter Jespers Druck kapitulieren, wenngleich sie fand, dass er seine Rechte überschritt. Sie musste *ihn* dazu bringen, dass er derjenige war, der das Spiel beendete – der erkannte, dass seine Forderung falsch gewesen war.

Allmählich fand Daphne in ihre Rolle zurück und erlebte diesen Zustand als etwas Tröstliches. Es würde nach diesem Geständnis keine Geheimnisse mehr zwischen ihnen geben. Sie musste sich nur fallen lassen, ein echtes Sklavenverhalten an den Tag legen, seinem Willen Folge leisten ...

«Erzähl es mir. Jetzt. Und vergiss nicht – Ehrlichkeit und Wahrheit werden niemals bestraft, Daphne. Wenn mich Schuld trifft, sprich es ohne Angst aus. Wenn du meine Hilfe brauchst, sag es. Aber belüge mich nicht.» Seine ruhige, sanft fordernde Stimme half ihr, sich zu konzentrieren und zu erinnern.

Es war vorletztes Weihnachten gewesen. Was alles dazu beigetragen hatte, ihre Verzweiflung auszulösen, wann ihre destruktiven Gedanken angefangen hatten, das wusste Daphne nicht mehr. Vielleicht war irgendetwas in der Arbeit geschehen, während des üblichen Vorweihnachtsstresses. Die Klienten waren ungeduldig, die Stimmung übertrug sich auf alle Mitarbeiter, jeder fühlte sich gestresst. Die Adventswochenenden vergingen so verdammt schnell, es blieb kaum Zeit füreinander, auf jeden Fall hatte sie die gemeinsame Weihnachtszeit sehnsüchtig erwartet. Zwei Wochen. Freie Tage für Zweisamkeit, ein bisschen Romantik und Liebe.

Aber es kam anders. Daphne fühlte sich oftmals alleine. Es war wunderschönes Winterwetter, hatte üppig geschneit, es war kalt, aber der Himmel strahlend blau. Der Schnee glitzerte mit kleinen kristallinen Funken im Sonnenlicht. Jedes Mal wenn sie Jesper bat, mit ihr spazieren zu gehen oder etwas anderes zu unternehmen, hatte er eine Ausrede oder einfach keine Lust. Auch sonst war er sehr einsilbig, umarmte sie kaum, küsste sie nur flüchtig, war an sexuellen Zärtlichkeiten nicht interessiert. Daphne fand nicht heraus, was mit ihm los war. Am liebsten wäre sie wieder arbeiten gegangen, um abgelenkt zu sein. Jespers chronisch schlechte Laune, seine ihr unverständliche depressive Stimmung schlug ihr aufs Gemüt. Sie fühlte sich einsam und manchmal weinte sie sich abends heimlich in den Schlaf.

Eines Nachmittags beschloss Daphne, alleine spazieren zu gehen, versuchte Sonne und Schnee zu genießen. Das ständige Zuhausehocken ging ihr angesichts des schönen Wetters auf die Nerven. Sie hoffte, dass ein Spaziergang an der klaren Luft sie trösten würde, und stapfte auf einem halb zugeschneiten Weg durch den Wald. Die Äste der Nadelbäume hingen schwer herunter und streiften ihre Mütze. Mehr als einmal ging eine dichte Wolke pulvrigen Schnees auf sie herunter. Sie lachte laut. Aber das Lachen befreite sie nicht. Das Gegenteil war der Fall. Sie fühlte sich noch einsamer, vermisste Jespers Begleitung.

Während dieses Spaziergangs und in den Stunden danach überfielen sie immer öfter Gedankenfetzen, sich diesem unerträglichen Zustand, dessen Ende nicht abzusehen war, zu entziehen, indem sie ihrem Leben Adieu sagte. Als ob ein kleiner Teufel in ihrem Kopf säße und ihr immer wieder vor Augen führte, wie alleingelassen sie wäre. Sie war ihm doch gleichgültig. Der Winterwald wäre ein geeigneter Ort. Alle überflüssigen Kleidungsstücke wie Schuhe, Halstuch und Jacke würde sie ausziehen, um schneller durchzukühlen und zu erfrieren. Wenn sie sich einen Platz im Unterholz suchte, bei einem Spaziergang kurz vor Einbruch der Dunkelheit, dann wäre sie längst erfroren, ehe Jesper sie vermisste und ein Suchtrupp sie fände. Nach einer vermissten Erwachsenen würde man bestimmt nicht so schnell und intensiv suchen wie nach einem Kind. Ideal wäre ein Tag mit üppigem Schneetreiben, sodass ihre Spuren verwischt würden.

Daphne hielt kurz inne, um sich zu sammeln. Sie zitterte angesichts der Heftigkeit ihrer Geschichte, fühlte noch einmal die Angst vor Kälte und Dunkelheit, die Angst vor der Endgültigkeit einer solchen Entscheidung. Sie schlang verzweifelt die Arme um den Leib, dann fuhr sie stammelnd fort. Erst in dieser Situation hätte sie begriffen, dass sie gar nicht so mit sich selbst im Reinen war, wie sie geglaubt hatte. Sie war immer der Meinung gewesen, sie würde das Leben *meistern*, mit jedem Problem auch alleine fertigwerden. Dass verhältnismäßig wenig nötig war, sie aus der Bahn zu werfen, wenn sie sich nicht geliebt und beschützt fühlte, machte ihr Angst. Nannte man so etwas eine Depression? Sie hatte versucht, diesen Zustand zu analysieren, an sich selbst gewissermaßen eine psychologische Studie durchzuführen, mit dem Ergebnis, dass sie nichts herausfand außer der Erkenntnis, dass die Schaltungen und die Logik von Gehirn und Gefühlen wohl unergründlich seien.

Jespers Entsetzen wuchs mit jedem Wort, das sie hinzufügte. Er war sich darüber im Klaren gewesen, dass die herausgetrennten Blätter eine schreckliche Wahrheit enthalten mussten, sonst hätte Daphne sie nicht entfernt. Dennoch hatte er inständig gehofft, sich zu irren, und Daphne würde ihm eine harmlosere Geschichte erzählen. Es tat ihm weh, sie zu beobachten, wie sie sich quälte, und es traf ihn hart, eine Teilschuld zu haben. Alles Mögliche hatte er befürchtet, dass sie einen One-Night-Stand gehabt oder sich in einen anderen Mann verliebt hätte, was ohne Zweifel noch viel schlimmer gewesen wäre.

Daphne bibberte inzwischen am ganzen Leib, atmete keuchend, rieb mit der einen Hand unbewusst die Finger der anderen, sprach hastig in Wortgruppen, verschluckte manche Silben, die er sich hinzudenken musste, und er nahm seine ganze Kraft zusammen, sie ausreden zu lassen und sie nicht beschwichtigend in seine Arme zu nehmen. Als sie fertig war, fragte er betroffen: «Warum bist du nicht zu mir gekommen? Warum hast du mir nicht vorgeworfen, dass ich dich alleine lasse, dass ich dich vernachlässige?»

«Ich habe es versucht, aber du warst völlig in dich abgekapselt. Ich bin nicht an dich rangekommen. Wahrscheinlich hast du selbst ein Problem gehabt, über das du mit mir nicht sprechen wolltest. Da wollte ich dich nicht zusätzlich belasten ...»

Jesper begriff schmerzlich, dass es ihr nicht an Vertrauen mangelte. Sie hatte ihm eine Zufriedenheit vorgespielt, die überhaupt nicht den Tatsachen entsprach, weil er sich wie ein Felsblock verhalten hatte, unfähig, über das zu sprechen, was ihn damals bedrückt hatte. Doch das war nun unwichtig geworden. Natürlich war es ihm nicht entgangen, dass sie manchmal zu wenig miteinander redeten, woran sie beide gleichermaßen Schuld trugen. Der Gedanke, dass er sie eines Tages hätte tot auffinden können, ohne jemals das *Warum* begreifen zu dürfen, war allerdings viel zu entsetzlich, um weiter darüber nachzudenken. Es galt, nach vorne zu schauen und die immer noch lauernde Gefahr zu bannen.

«Sprich weiter, was hat dich wieder davon abgebracht?»

Leise setzte Daphne ihre Erzählung fort. Sie erinnerte sich nicht mehr daran, was ihr Hoffnung gegeben und sie von ihrem Vorhaben abgehalten hatte. Es war so etwas wie ein Verbot, diesen endgültigen Schritt zu unternehmen, es sich selbst und damit auch ihm anzutun. Sie durfte einfach nicht. Dennoch – die Idee geisterte von Zeit zu Zeit durch ihren Kopf, war schwächer geworden, aber nicht vergessen.

Erschöpft vom langen Reden und der schrecklichen Erinnerung sank Daphnes Kopf nach unten. Sie fühlte sich leer und ausgebrannt. Dann ließ sie sich auf einmal langsam nach vorne fallen, plumpste auf den Boden und blieb in einer leicht verkrümmten Stellung liegen. Sie fühlte sich, als hätte sie keine Muskeln mehr. Es war ihr alles egal. Sie fühlte sich vollkommen ausgelaugt, zitterte wie unter Krämpfen und ihr war zum Heulen zumute. Aber keine einzige Träne war da, die sie hätte weinen können. Es war vorbei, endgültig vorbei. Sie hatte alles vermasselt, ihm gezeigt, dass sie ihm nicht vertraute ...

Jesper stand auf und kniete neben Daphne nieder, streichelte ihr schweigend über die Haare. Er hatte Mühe, sie aufzusetzen, weil sie wie ein schlaffer Sack in seinen Armen hing. Entsetzt musste er feststellen, dass sie keine Anstrengungen unternahm, ihn zu unterstützen. Ein leises Wimmern war ihre einzige Reaktion. Als hätte ihre Beichte jegliche Kraft aus ihrem Körper gezogen. Unter ihren geschlossenen Lidern quollen Tränen hervor.

Vorsichtig legte er sie sich über die Schulter, erhob sich ächzend und trug sie ins Schlafzimmer. Er legte sie langsam auf dem Bett ab. Hände und Füße fühlten sich eiskalt an.

Jesper holte eine Wolldecke aus dem Kleiderschrank, breitete sie über Daphne aus, stopfte sie links und rechts und unter ihr fest, sodass Daphnes Arme an ihren Körper gepresst wurden und sie sich nicht selbst daraus befreien konnte. Sie weinte leise. Zärtlich streichelte er ihr über die Wangen und die Haare.

«Es tut mir so leid. Schick mich bitte nicht weg», flehte sie. Ihr Blick war wirr, ihre Augen schauten ihn nicht an, sondern wanderten hin und her, als würde sie ihn gar nicht sehen.

Jesper hielt ihr Gesicht mit beiden Händen fest und gab ihr einen zarten Kuss. Dabei schlug sie die Augen auf und sah ihn mit einem so schmerzvollen Blick an, dass es ihm einen Stich ins Herz versetzte. «Habe ich Euch das wirklich alles erzählt, mein *Gebieter?*», fragte sie mit plötzlich gestochen klarem Verstand. «Bitte verzeiht mir, dass ich Euch nicht vertraut habe.»

Jesper schüttelte verwundert den Kopf. «Es gibt nichts, was ich dir verzeihen müsste. Der Fehler liegt doch bei mir! Es tut mir leid, wenn ich dich enttäuscht habe.»

«Es – es tut so weh, hier, tief in mir drin ...» Sie wehrte sich gegen die Enge der Decke, versuchte ihre Arme hervorzuziehen, gab aber schnell auf. Ihre Lippen zitterten so sehr, dass sie nur noch ein Stammeln herausbrachte. «Ich habe solche Angst ...»

Jesper strich ihr erneut sanft über die Haare, gab ihr einen zarten Kuss auf die Stirn, die Augen, die Nase und den Mund. «Du musst keine Angst haben, meine Liebste. Ich bin doch da. Wir reden morgen noch einmal darüber. Jetzt bist du zu erschöpft. Lass dich fallen, entspann dich. Ich werde die ganze Nacht bei dir bleiben. Ich liebe dich.»

Er streichelte sie sanft, presste sie an sich, sprach weiter leise beruhigend auf sie ein, bis sie aufhörte zu weinen und erschöpft einschlief.

Jesper fühlte sich nicht beruhigt, aber erleichtert. Der erste Schritt war getan. Morgen früh und wenn es nötig war, wieder und wieder würde er mit ihr besprechen, was sie so verzweifeln ließ, bis er sicher war, dass sie das nächste Mal rechtzeitig zu ihm käme, egal wie mies er drauf war.

Aber der nächste Morgen war nicht für ein Gespräch geeignet. Über Nacht war Daphne in eine tiefe Lethargie gefallen. Sie fieberte und ging auf seine Fragen nicht ein, sondern starrte dumpf vor sich hin. «Lass mich in Ruhe. Ich will nicht mehr reden. Wir sollten unser Spiel beenden. Ich werde ...»

Jesper legte ihr seinen Zeigefinger auf die Lippen und strich ihr mit der anderen Hand zärtlich eine Strähne aus den Augen. «Pssst, nicht sprechen! Unser Spiel funktioniert immer noch. Ich möchte, dass du noch mal mit mir in Ruhe über das sprichst, was du mir erzählt hast. Ich will dich nicht damit quälen, bestimmt nicht. Aber wenn ich gewusst hätte, wie frustriert du von meinem Verhalten bist, hätten wir etwas daran ändern können.»

Daphne schloss die Augen. Sie verspürte keine Lust, noch mal über dieses Thema zu reden. Gewiss, von Zeit zu Zeit überkam sie diese merkwürdige Todessehnsucht, mitunter sogar dann, wenn sie eigentlich glücklich war und ihr Leben im Lot zu sein schien. Sie hatte alleine versucht, die Antwort auf das Warum zu finden, aber irgendwann aufgegeben. Im Augenblick fühlte sie sich schwach und elend wie nach einer Woche Grippe und dachte nur noch darüber nach, das Spiel abzubrechen. Warum hatten sie es überhaupt angefangen? Es war alles schrecklich verwirrend. Das Einzige, was sie davon abhielt, das Codewort zu sagen, war Jespers entschlossenes Auftreten.

Er bemühte sich nach Kräften, sie auf andere Gedanken zu bringen. Suchte eine DVD mit einem Liebesfilm heraus, kochte ein dreigängiges Abendmenü – aber es half nichts. Daphne war nicht aus ihrer tiefen Lethargie aufzuwecken.

«Lass uns aufhören, Jesper, bitte! Ich will nicht mehr. *Game* ...», weiter kam sie nicht. Jesper hielt ihr gerade noch rechtzeitig den Mund zu und schüttelte energisch den Kopf. Sie kämpfte gegen ihn an, versuchte ihm auszuweichen und auf ihn einzuschlagen, aber er war stärker als sie, presste sie auf das Sofa und wartete, bis sie aufgab und nicht mehr zappelte. Ansonsten vermied er bewusst jegliche Art von Gewaltanwendung oder Schimpfen. Sie sollte von alleine ruhiger werden.

Dennoch fühlte er sich verunsichert und fürchtete, der Sache nicht Herr zu werden und Daphne vielleicht mehr zu schaden als zu nützen. Er setzte sich an seinen Computer, surfte stundenlang sinnlos auf der Suche nach ähnlichen Fällen und passenden Antworten. Das Problem, das sie gerade betraf, schien es nicht zu geben.

Endlich fand er einen Chat, in dem diverse Themen diskutiert wurden. Die Leute erschienen ihm ernsthaft genug. Es war kein belangloses Zeug. Er meldete sich an und schilderte mit wenigen Worten sein Anliegen. Die meisten antworteten jedoch nur mit einem Bedauern, und dass sie darauf lieber keine als eine falsche Lösung anbieten würden. Jesper wollte sich gerade ausloggen, als sich ein weiteres Chat-Mitglied namens Doc zu Wort meldete.

«Du hast etwas angefangen, was du zu Ende bringen solltest. Es hat keinen Sinn, mit Daphne noch mal über ihre Todessehnsucht zu sprechen. Dazu müsstest du Psychologe sein. Wenn du glaubst, dass sie sich in der Rolle als deine *Sklavin* wohlfühlt, solltest du dieses Ziel unbedingt weiter verfolgen. Mach ihr unmissverständlich klar, dass du ihr *Gebieter* bist und sie deiner Führung vertrauen muss. Züchtige sie ein bisschen, wenn es nötig sein sollte. Erteile ihr Befehle, aber nimm sie auch in deine Arme und zeig ihr deine Liebe, damit sie sich geborgen fühlt und weiß, dass sie dir vertrauen kann. Setzt euer Spiel fort.»

Verdattert las Jesper die Worte noch mal und noch mal. «Ist das nicht riskant, wenn ich zu viel verlange? Und wie kommen wir aus dieser Nummer jemals wieder heraus?»

«Müsst ihr denn überhaupt damit aufhören? Oder glaubst du, es wird für dich zu anstrengend oder langweilig, als *Meister* ständig die Führung zu übernehmen?»

«Nein, aber ich will nicht, dass es für *Daphne* zu viel wird und sie sich unterdrückt fühlt.»

«Lass dich von ihrer Verzweiflung und ihrem Tief nicht verunsichern. Sie braucht nur eines, um wieder da herauszukommen – deine Führung. *Jetzt!* Es gibt ihr Geborgenheit und Sicherheit, wenn du den Ton angibst. Immer. Täglich.»

«Aber, wir können doch dieses Rollenspiel nicht in unseren Alltag übernehmen ...», fragte Jesper hilflos.

«Tu es. Ich habe es ähnlich erlebt wie du.»

Jesper saß die restliche Nacht wie betäubt im Wohnzimmer und dachte noch einmal gründlich über alles nach. Die richtige Entscheidung zu fällen war alles andere als einfach. Wenn er das Spiel jetzt beendete, würde Daphne in ein noch tieferes Loch fallen – und wenn er ehrlich zu sich selbst war, er wohl auch. War es überhaupt möglich, wieder zu einem normalen Alltag zurückzufinden oder waren sie schon zu tief in ihr Rollenverhalten verstrickt?

Als er früh am Morgen aufwachte, stand sein Entschluss, zu handeln, fest. Er gab sich einen Ruck und ging ins Schlafzimmer.

Vierundzwanzig/sieben

«Liebe Viola!

Mir fehlt die Kraft, dir zu schreiben, was geschehen ist. Nur so viel: Mein Gebieter stellt unglaubliche Forderungen. Er will keinen Spielabbruch. Ich fühle mich müde, verloren und ausgelaugt. Hatten wir uns zu viel vorgenommen? Vielleicht ist es ein Abschied und ich schreibe dir nie wieder ... nie wieder in dieser Angelegenheit.»

Daphne blinzelte Jesper verschlafen an. Er hauchte ihr einen Kuss auf die Lippen, den sie kaum erwiderte. Sie drehte den Kopf weg und er zögerte, setzte sich dann aber doch zu ihr auf die Bettkante.

«Daphne, ich habe lange über das, was bisher geschehen ist, nachgedacht und ich möchte eine Regeländerung.» Jesper machte eine Pause, um sich zu vergewissern, dass sie ihm zuhörte. Aber sie rührte sich nicht einen Millimeter und behielt ihre eingefrorene, gleichgültig wirkende Miene bei. «Ich bin der Meinung, dass es falsch ist, unser Ritual nur an den Wochenenden zu leben. Es geht um mehr als um erotische Erfüllung. Du sehnst dich im Grunde auch nach Sicherheit und Geborgenheit, und ich mache mir Sorgen um dein seelisches Wohlergehen.»

Daphne zog die Augenbrauen hoch.

«Ich möchte, dass wir unser Verhältnis als *Meister* und *Sklavin* bis zum Ende des Jahres als 24/7-Beziehung fortsetzen, mit allen Konsequenzen – und dann sehen wir weiter.»

Daphne richtete sich auf. Sie fragte angespannt. «24/7? Wie meinst du das?»

Jesper zwang sich zu einem ermunternden Lächeln. «Komm schon, tu nicht so unwissend. Du hast oft genug im Internet gesurft, um zu wissen, was das bedeutet.»

«Vierundzwanzig Stunden am Tag, sieben Tagen die Woche verfügbar – gilt für alle Online-Shops. Man kann jederzeit virtuell einkaufen gehen, was ich sehr praktisch ...»

«Wir reden hier nicht über Online-Shops, sondern über unsere Beziehung», knurrte Jesper. «Also, versuch's noch mal, Sklavin!»

Daphne zuckte sichtbar zusammen. Es ging ihr durch und durch, wenn er so mit ihr sprach. «Man kann es auch als Modus in der Partnerschaft verwenden, für die Rolle zwischen dem *Dom* und seiner *Sub*», antwortete sie zurückhaltend. «Wenn beide Partner damit einverstanden sind. Die *Sklavin* hat ihrem *Meister* dann in jeder Hinsicht ununterbrochen und bedingungslos zu gehorchen.» Sie sah ihn zweifelnd an, ob er ernsthaft diesen Schritt in Erwägung zog oder nur ihre Reaktion testen wollte.

Jesper nickte zufrieden. Ihr Blick war klar, nicht mehr träge, aber auch devot, ganz so, wie er es sich wünschte. «Richtig. Bedingungslose Unterwerfung, in jeder Sekunde deines Daseins.»

«Gefällt dir deine Rolle als *Meister* sooo gut?», flüsterte sie, verblüfft über die Ernsthaftigkeit seines Vorschlags.

Jesper ignorierte, dass sie ihn falsch anredete. Er verstand, dass sie überrumpelt war und kaum glauben mochte, was er vorschlug. «Es hat weniger etwas damit zu tun, ob es mir gefällt. Ich gebe zu, der Gedanke daran ist erregend. Aber ich bin vor allem der Meinung, dass es *notwendig* ist. Wir dürfen nicht zwischen zwei unterschiedlichen Arten von Beziehungsverhalten hin- und herstrudeln. Das macht alles nur unnötig komplizierter. Du verbohrst dich in Probleme, die keine sind. Du brauchst mehr Entspannung, als du dir selbst zugestehst. *Ich* werde dafür sorgen und das scheint mir am besten zu klappen, wenn du dich unterwirfst und mir das Nachdenken und Entscheiden überlässt. Stimmst du mir zu?»

Als er aufhörte zu reden, stand plötzlich das Schweigen wie eine Wand zwischen ihnen, bis Daphne den Sinn seiner Worte verarbeitet hatte, die Regeln vergaß und vor Zorn explodierte. «Nein, nein, das ist absolut verrückt! Du kannst mich doch nicht wirklich versklaven, mir meine persönliche Freiheit nehmen, Jesper! Wir befinden uns im Europa des einundzwanzigsten Jahrhunderts, Frauen und Männern sind einander gleichgestellt. Was erwartest du – muss ich dich künftig für jede meiner Handlungen um Erlaubnis bitten, auch wenn ich zum Beispiel zum Arzt gehen muss? Nein, ich mache das nicht mit. Ich – ich berufe mich auf unser Codewort und werde das alles hier und jetzt abbrechen. Denn das ist kein Spiel mehr, was du da vorhast.»

Jesper legte ihr schnell seinen Zeigefinger auf ihre vor Empörung bebenden Lippen. «Warte! Bitte versteh mich nicht falsch, Daphne, ich will keinesfalls deinen Stolz oder deine Persönlichkeit brechen. Nur weil du dich meinem Willen unterwirfst, heißt das noch lange nicht, dass du alles verlierst. Du wirst weiterhin arbeiten gehen, du behältst dein Konto, dein Handy, alles was dir gehört. Ich werde dich weder einsperren noch irgendetwas tun, was dich seelisch oder körperlich verletzen würde.» Er schluckte, nahm ihr Gesicht in beide Hände, damit sie seinem Blick nicht auswich. «Ich werde nie die Hand gewalttätig gegen dich erheben. Niemals. Das verspreche ich dir. Aber ich werde verhindern, dass du in ein psychisches Loch fällst. Ich mache mir Sorgen um dich und deswegen möchte ich mehr Kontrolle über dich ausüben. *Vergiss nicht: Ich liebe dich!* Welche Züchtigung ich dir auch zukommen lasse, um dich auf den Boden zurückzubringen oder auf einen sexuellen Höhenflug zu entführen – meine Methode wird immer wohl überlegt sein und zuallererst dein Wohlbefinden zum Ziel haben. Begreifst du endlich, dass ich dir niemals Schaden zufügen werde?» Er fuhr ihr mit der Spitze seines Daumens sanft über ihre Lippen. «Du bist schließlich mein kostbarster Besitz!»

Sie schlug impulsiv mit den Händen nach ihm, bis er sie festhielt, und schüttelte angewidert den Kopf. «Besitz?»

Jesper nickte und ließ ihre Hände los. «Du bist meine Sklavin, hast du das vergessen? Wir waren uns darüber einig, nicht wahr? Deswegen werde ich auch eines niemals zulassen, dass du mir widersprichst, wenn es sich um einen Befehl handelt, den ich nicht zu diskutieren wünsche!»

«Ich ...» Daphne blickte ihn ratlos und verwundert an. «Aber es war doch nur als erotische Spielart gedacht, nicht mehr und nicht weniger, Jesper. Und das, was wir in den letzten Monaten daraus gemacht haben, übersteigt sowieso schon das Maß des Normalen. Ich verstehe dich nicht, warum du jetzt ...» Sie stockte.

Er brach die Diskussion an dieser Stelle ab. Er wollte nicht weiter darauf herumhacken, dass es ihm vor allem um ihre psychische Sicherheit ging. Es war ihm völlig klar, dass er sie nicht zwingen konnte. Hoffentlich siegte ihre Einsicht oder ganz einfach ihr sexuelles Verlangen. «Nun, Liebes, es ist letztlich deine Entscheidung. Ganz oder gar nicht. Entweder 24/7 oder ganz aufhören. Ich bin dir nicht böse, wenn du nicht willst. Aber entscheide nicht spontan, sondern denk erst darüber nach. Ich werde dich immer lieben. Aber wenn du unser Spiel fortsetzen willst, weil du mir in dieser Entscheidung vertraust, dann musst du mir ab sofort wirklich bedingungslos gehorchen. Hörst du? Ich erwarte von dir bedingungslose Unterwerfung!»

Daphne war sprachlos. Was er verlangte, war unmoralisch und ungesetzlich. Eine Art moderne Form der Sklavenhaltung. Sie hatte davon gelesen, aber sie konnte sich beim besten Willen nicht vorstellen, wie das real funktionieren sollte.

«Glaub mir, du wirst dich dabei besser fühlen, wenn du dich erst mal daran gewöhnt hast.»

Seine Stimme war hypnotisierend, beruhigend, unwiderstehlich. Daphne befand sich in einem merkwürdigen Zustand. Sie wusste, sie würde dieses Spiel vermissen, wenn sie es jetzt, völlig unvorbereitet abbräche. Nie wieder seine züchtigende Hand, nie mehr erotisch gefesselt. Der Gedanke bereitete ihr Angst. Sie sehnte sich danach, in seine Arme zu sinken, alle Entscheidungen ihm zu überlassen, darauf zu vertrauen, dass er für sie denken würde, und dann die ganze Welt um sich herum zu vergessen.

«Bitte, Daphne. Sag mir, was dagegen spricht.»

«Es ... es ist doch nicht normal, was wir hier machen. Ich meine –», sie zuckte hilflos mit den Schultern. «Wir sind doch vollkommen irre. Wir spielen mit einer Ernsthaftigkeit dieses Spiel ... Wenn uns jemand beobachten würde, der würde denken, wir haben einen an der Klatsche.» Sie kicherte unnatürlich und schrill. Jespers Alarmglocken lärmten. Offensichtlich war Daphne kurz davor durchzudrehen.

«Tsss, Vorsicht. Deine Wortwahl, Sklavin, verdient eine Strafe!», brummte Jesper leise in sonorem Tonfall.

Da war es wieder, dieses unbeschreibliche Gefühl, das ihr unter die Haut ging. Sein Charisma, seine Autorität. Sie hatte keine Ahnung, was ihr mehr Angst bereitete: aufzuhören oder der Änderung zuzustimmen. Ihr Atem ging schneller und ihr Herz klopfte, als wolle es zerspringen.

«Es ist alleine deine Entscheidung. Aber glaube mir, ich will dir nur helfen. Ich weiß inzwischen, dass ich nicht unschuldig an deinen Krisen bin. Ich war zu sehr mit meiner Arbeit beschäftigt, um zu bemerken, dass du mich gebraucht hättest. Das wird mir nie wieder passieren. Es gibt keine Entschuldigung dafür, dass ich dir das Gefühl vermittelt habe, nicht für dich da zu sein.» Er machte eine kurze Pause. «Daphne, ich werde es mir nicht leicht machen. Ab jetzt in jeder Minute dein Meister zu sein, beinhaltet für mich eine große Verantwortung und Anstrengung. Ich muss vielleicht auch mal härter durchgreifen, um dir Gehorsam aufzuzwingen und dich sicher durch deine Tiefen zu geleiten. Ich kann das nur rechtfertigen, wenn wir es beide wollen und wenn du dir sicher bist, dass du es brauchst, um glücklich zu sein. Andernfalls dürfen wir so nicht weitermachen.» Jesper stand auf, sah noch einmal auf sie herunter, aber sie starrte verbissen auf die Bettdecke und würdigte ihn keines Blickes. «Du hast bis heute Abend um Mitternacht Zeit. Entscheide dich und komm zu mir, egal wie deine Entscheidung ausfällt, ich bin immer für dich da.» Ohne sich noch einmal umzusehen, ging er hinaus.

Daphne zog die Knie bis an ihr Kinn und dachte nach. Er hatte sie geradewegs in die Hölle der Einsamkeit gestoßen, dieser Scheißkerl. Wie konnte er von ihr erwarten, diesem absurden Vorschlag zuzustimmen. Ihre Erregung war mit einem Mal verflogen. Sie war voller Wut. Doch ihr fielen auch wieder die schönen Stunden ein, in denen sie mit ihm sexuelle Erfüllung erlebt hatte wie nie zuvor, und sie wusste genau, dass sie das vermissen würde.

Er hat mich hörig gemacht, dachte sie verbissen. Mit jeder Faser ihres Körpers fühlte sie, wie sehr sie sich nach seiner Nähe und seiner Berührung verzehrte, aber auch seine Autorität suchte. Stunde um Stunde nagten die Zweifel an ihr, ob sie das eine oder das andere wollte.

Den ganzen Tag über verkroch sich Daphne im Bett. Aber sie fand keinen Schlaf. Sie grübelte, weinte ein bisschen über ihr Unglück, schwankte zwischen Wut und Verzweiflung. Es war bereits dunkel, als sie aufstand. Sie ging unter die Dusche. Die Berührung ihrer eigenen Haut schmerzte, als wäre jedes Härchen elektrisch aufgeladen. Was geschah mit ihr? Danach beschimpfte sie ihr angespannt blickendes Gegenüber im Spiegel. «Du blöde Ziege, tu doch endlich etwas. Du weißt genau, was du willst. Warum hast du ein Problem damit, das zu tun, wonach du dich am meisten sehnst? Was spielt es schon für eine Rolle, ob es Recht und Anstand entspricht? Hast du dich nicht insbesondere nach seiner Dominanz gesehnt? Gib es doch endlich zu, dass es genau das ist, was du dir immer erträumt hast! Wenn du es nicht glaubst, dann lies deine Briefe an *Viola*. Da steht es niedergeschrieben! Mit deinen eigenen Worten. Voller Sehnsucht.»

Zu allem entschlossen verließ sie das Badezimmer. Aber mit jedem Schritt, der sie Jespers Arbeitszimmer näher brachte, wurde sie unsicherer.

Durch die geschlossene Tür war Rockmusik zu hören, Classic Rock Hits, die sie beide mochten, melodiös, beschwingt, mit viel Bass. Daphne lehnte sich mit dem Rücken und dem Kopf an die Wand neben der Tür, unfähig, einen weiteren Schritt zu machen. Sie schloss die Augen, horchte, sog die Musik in sich auf. Fröhliche, belebende Musik, die Lust zum Tanzen machte.

Jesper erschrak, als er in den unbeleuchteten, dunklen Flur hinaustrat und beinahe mit Daphne zusammenstieß. Mit klopfendem Herzen ignorierte er sie, ging an ihr vorbei nach unten. Er entkorkte spontan eine Flasche Rotwein aus dem kleinen Weinregal, das zwischen zwei Schranktüren eingebaut war, nahm die Flasche und zwei Gläser mit nach oben. Ursprünglich war er hinausgegangen, um an der Schlafzimmertür zu horchen, ob Daphne vielleicht weinte und ihn brauchte. Er hatte Gewissensbisse, ob seine Entscheidung richtig war. Es beunruhigte ihn, dass sie sich den ganzen Tag über verkrochen hatte. Es waren nur noch eineinhalb Stunden bis Mitternacht.

Umso überraschter war er, Daphne im Flur neben der Tür vorzufinden. Splitternackt, die Augen geschlossen, die Hände ihre Scham bedeckend aufeinandergelegt, und sie stand noch genauso da, als er zurückkehrte. Er ging zu seinem Sekretär, ohne die Tür hinter sich zu schließen, goss Rotwein in beide Gläser. Dann senkte er den Lautstärkepegel der Stereoanlage um zwei Stufen, nahm ein Kissen, legte es neben seinem Stuhl auf den Boden, setzte sich wieder, trank einen Schluck aus dem Glas und griff nach dem Buch, in dem er die letzten Stunden gelesen hatte.

Daphne hatte nicht gewagt, die Augen aufzuschlagen, als sie hörte, wie die Tür des Arbeitszimmers geöffnet wurde. Sie wünschte sich sehnsüchtig, dass er sie küssen und in seine Arme ziehen würde, mit seiner Umklammerung gängeln, ihr die Entscheidung abnehmen – aber nichts dergleichen geschah.

Enttäuscht verharrte sie in ihrer Position. Dann hörte sie seine Schritte zurückkehren. Obwohl sie wusste, was sie wollte, fiel es ihr schwer, ihre endgültige Entscheidung vorzunehmen. Denn genau das war es, was sie eigentlich nicht mehr wollte – Entscheidungen fällen. Sie atmete tief durch, zwang sich, ihre Augen zu öffnen, trat langsam näher, betrachtete im Türrahmen stehend seine sitzende Gestalt, nur von dem gedimmten

Licht des Deckenfluters und seiner Schreibtischlampe beleuchtet. Mein Gott, wie sehr sie ihn liebte. Ihr Herz schien vor lauter Liebe und Sehnsucht überzulaufen.

Jesper starrte auf die Zeilen in seinem Buch, ohne den Inhalt wahrzunehmen, nahm sein Rotweinglas, nippte daran, blätterte die Seite um, als ob er sie gelesen hätte. Dabei hatte er einfach nur die Augen auf das Blatt gerichtet gehalten, aber keine Ahnung, was dort stand. Es war ihm unmöglich, sich darauf zu konzentrieren. Ein unangenehmes Vibrieren hatte ihn erfasst, die Nerven bis zum Bersten gespannt, wartete er auf Daphnes Reaktion.

Sie kam zögernd bis zum Schreibtisch, streckte die Hand nach dem zweiten, noch vollen Glas aus, nahm es an den Mund, roch daran. Ihr leerer Magen rumorte erbost über den markanten erdigen Duft. Sie ging zwei Schritte rückwärts, trank einen tiefen Schluck, schwappte mit dem Rotwein ihre letzten Zweifel hinunter, fühlte ein Brennen beim Hinuntergleiten in ihrer Kehle und ihrer Speiseröhre, das erneute Rebellieren ihres hungrigen Magens.

Dann kippte sie den gesamten Inhalt hinunter, als ob es Wasser wäre, setzte das Glas entschlossen wieder auf dem Sekretär ab und kniete sich mit einem leichten Plumps in fast perfekter Unterwerfungshaltung auf das Kissen neben Jespers Stuhl. Er rührte sich nicht, tat so, als ob er konzentriert lesen und sie nicht bemerken würde. Ein kleiner Rülpser entfuhr ihrem Mund, doch auch jetzt tat Jesper so, als bemerke er sie nicht. Mehrere Minuten verharrte sie still, knabberte auf ihrer Unterlippe herum, bis sie den Geschmack von Blut auf der Zunge spürte. Dann rückte sie noch ein wenig näher an seine Seite, senkte aufseufzend demütig ihre Stirn auf seinen Oberschenkel.

«Wenn Ihr *24/7* für die beste Lösung haltet, mein *Gebieter*, dann soll es ab sofort so sein.»

«Bist du dir ganz sicher, Sklavin? Absoluter Gehorsam, wann immer ich ihn einfordere? Zu jeder Zeit? Eine schmerzhafte Züchtigung für Ungehorsam?»

Sie zögerte, dann ergänzte sie mit sicherer Stimme. «Ja, mein *Gebieter*, ich bin bereit.»

«Du wirst während dieser Zeit nicht von unserem Codewort Gebrauch machen. Du wirst unseren Vertrag nicht auflösen. Nur ich als dein *Meister* kann das jetzt noch! Bist du auch damit einverstanden?»

Sie stöhnte dumpf auf. «Ja, ich bin auch damit einverstanden, obwohl das nicht fair ist! Ich füge mich deinem Willen und werde das verdammte Codewort nicht verwenden!» Sie richtete sich auf und von einer plötzlichen Panik getrieben schossen Tränen in ihre Augen. «Nun sag endlich, Jesper, was du mit mir vorhast – womit willst du mich quälen, jetzt, wo du mich in der Hand hast? Sperrst du mich bei Wasser und Brot in den Keller, damit ich lerne, mich dir zu unterwerfen? Wirst du mich fesseln und verprügeln, oder wie ein Tier ficken ...»

Unerwartet fand sie sich in seinen Armen wieder. Er hatte sie mit ungewöhnlicher Kraft unter den Achseln gepackt und zu sich hochgezogen, hielt sie wie in einem Schraubstock fest, indem er zusätzlich seine Beine um ihre Schenkel schlang, presste ihren Kopf fest an seine Brust und knurrte gequält. «Psst, kein Wort mehr. Schweig, Daphne. So einen Unsinn will ich nie wieder von dir hören. Ich will dich nicht quälen oder einsperren oder zu irgendetwas zwingen. Wie kannst du das nur von mir denken! Ich meine, ich habe dir das alles ausführlich erklärt. Aber ich wiederhole es auch gerne noch einmal. Ich will dich in Sicherheit wissen und ich finde es sehr aufregend, dass deine neuerlichen Gelüste sich mit dem decken, was ich dir schon lange verschwiegen habe.» Dann krallte er seine Finger in ihre Haare, ehe sie sich von ihrer Überraschung erholt hatte und etwas auf seine Offenbarung erwidern konnte. Er zog ihren Kopf nach hinten, ein wenig gröber, als er beabsichtigt hatte, und presste seine Lippen ungestüm auf ihren Mund. Seine Zunge forderte die Öffnung ihrer Lippen, um sie zum Schweigen zu bringen.

Daphne zappelte und wehrte sich aufgewühlt von ihren zwiespältigen Gefühlen in seinen Armen. Aber irgendwie schaffte er es, ihre Beine fester zwischen den seinen einzuklemmen und ihre Hände auf ihrem Rücken festzuhalten, um sie absolut bewegungsunfähig zu machen. Da gab sie mit einem lauten Aufstöhnen plötzlich nach und sie unterwarf sich dieser Kraft, erstaunt registrierend, wie sich in ihrem Inneren ein Kloß löste und sich eine intensive Erleichterung breitmachte. Wie immer, wenn er sie bis zur Bewegungsunfähigkeit umklammerte, war sie fassungslos über die psychische und physische Wirkung, die das auf sie hatte. Ein paar Tränen lösten sich und kullerten unkontrolliert über ihre Wangen herab. Auch über Jespers unwiderstehliche stürmische Art zu küssen war sie verblüfft, denn jahrelang hatte er glaubhaft propagiert, dass er diese speichelgetränkten Zungenküsse nicht ausstehen könne, wie sie so gerne in Fernsehfilmen in Großaufnahme gezeigt wurden. Nun aber küsste er sie mit atemberaubender, wilder Leidenschaft, schob sie langsam hinunter auf den Fußboden, öffnete ungestüm ihre Schenkel, kniete sich dazwischen und drang schnell und tief in sie ein.

Daphne begriff mit einem Mal, was er damit gemeint hatte: *Besitz! Er nahm sie in diesem Augenblick in Besitz und sie war mehr als bereit, dies zu akzeptieren. Sie wollte es.* Seine Stöße trieben jegliche Zweifel und trüben Gedanken aus ihrem Körper heraus. Sekunden später krallte sie ihre Hände in seine Schultern, wölbte sich keuchend vor Lust ihm entgegen, da entlud er sich in einer heftigen Eruption und riss sie mit sich.

«Du ...», keuchte sie. Ihr Kopf war wie leer geblasen. Ihr Körper ausgepowert.

«Psst, ich will, dass du eines weißt: *Ich liebe dich!* Ich werde nichts tun, was dir schadet. Niemals! Du bist doch das Kostbarste, was ich habe.» Und er flüsterte die restlichen Worte voller Zärtlichkeit. «Was wäre ich ohne dich?»

Er beugte sich über sie, küsste sie erneut. «Oder war dir das eben etwa nicht recht?»

Sie schüttelte den Kopf und lächelte.

«Bist du bereit, deine Rolle fortzusetzen, jetzt, in diesem Moment?»

Sie nickte, obwohl sie einen dicken Kloß im Hals stecken hatte. «Ja, mein *Gebieter*.»

«Gut. Du hast mir den Inhalt der herausgerissenen Seiten gebeichtet. Was verdienst du für diese Zerstörung deines Tagesbuchs?»

Daphne schluckte. «Eine Züchtigung, mein *Gebieter*. Ich hatte keine Erlaubnis, Seiten herauszutrennen.»

Er setzte sich auf seinen Stuhl, klopfte laut auf seine Oberschenkel und Daphne stand auf, legte sich, ohne zu zögern, darüber, ihren blanken Po ihm entgegengereckt, ihre Arme und Beine beidseits auf den Boden herabhängend.

Zunächst begann Jesper sanft, ihre Hinterbacken zu kneten, strich ihr mit den Händen wie bei einer kleinen Massage über den Rücken. Sie seufzte leise in sich hinein, als er zärtlich über ihren Po und ihre Schenkel fummelte, ihr dann aus heiterem Himmel vier stechende Klapse auf den Po gab. «Wiederhole deinen Status. Wer bist du?» Erneut schlug er ihr, aber diesmal sehr sanft auf ihre Hinterbacken.

Daphne war verdutzt und mochte kaum glauben, was er tat. Sie hatte etwas Härteres erwartet, war ein bisschen verunsichert über ihre Lage, noch von der Unentschlossenheit der letzten Stunden geprägt, aber auch vom Orgasmus benebelt, fing nun übermütig an zu kichern und brachte kaum die Worte heraus: «Ich glaube, ich bin so was wie deine *Sklavin*, Jesper, hmhmm.»

«Lach nicht! Deine Lage ist ernster, als du glaubst! Wer bin ich?»

Mühsam würgte sie zwischen zwei Lachsalven hervor: «Du bist mein *Meister!* Hihihi.» Sie schüttelte sich vor Lachen und strampelte dabei mit den Beinen. Die Anspannung der vergangenen Stunden entlud sich massiv. Aber auch ihre Erregung war nicht vorbei. Noch behielten die Endorphine die Oberhand und kontrollierten ihre Sinne und ihr Verhalten.

Als er ihre Antwort prompt mit vier heftigeren Klapsen quittierte, richtete sie fragend ihren Oberkörper auf, wurde aber energisch von seiner Hand heruntergedrückt.

«Du lässt es an dem gebührenden Respekt fehlen, *Sklavin!* Wiederhole!»

Es folgte ein klatschender Trommelwirbel auf ihren Allerwertesten, der nicht nur dort, sondern auch in ihrem Unterleib die Hitze verstärkte. Ihr Bedürfnis, ihm zu gehorchen, schmerzte innerlich mehr als ihre Haut. «Ihr seid mein *Gebieter* und ich bin Eure Sklavin, die Euch zu erfreuen, zu dienen und zu gehorchen hat!» Das Inferno auf ihrem Hintern stoppte und ging in ein intensives Kneten ihrer zart geröteten Rundungen über, was bei Daphne sogleich freudiges Keuchen auslöste. «Bitte, seid nachsichtig mit mir ... *Aua!*»

Jesper hatte hinter sich nach der Fliegenklatsche gegriffen und weit damit ausgeholt. Auf Daphnes erwärmter Haut hinterließ der Schlag einen stechenderen Schmerz als seine Hand. Er erteilte ihr auf jede Pohälfte zehn gleichmäßig verteilte kräftige Klatscher und dann mehrere Schläge auf dieselbe Stelle, die dort ein deutlich sichtbares Muster auf ihrer Haut abzeichneten und die sie nur unter lautem Gejammer, sich windend und strampelnd ertrug.

«Genug.» Er richtete sie vor sich auf und tippte fragend mit dem Finger in ihre Magengegend, wo unüberhörbar ein gurgelndes Geräusch zu hören war. «Wann hast du zuletzt etwas gegessen, meine Kleine?»

«Hm, ich weiß nicht, gestern?» Sie schmunzelte über den Begriff *Kleine*. Das hatte er noch nie zu ihr gesagt. Aber es gefiel ihr.

«Zieh dir meinen Bademantel über, du bist ja ganz kalt. Dann nimm die Gläser und die Flasche und warte im Wohnzimmer vor meinem Sessel.»

Daphne gehorchte. Sie holte sich aus dem Schlafzimmer seinen Bademantel, eilte dann die Treppe hinunter, deponierte die beiden Gläser und die Flasche auf einem Beistelltischchen neben Jespers Lieblingssessel und kniete sich dann auf einem Kissen in demütiger Haltung davor.

Als sie ihm den Teller abnehmen wollte, den er aus der Küche mitbrachte, wehrte er ab und schlug ihr auf die Finger. «Hmm, Hände weg. Rück ein bisschen näher, damit ich mich nicht strecken muss.»

Er hatte zwei Brote mit Schinken und Käse geschmiert, in mundgerechte Stücke geschnitten, dazu Essiggürkchen und Tomaten. Er ignorierte ihre protestierende Miene und hielt ihr ein Stück Brot mit Käse vor den Mund. «So, Mund auf und ich will vorerst kein Wort mehr von dir hören. Ich bin erst zufrieden, wenn du alles aufgegessen hast. Das Einzige, was du selber tun darfst, ist dein Glas halten und trinken.»

Lächelnd schob er ihr Stück für Stück in den Mund, genoss ihre devote Haltung, den Blick, mit dem sie zu ihm aufsah, und überlegte, ob er sie anschließend über den Sessel legen und in den Genuss seines Gürtels kommen lassen sollte, ehe er noch einmal ausgiebig mit ihr Liebe machte ...

Daphne erwachte am nächsten Morgen von den Küssen, mit denen Jesper voller Zärtlichkeit ihren Nacken bedeckte. Sie räkelte sich wohlig, streckte sich, drehte sich zu ihm, schaute ihm in die Augen. Er gab ihr einen Kuss und lächelte sie an: «Hast du gut geschlafen?»

«Ja, wunderbar, mein *Gebieter*. Ich hatte ausreichend zu träumen nach diesem aufregenden Abend. Und Ihr?»

Er strich ihr mit den Fingern zärtlich über die Wange und erwiderte: «Hervorragend. Ich könnte jetzt ein warmes Bad und danach ein üppiges Frühstück vertragen!»

«Heute morgen keine Züchtigung, mein *Gebieter*?», fragte sie zaghaft.

«Nein», erwiderte er lächelnd.

Daphne sprang auf und lief ins Badezimmer. Während das Wasser einlief, summte sie leise vor sich hin. Nach ein paar Minuten kam er hinterher, prüfte mit den Fingern die Temperatur, stellte zufrieden fest, dass sie ein angenehm duftendes Badeöl hineingegeben hatte, und sank langsam in die Wanne. Daphne legte ihm fürsorglich ein zusammengefaltetes Handtuch unter den Kopf.

«Danke. Bereite das Frühstück vor und komm dann zurück!» Er schloss die Augen.

Daphne eilte in die Küche, warf die chromblitzende Espressomaschine an, füllte den Behälter mit kalkfreiem Wasser auf. Mit dröhnendem Pumpgeräusch saugte die Maschine das Wasser in ihre Windungen und begann aufzuheizen. Daphne betätigte den Schalter der elektrischen Kaffeemühle, um die Espressobohnen frisch zu mahlen, und bereitete dann den Kaffeeeinsatz der Espressomaschine vor, indem sie von dem frisch gemahlenen Espressomehl hineinfüllte. Dann deckte sie den Frühstückstisch mit Geschirr, Marmelade, Honig und einigen Scheiben von Jespers Lieblingswurst, schaltete den Backofen ein und nahm die tiefgefrorenen Brötchen aus der Tiefkühltruhe.

Als sie ins Badezimmer zurückkehrte, hatte Jesper immer noch die Augen geschlossen. Sie kniete sich still neben die Badewanne, legte die Hände auf die Schenkel und versuchte, ihre Gedanken abzuschalten und ein wenig Gelassenheit zu finden. Es überraschte sie selbst, wie sehr sie es genoss, die wenigen Male, in denen er ein Bad verlangt hatte, statt sich zu duschen, sich in dieser Rolle als hingebungsvolle Dienerin zu verlieren. Es war ihre Aufgabe, seinen Bademantel über der Heizung anzuwärmen, ihn abzutrocknen und mit Bodylotion einzureiben. Die Anspannung und Stumpfheit der vergangenen Tage fiel mit einem Mal von ihr ab. Ihr fehlte beinahe die Erinnerung an das, was geschehen war. Plötzlich befand sie sich in einer neuen Szene.

Die Stille war eigentümlich, aber nicht unangenehm. Nach einer Weile schlug Jesper die Augen auf und sagte: «Seif mich bitte ab!» Sie nahm einen Waschlappen und fing an, ihn sorgfältig, aber sanft erst an Schultern und Rücken einzuseifen, dann die Brust, sich langsam nach unten bis zu den Zehen vorarbeitend. Dann stellte sie sich hinter den Badewannenrand und massierte seine Schultern, bis er genießerisch murmelte: «Du machst das gut, meine Kleine!» Seine tiefe Stimme löste eine Welle des Glücksgefühls aus. Lächelnd trocknete sie ihn ab, verrieb die männlich herb riechende Bodylotion auf seiner makellosen Haut und half ihm dann in den vorgewärmten Bademantel.

Jesper gab ihr einen flüchtigen Kuss, kniff ihr kurz in den Po, als er an ihr vorbei aus dem Bad ging. «Können wir frühstücken?»

«Ja, in fünf Minuten. Ich muss die Brötchen noch aufbacken. Ich wusste nicht, wie lange Ihr im Bad braucht, *Gebieter*, deshalb habe ich sie noch nicht in den Backofen gegeben.»

Er nickte und verschwand im Schlafzimmer, um sich anzuziehen. Gut gelaunt kam er kurze Zeit später in die Küche, wo Daphne gerade die dampfenden Brötchen aus dem Rohr geholt hatte und dabei war, sie aufzuschneiden. Der frisch geschäumte Cappuccino stand bereits auf dem Tisch, ebenso ein Glas Vitaminsaft und ein weich gekochtes Ei. Jesper setzte sich zufrieden.

Das Frühstück verlief ziemlich ruhig. Jesper lauschte mit halbem Ohr den Radionachrichten, blätterte die Tageszeitung flüchtig nach Schlagzeilen durch und widmete sich ansonsten schweigsam dem Frühstück. Er beendete es vor Daphne, weil er zu hastig gegessen hatte. Schweigend sah er ihr einige Minuten zu und als sie ebenfalls fertig war, befahl er ihr mit einem schelmischen Grinsen: «So. Ich möchte, dass du jetzt duschst und dich anziehst. Aber trödele nicht. Du hast zwanzig Minuten Zeit. Und – Daphne, mach dich ein bisschen hübsch für mich. Wir gehen bummeln.» Er schickte ihr einen verheißungsvollen Blick. «Ich möchte dir was Nettes zum Anziehen kaufen, damit dein Anblick mich künftig auch in *meinem* Büroalltag erfreut.»

Daphne erstarrte. Fassungslos fixierte sie ihn, wiederholte lautlos seine Worte. Ein Ruck ging durch ihren Körper. «Was?», stieß sie heiser hervor, nachdem sie ihren ersten Schrecken überwunden hatte. «Das meinst du doch nicht ernst?»

«Du hast mich schon richtig verstanden, meine Liebe.» Jesper grinste breit. «Du hast zwei Monate Kündigungsfrist. Wobei ich mir denke, dass dein Chef dich eher gehen lässt, wenn ich mit ihm rede.»

«Aber ...» Als sie merkte, dass es ihm mit seiner fast beiläufig dahingesagten Anweisung bitterernst war, ballte sie ihre Fäuste.

Jespers Gesicht nahm einen energischen Ausdruck an. Er deutete mit zwei Fingern zum Boden, bis sie widerwillig vor ihm in der gewohnten Position niederkniete. «Psst. Kein Wort. Ich verbiete dir zu sprechen.»

«Aber ... du kannst doch nicht verlangen, dass ich ...»

«Das geht alles von deiner Zeit zum Duschen und Anziehen ab. Es bleiben dir genau fünf Minuten übrig, um dich ordentlich herzurichten. Ich hole das Auto aus der Garage und warte unten auf dich. Jede Minute, die du zu spät kommst, ergibt auf deinem Züchtigungskonto einen Hieb mit dem Rohrstock.»

Sie starrte ihn mit offenem Mund an. Rohrstock? Es war nicht das erste Mal, dass er ihr damit drohte. Zu sehen oder fühlen hatte sie ihn bislang aber noch nicht bekommen.

Jesper grinste erneut und erklärte gut gelaunt: «Ich habe längst einen Rohrstock gekauft und ich werde ihn gerne heute noch auf deinem süßen Hintern benutzen! Ich denke, du hast es mal nötig, ihn kennen zu lernen, was meinst du?»

In Daphnes Kopf schlugen die Gedanken Purzelbäume. War das ein schlechter Scherz? Während Jesper in aller Seelenruhe die Küche verließ und wenig später die Haustür hinter ihm ins Schloss fiel, sprang Daphne eilends ins Bad, duschte nur kurz und zog das tannengrüne Kostüm an, das Jesper besonders gern an ihr sah. Mit Strumpfhose und Schuhen in der Hand rannte sie barfuß aus der Haustür, ungeschminkt und ungekämmt, riss in letzter Sekunde die Beifahrertür auf und plumpste gerade noch rechtzeitig auf den Sitz.

Unterworfen

Mitten in der Nacht wachte Daphne auf, überzeugte sich davon, dass Jesper fest schlief, schlich aus dem Schlafzimmer und setzte sich an seinen Sekretär im Arbeitszimmer, um zu schreiben.

«Liebste Viola,

normalerweise verschafft es mir den gewissen Kick, ist es Teil eines ungewöhnlich erotischen Vorspiels, wenn mein Gebieter mich ein wenig züchtigt, mir einen Klaps gibt, mich mit einer Klatsche tätschelt. Auch wenn es dann härter wird, törnt es mich an und hebt mich fast zum Orgasmus.

Aber davon konnte heute leider nicht die Rede sein. Ich musste feststellen, dass er den Unterschied zwischen einer erotischen Anmache und einer Bestrafung sehr genau kennt und bereit ist, mich auch Letzteres spüren zu lassen!

Wahrscheinlich hältst du mich jetzt für verrückt, dass ich nicht davonlaufe. Nein, das ist nicht nötig. Denn so unglaubwürdig das klingen mag, ich denke nicht, dass es noch einmal vorkommt. Außerdem schlägt er ja nicht wahllos auf mich ein. Er züchtigt mich. Ich hatte ja keine Ahnung, wie weh so ein Rohrstock tun kann. Aber damit musste ich eigentlich rechnen, dass es passiert. Es war alles meine Schuld. Ich habe mich nicht an mein Versprechen gehalten, ihm künftig zu gehorchen.

Versteh doch, Viola, ich habe der Änderung der Spielregeln zugestimmt, mit allen Konsequenzen. Aber dann, nur wenige Stunden später war ich ungehorsam und habe mich vehement seinem Befehl widersetzt. Von Unterwerfung und Gehorsam keine Spur.

Aber halt, der Reihe nach. Jesper hat mich damit überrumpelt, dass ich kündigen und in Zukunft bei ihm arbeiten soll. Er liegt mir mit dem Thema ja schon seit Jahren in den Ohren. Aber jetzt war er so raffiniert, mir das Recht zum Neinsagen abzunehmen.

Oh, ich war so sauer auf ihn! Ich habe mich entmündigt gefühlt. So kam es, dass ich meine Zunge nicht im Zaum hatte und ihn mit den schlimmsten Worten, die mir einfielen, beleidigt habe ...

Nun, jedenfalls war Jesper mit mir einkaufen. Ein paar neue Hosenanzüge, zwei Jeans, Blusen und zwei Kostüme, für die ich auch noch neue Schuhe brauchte, denn ich habe ja seit Jahren kaum Röcke getragen und war deshalb in der Kombination nicht sehr flexibel. Richtig peinlich fand ich, als er mit mir in einen

Dessousshop ging und so tat, als wäre er anderweitig verheiratet und ich seine heimliche Geliebte, die er mit Reizwäsche ausstatten wollte. Du hättest ihn sehen sollen, wie er der Verkäuferin erklärte, dass «die gewissen Partien» ausgespart bleiben sollten, und wie sie verständnisvoll darauf eingegangen ist und mich schamlos angegrinst hat! Ich wäre am liebsten im Boden versunken, aber leider war der nicht so gnädig, sich unter mir aufzutun.

Stell dir vor, ich wusste bis heute gar nicht, was es da so alles gibt, inklusive Strumpfhosen, die im Schritt und Po alles frei lassen. Ouvert. Ich frage mich nur, was Jesper vorhat und wann ich das tragen soll. Er erwartet doch wohl nicht wirklich, dass ich im Büro so herumlaufe – oder doch? Bei dem Gedanken alleine bekomme ich schon einen Schweißausbruch und werde rot vor Scham! Wenn das jemand von seinen Mitarbeitern bemerkt …

Nun, jedenfalls bin ich mit jeder Stunde, die wir in der Stadt verbrachten und einkauften, immer wütender geworden und er hat mich zum Schweigen verurteilt. Schließlich, als wir wieder im Auto saßen, konnte ich mich aber nicht mehr zurückhalten, habe mich darüber hinweggesetzt, habe ihn angefaucht und ihm Worte an den Kopf geworfen, die ich hier lieber nicht wiederholen möchte.

Nun ja, eine Sklavin hat nicht das Recht, zu widersprechen, schon gar nicht in diesem Tonfall. Egal, was er verlangt. Es hätte mir eine Warnung sein müssen, dass er ganz ruhig blieb und gar nichts mehr sagte. Aber sobald wir zuhause waren, hat er mich von diesem Trip auf ziemlich harte Weise heruntergeholt.

Der Rohrstock, den er wohl irgendwann mal gekauft hat, leistete schmerzhafte Dienste auf meinem nackten Hintern. Danach ließ er mich zu allem Überfluss eine halbe Stunde lang mit meinem Hinterteil zu ihm zeigend in der Ecke schmoren – oh, war mir das peinlich!

Aber je länger ich da gestanden bin und nachgedacht habe – ob du es verstehst oder nicht – letztlich hat mich das Ganze doch irgendwie von meiner Wut heruntergeholt und auch angemacht. Ich wusste ja, dass er mich die ganze Zeit über beobachtete, denn sobald ich mich auch nur ein bisschen bewegt habe, hat er gleich geknurrt …

Glaubst du, ich bin völlig verrückt, weil ich mich füge? Aber es ist doch so schrecklich aufregend.»

Jesper war an diesem Tag tatsächlich sehr nachsichtig und geduldig. Während ihres gesamten Einkaufsbummels war Daphne ihm wie eine tickende Zeitbombe kurz vor der Explosion erschienen. Nervös drehte sie ihren

Ehering am Finger, zupfte am Armband ihrer Uhr herum und strich sich mit der Hand ständig über die Haare. Natürlich hatte er nicht damit gerechnet, dass sie seinen Befehl widerstandslos akzeptieren würde. Deswegen hatte er ihr ein Schweigegebot aufgelegt, in der trügerischen Hoffnung, sie würde sich mit der Zeit beruhigen, nachdenken und akzeptieren. Zwar hatte sie kein Wort gesprochen, aber ihr Knurren, Hüsteln, ihre geballten Fäuste und ihr mürrischer Gesichtsausdruck ließen während des gesamten Einkaufs keinen Zweifel daran, was sie von seiner Idee hielt. Daheim versuchte er erneut geduldig, seine Gründe vorzutragen. Aber seinen wohlmeinenden Argumenten hatte sie sich hartnäckig verweigert.

«Du hast mich reingelegt! Du hast das doch alles von Anfang an geplant. Dir ging es doch nur darum, deine Wünsche durchzusetzen! Du elender Bastard!»

Jesper kam nicht dazu, etwas zu erwidern. Daphne schrie ununterbrochen herum, scheinbar musste sie nie Luft holen. Eigentlich amüsierte ihn ihr Verhalten. Sie führte sich wie ein kleines ungezogenes Kind auf. Wo hatte sie dieses Potenzial bis jetzt versteckt gehalten? Er musste die Lippen zusammenpressen, um ernst zu bleiben. Schließlich blieb ihm nichts anderes übrig, um Scherben zu vermeiden und seine Position zu untermauern, als ihrem Toben ein Ende zu setzen. Das Fass lief über, als Daphne ihn als Arschloch und geilen Bock bezeichnete. Er zerrte sie über die Sofalehne und obwohl sie sich heftig wehrte, gelang es ihm, ihr die Handschellen anzulegen, die er vorsorglich in seiner Jackentasche mit sich getragen hatte.

«Hör auf herumzuschreien!», fauchte er sie an. «Du benimmst dich daneben und vergisst unseren Vertrag!»

Er ließ sie los und ging hinaus, um den Rohrstock zu holen.

Als er ins Zimmer zurückkam, kniete Daphne vor dem Sofa. Ihr Herz klopfte zum Bersten. In den letzten Sekunden war ihr schlagartig klargeworden, dass sie sich unmöglich benommen und gegen den neuen Vertrag verstoßen hatte. Zwar war sie immer noch der Meinung, dass Jesper seine Position als ihr Herr für etwas missbrauchte, was er nicht von ihr verlangen durfte. Aber ihr Verhalten war trotzdem nicht korrekt gewesen. Vor allem hätte sie ihn nicht anschreien und beleidigen dürfen.

Jesper stellte sich vor sie, den Rohrstock senkrecht haltend, die Spitze vor Daphne auf dem Boden aufgestützt. «Steh auf und leg dich wieder über die Sofalehne!», forderte er sie barsch auf.

«Bitte, bitte, bestraf mich nicht so, nicht mit dem Rohrstock. Gib mir eine Chance. Es tut mir leid!», bettelte sie. «Ich weiß, ich hätte dich nicht anschreien dürfen, mein *Gebieter.*»

«Für Reue ist es jetzt zu spät. Du hattest ausreichend Gelegenheit, dich abzureagieren und dir zu überlegen, ob du mich beschimpfst oder deine Argumente sachlich vorträgst. Abgesehen davon ist deine Anrede respektlos.»

Daphne schaute fassungslos zu ihm auf und ihre Einsicht verpuffte angesichts seiner Unnachgiebigkeit. «Du bist gemein, du widerlicher Schuft, du –»

Jesper unterbrach sie. «So nicht, Sklavin.» Er zerrte sie hoch auf die Füße und erneut über die Lehne, aber sie beschimpfte ihn weiter und strampelte, bis die ersten Hiebe mit dem Rohrstock auf ihren Po niedergingen.

«Nein, bitte nicht, Jesper. Es tut mir leid, auaaa, nein, bitte!»

Zwischen zwei Schlägen erinnerte Jesper sie jeweils an ihren Status. «Wir beide haben einen gültigen Vertrag! Hast du das schon wieder vergessen?»

Mit einem zischenden Geräusch sauste der Rohrstock durch die Luft und Daphne schrie wieder auf. Jesper strich ihr mit dem Stock heimtückisch über den Po. «Ich befehle und du gehorchst! So sind die Regeln. Du hast dazu Ja gesagt, also halte dich auch daran.» Der nächste Schlag ließ Daphne erneut laut aufschreien und mit den Beinen strampeln. «Und wenn ich sage, du kündigst, dann verstehe ich nicht, was es da noch zu diskutieren gibt!» Er holte aus und der Rohrstock landete exakt wieder auf der angepeilten Stelle.

«Aua, nein, das darfst du nicht!»

Entschlossen schlug Jesper ihren Rock hoch, der seine Schläge bislang noch gedämpft hatte, zog ihre Strumpfhose bis zu den Kniekehlen herunter, ignorierte ihr hysterisches Kreischen und verpasste ihr insgesamt eine Salve von zehn Hieben auf Po und Schenkel, die knallrote Streifen auf ihrer weißen Haut hinterließen. Die ersten begannen sich blau zu färben. Er wusste, ohne Vorwärmen bestand das Risiko, dass Striemen zu sehen sein würden. Aber das hatte sie sich selbst zuzuschreiben.

«Bitte, bitte sei gnädig. Bitte, Jesper, bitte!», schrie sie lauthals. «Ich werde gehorchen, bitte! Gnade.»

Aber er machte seine Sache gründlich und versetzte ihr fünf weitere Hiebe. Daphne schrie wie am Spieß.

«Schluss jetzt! Knie nieder und wiederhole, wer du bist!» Er schubste sie vom Sofa auf den Boden vor seine Füße. Er zitterte vor Wut. Es war ihm klar, er musste auf der Stelle damit aufhören, bevor er sich nicht mehr beherrschen und sie ernsthaft verprügeln würde, nur weil ihr Tonfall und ihre Gegenwehr ihn bis zur Weißglut reizten. Was er anfangs als unterhaltsam und erotisch empfunden hatte, hatte längst einen schalen Beigeschmack erhalten. Niemals hätte er es für möglich gehalten, seine eigene, von ihm geliebte Ehefrau auf diese ernsthafte Weise zu züchtigen. Er hatte niemals etwas anderes vorgehabt als ein erotisches Spiel. Aber nun war es unumgänglich, ihr Manieren beizubringen.

Für Sekunden starrte Daphne auf seine Fußspitzen, war viel zu aufgewühlt und fassungslos, um sofort zu begreifen, dass er ihr die Gelegenheit gab, ihr Verhalten zu ändern. Erst als er ihr mit dem Rohrstock erneute Schläge androhte, begriff sie, dass er von ihr eine nachgebende Reaktion erwartete und sie gar keine andere Wahl hatte. Sie senkte ihren Kopf tiefer bis zum Boden. Ihre Gefühle waren völlig durcheinander. Es imponierte ihr, dass er nicht nachgab, sondern auf der Ausführung seines Befehls bestand. Er verschaffte sich auf unangenehme Weise den Respekt, den sie ihm schuldig blieb.

Die Striemen pochten wie verrückt. Es war anders als sonst und dennoch empfand sie nicht wirklich Angst, auch keinen Hass auf ihn. Sie wusste, dass es weniger schlimm gewesen wäre, wenn er ihre Haut zuerst durch seine Hand aufgewärmt hätte. Voller Neugierde, aber auch Unbehagen hatte sie im Internet gelesen, was andere bei einer Rohrstockzüchtigung empfanden. Sie hatte es nicht geglaubt und nicht verstanden. Jetzt registrierte sie voller Erstaunen, dass es ihr eine Befriedigung verschaffte, die sie zu Beginn ihres Spiels im Januar niemals erwartet hätte. Obwohl er die Sache härter angepackt hatte, als das üblich war. Sie wollte ihm gerne gehorchen und ihm Respekt zollen, alle Wünsche würde sie ihm erfüllen, alle – nur um Himmels willen diesen einen nicht! Warum musste er ausgerechnet darauf bestehen?

«Bitte», bettelte sie, schaute vorsichtig zu ihm auf und eine Träne löste sich aus ihrem linken Auge. «Bitte, ich weiß, ich bin deine Sklavin. Ich habe freiwillig zugestimmt und ich werde alles tun, was du befiehlst, und ich will es auch nicht anders. Aber Jesper, verlang das bitte, bitte nicht von mir! Ich kann nicht in deiner Kanzlei arbeiten.» Sie schluckte und ihr Tonfall war wieder trotzig, als sie hinzufügte: «Ich will nicht und ich kann nicht und das weißt du!»

«Schweig! Ich habe genug davon. Der Satz *Ich will nicht* hat in deinem Repertoire nichts verloren!»

Er löste die Handschellen. «Runter auf alle viere!» Gleichzeitig drückte er ihre Schultern herunter, bis sie im Vierfüßlerstand vor ihm auf dem Boden kniete, stellte sich über sie und klemmte ihre Taille zwischen seinen Beinen ein. Wieder schlug er den Rock über ihren Po nach oben und klatschte ihr mehrmals fest mit der flachen Hand darauf. Sie zuckte und versuchte sich erfolglos wegzudrehen. Seine Hand brannte wie Feuer auf den Striemen.

Was hatte er vor? Einerseits wurde ihr das Ausmaß seiner Züchtigung allmählich zu viel, andererseits verspürte sie das unsägliche Verlangen, von ihm dadurch vollkommen und endgültig unterworfen zu werden. Zwei ambivalente Stimmen kämpften in ihrem Kopf um die Vorherrschaft. Sie war zu einem gleichberechtigten und freiheitlichen Denken und Handeln erzogen worden. Sie kannte nichts anderes, auch in ihrer Partnerschaft. Aber sie war bereit, dies aufzugeben, wenn er ihr bewies, dass er nichts anderes dulden würde.

«Ich lasse mich nicht derart respektlos von dir *anbrüllen!*»

Jesper fuhr damit fort, ihr auf den Po zu klatschen, und Daphne zuckte mehr unter dem lauten Geräusch zusammen als unter dem unsäglich stechenden Schmerz, der sich wie ein Flächenbrand immer noch mehr ausbreitete. Zudem war es auf eine durchaus angenehme Weise peinlich, erniedrigt zwischen seinen Beinen zu kauern. Sie verstand sich und ihren Körper längst nicht mehr, aber das war egal, es war eine andere, viel intensivere Art von Lust, die davon ausgelöst würde. Eine Lust, der sie nicht widerstehen konnte.

«Außerdem wolltest du keine eigenen Entscheidungen mehr treffen! Hast du das vergessen? Dann beklag dich nicht darüber, dass ich Entscheidungen fälle, die ich gutheiße und die dir nicht gefallen!»

Es schmerzte, doch es war ein guter Schmerz, während die Angst, die sie vor dem Einsatz des Rohrstocks empfunden hatte, allmählich nachließ. Stattdessen jagten die Endorphine immer heftiger durch ihren Körper und lösten ein intensives sexuelles Verlangen aus. Doch dieses Hoch hielt nur einen kurzen Augenblick an, denn Jespers Hand kam nun unnachgiebig wieder und wieder auf dieselbe Stelle nieder. Daphne fing an lauter zu wimmern und versuchte sich erfolglos aus seiner Beinzange zu befreien. «Oh, nein, mein *Gebieter*, nein, aua, bitte, es tut so weh, auaaa, bitte hör auf damit!»

«Wirst du jetzt gehorchen?»

«Ja, Jesper! Auu! Ich verspreche es, aua, ich verspreche es, mein *Gebieter!*», schrie Daphne, während seine Hand weiterhin auf ihren Po niederging, in schneller Folge.

«Und wirst du mir in Zukunft blindlings vertrauen, so wie du es mir längst mehrfach versprochen hattest? Keine bloßen Lippenbekenntnisse, sondern Taten!»

«Doch, ja, auaaa! Ich vertraue Euch, auaaa, bitte nicht ...», bettelte sie und besann sich dabei wieder auf die korrekte Höflichkeitsformel. «Mein *Gebieter* – aber»

Jesper löste seine Umklammerung, trat einen Schritt zurück und hob ihren Kopf unter dem Kinn an. «Hörst du denn gar nicht mehr auf mit deinem *Aber?* Hast du immer noch Widerworte auf Lager? Hat dein Hinterteil noch nicht genug abbekommen?» In der anderen Hand schwebte drohend der Rohrstock über ihr.

Sie starrte ihn ächzend an, holte tief Luft, sagte jedoch nichts. Sie schämte sich so sehr über ihre Lage, dass sie am liebsten zerflossen wäre. Im Übrigen hätte sie sich gerne ihren schmerzenden, heißen Hintern gerieben, aber sie wagte es nicht, Jesper noch mehr herauszufordern.

Jesper setzte sich in den Sessel, schlug die Beine übereinander, betrachtete aufgewühlt die vor ihm auf allen vieren kniende Daphne. Er hatte nicht damit gerechnet, dass sie nach all der Vorbereitung so viel Widerstand leisten würde. Bis dahin hatte sie seine Wünsche anstandslos und hingebungsvoll ausgeführt und sie hatten viel Spaß miteinander gehabt. Jetzt standen Tränen in ihren Augen und dennoch hatte ihr Gesichtsausdruck eine gewisse Verzückung angenommen.

«Steh auf und stell dich mit dem Gesicht zur Wand, Sklavin! Heb den Rock hoch, ich will deinen Hintern sehen», forderte Jesper.

Daphne gehorchte sofort.

Jesper starrte finster auf ihre gerötete Kehrseite und atmete bewusst tief und langsam durch, um sich zu beruhigen. Seit sie geheiratet hatten, versuchte er seine Frau dazu zu bewegen, bei ihm zu arbeiten, statt ihre Arbeitskraft bei einem seiner Konkurrenten zu vergeuden. Sie hatten sich auf einem Kongress kennen gelernt, zu dem Daphne ihren Chef begleitet hatte. Ein Jahr später waren sie und Jesper verheiratet. Aber sie hatte sich immer dagegen gesträubt, in seine Anwaltskanzlei zu wechseln, die er zusammen mit drei ebenso erfolgreichen Kollegen betrieb. Der Gedanke, Arbeit und Privatleben zu vermischen, bereitete ihr Unbehagen.

Jetzt war die Gelegenheit da, sich durchzusetzen, und Jesper hatte sich eingebildet, sie würde problemlos darauf eingehen und ihm seinen Befehl nicht übelnehmen, sondern gemäß ihrer Rolle und nach dem Versprechen der vergangenen Nacht gefügig ausführen.

«Komm her, meine Süße!», forderte er sie auf und klopfte einladend auf seine Schenkel. Sie ging zu ihm und setzte sich quer auf seine Beine. «Warum nur hast du dich so fürchterlich über meinen Wunsch ereifert, hm? Ist die Aussicht, mich auch tagsüber zu sehen, wirklich so schlimm?»

Daphne schüttelte den Kopf. Sie zitterte ein wenig vor Aufregung. Eine Träne löste sich aus ihrem Augenwinkel. Ehe sie dazu kam, sie selbst wegzuwischen, fuhr Jespers Finger sanft unter ihrem Auge entlang. «Nicht weinen. Es ist doch alles halb so schlimm. Aber schrei mich nie wieder an, hörst du?»

«Nein. Ich wollte das auch gar nicht. Es ist einfach so passiert. Es tut mir leid, wie ich mich benommen habe, und es wird nicht wieder vorkommen», wisperte sie.

«Ich will, dass du zu mir kommst und mir sagst, wenn du mit irgendetwas, auch wenn du mit mir ein Problem hast. Aber nicht herumschreien, sondern ...» Er sah sie fragend an.

«... sondern in vernünftigem Tonfall sprechen», ergänzte Daphne leise aufseufzend.

«Genau. Und warum?»

«Weil ...», Daphne zerbrach sich den Kopf, was sie alles in ihrer Antwort wiederholen sollte, und erwiderte dann: «Weil ich Euch vertrauen soll, statt Euch zu widersprechen, weil ich Euch gehorchen soll und weil ich Euch alle meine Gedanken und Sorgen mitteilen muss.»

«Gut. Jetzt lass uns diese Angelegenheit ein für alle Mal vergessen. Du weißt, ich bin nicht nachtragend. Du wirst morgen kündigen. Das Schreiben habe ich schon vorbereitet.»

Er legte seine Arme um sie, zog sie an seine Brust und wiegte sie eine Weile wie ein kleines Kind, bis sie sich entspannt hatte. «Ich kann allerdings nicht verhehlen, dass mir ein bisschen Widerstand von dir ein gutes Alibi liefert, dir einen knallroten Hintern zu bescheren und ein gutes Gewissen zu haben, wenn ich den Rohrstock verwende. Ich gestehe, es macht mich tierisch an, wenn du dich unter meiner Hand windest und um Gnade bettelst.» Er drückte sie noch ein bisschen fester an sich.

Daphne gab ein wohlig zustimmendes Gurren von sich, kuschelte sich an ihn, seine Nähe genießend, küsste ihn sanft auf den Hals, auf das Kinn und stahl ihm dann einen flüchtigen Versöhnungskuss von den Lippen. Jesper lachte leise.

Sie sah ihn fragend und ein wenig verunsichert an, um ihre Lippen lief ein nervöses Zittern, aber als er anfing, ihre Bluse zu öffnen und sie auszuziehen, entspannte sich ihre Miene. Entschlossen presste er seinen Mund fest auf den ihren, nahm ihre Brustwarzen sanft knetend und zupfend zwischen seine Finger, und es dauerte nicht lange, bis sie sich erneut auf seinem Schoß und unter seinen Händen wand, aber diesmal keuchend und wimmernd vor Lust ...

Sex kann man überall haben

«Liebste Viola!

Ich habe dir ja schon erzählt, dass ich wohl oder übel den Befehl meines Gebieters befolgen musste. Mein Chef war wenig überrascht, dass ich mich nun plötzlich entschlossen habe, für meinen Mann zu arbeiten. Zum Glück hat er keine Fragen gestellt und er hat sogar zugestimmt, die Kündigungszeit zu verkürzen. Ich habe den Verdacht, Jesper hat vorher angerufen und mit ihm darüber gesprochen. Ich werde also in knapp fünf Wochen anfangen, für Jesper zu arbeiten. Ich kann mir das noch gar nicht vorstellen ...»

Jesper war sehr zufrieden und belohnte Daphne mit Sex. Von seiner Züchtigung waren ein paar dunkle Striemen zurückgeblieben, die sie beim Sitzen unangenehm an ihr markiertes Hinterteil erinnerten. Umso begieriger nahm sie, süchtig wie sie nach Befriedigung lechzte, seine Zärtlichkeiten entgegen.

Einige Abende später rief er sie an. «Du brauchst heute nichts Aufwändiges zu kochen, Liebes, mach mir nur eine Scheibe Brot mit Käse. Wir haben nicht viel Zeit, wenn ich in einer halben Stunde heimkomme. Wir gehen ins Kino.» Er legte auf, ohne eine Erwiderung abzuwarten.

Jesper kam pünktlich nach Hause und das immer gleiche Ritual lief ab. Daphne ging in die Hocke, zog ihm die Schuhe aus und die Hausschuhe an, und während sie ihm die Jacke abnahm, strich er wie zufällig über eine ihrer Brustwarzen, griff ihr dann sanft unter das Kinn und gab ihr einen Kuss.

Schweigend aßen sie die vorbereiteten Schnitten und einen kleinen Teller voll Salat. Dann wischte er sich mit der Serviette den Mund ab. «So, nun beeil dich. Ich möchte, dass du deinen am engsten sitzenden String anziehst, einen dieser BHs, durch die sich deine Nippel herauspressen, und diese weich fließende graue Stoffhose, die wir vor Kurzem gekauft haben.»

Daphne schaute ihn fragend an, aber er lächelte nur geheimnisvoll.

Der Kinosaal war nur mäßig besetzt. Der Film lief schon seit mehreren Wochen und hatte nur mittlere Kritiken eingeheimst, eine Mischung aus Liebesschnulze und dem Versuch einer actionreichen Handlung, unterhaltsam, aber nicht kinofüllend.

Jesper und Daphne waren die Einzigen, die in der letzten Reihe saßen. Die meisten Kinobesucher waren Pärchen und hatten sich auf den vielen freien Plätzen verteilt. Von überall war leises Gemurmel zu hören, heiteres Gekicher, das Knistern von Süßigkeitentüten. In den zuckrigen Duft, den das gerne gekaufte Popcorn verströmte, mischte sich ein herber Bierdunst.

Nach dem Vorprogramm wurde das Saallicht fast völlig abgedunkelt und es dauerte nicht lange, da spürte Daphne überrascht Jespers Hand auf ihrer Brust. Er tastete nach ihrer Brustwarze unter der dünnen Bluse, die aus einer kleinen Öffnung im BH-Körbchen herausstand, und ihre Knospe verhärtete sich lüstern unter seiner forschen Berührung. Daphne presste ihre Lippen aufeinander und unterdrückte ein wollüstiges Aufstöhnen, kämpfte dagegen an, seine Hand wegzuschieben, presste ihre Schenkel fest aneinander, um ihre Erregung zu kontrollieren, und konnte doch nichts dagegen tun, dass sie anfing, vor Lust zu zittern.

Dann geschah eine Weile nichts. Jesper hatte seine Hand wieder weggenommen und schien sich auf den Film zu konzentrieren. Daphne versuchte den Anschluss an die Handlung zu finden. Doch es war vorbei, als er ihr auf einmal gierig in den Schritt hineingriff, ihre Schenkel auseinanderschob und streichelte. Der dünne Stoff hemmte seine Berührungen in keiner Weise. Dann ruhte seine Hand bewegungslos auf ihrem Oberschenkel, ab und an leicht hineinzwickend.

Dieses Spiel wiederholte Jesper in unterschiedlichen Zeitabständen. Daphne wusste, dass sie längst in ihrem eigenen Saft saß. Die Feuchtigkeit in ihrem Slip war nicht zu ignorieren und sie hoffte, dass sie nicht durchdringen und ihre Stoffhose beflecken würde.

Als ihre Hand in Jespers Schoß hinüberglitt, um den Grad seiner Erektion zu prüfen, gab er ihr einen unmissverständlichen Klaps darauf und sie zog ihre Hand schmollend zurück. Bald danach beugte er sich zu ihr hinüber und flüsterte ihr ins Ohr: «Gib mir deinen Slip.»

«Was, hier?», zischte Daphne. Sie traute ihren Ohren nicht.

«Deinen Slip, *jetzt!*» Sein Tonfall war energisch und erotisch genug, um die Rückfragen zu stoppen, die ihr auf der Zunge lagen. Für eine Sekunde starrte sie ihn ungläubig von der Seite an, öffnete sodann den Reißverschluss, schob sich die Hose von den Hüften und streifte die Schuhe ab. Dabei bemühte sie sich, möglichst wenig Aufsehen zu erregen, aber in den Reihen vor ihnen interessierte sich sowieso niemand dafür, was hinten vor sich ging. Alle waren entweder miteinander oder mit dem Film beschäftigt. Der Sound aus den Lautsprechern war zudem viel zu laut, um durch andere Geräusche abgelenkt zu werden.

Daphne war aufgeregt und verunsichert, aber sie schaffte es, streifte den knappen String über die Beine weg nach unten und legte Jesper diesen in seine auffordernd ausgestreckte Hand. «Braves Mädchen», murmelte er, knüllte den Slip zu einer handlichen Größe zusammen und hielt ihn sich tief einatmend an die Nase. Ihr Duft war wie ein Aphrodisiakum.

«Und jetzt knie vor meinen Füßen nieder.»

Für einen Moment fragte Daphne sich, ob sie ihn angesichts des ohrenbetäubenden Sounds aus den Lautsprechern richtig verstanden hatte, dann rutschte sie langsam vom Sitz und ging seitlich auf Händen und Füßen vor ihm nieder.

Jespers Finger spielten mit ihrem Körper, während seine Linke an ihrem Nippel zupfte, streichelte seine Rechte ihren Po, ihre Poritze, die Schenkel und schob ihre Beine auseinander. Was hatte er vor? Daphne hatte Angst, dass jemand etwas bemerken würde und zugleich war genau dies der Kick, der ihre Endorphine zum Tanzen brachte. Etwas drang in ihre Vagina ein und sie unterdrückte mit Mühe einen Aufschrei. Ein kribbelndes Vibrieren setzte ein, ergriff Besitz von ihrer Vagina, stieß sich tief hinein und zog sich fast wieder heraus. Es war fester und kompakter als sein Schwanz, obwohl auch der eine erstaunlich harte Erektion haben konnte, aber dies war anders. Noch fester, noch ausfüllender. Ein lüsternes Ziehen erfasste sie tief im Inneren, reagierte mit starken Kontraktionen auf jeden erneuten Stoß. Sie bäumte sich auf und versuchte zugleich, sich ruhig zu halten. Aber es war fast nicht möglich.

Daphne keuchte willenlos in Jespers Hand, die er ihr auf den Mund presste, als er sie mit einem letzten wilden Stoß zum Orgasmus brachte. Benommen blieb sie am Boden knien. Er streichelte ihren Kopf und forderte sie auf, sich zu setzen und ihre Hose anzuziehen.

Daphne verglühte fast in der Hitze, die ihren Körper erfasst hatte, und konnte ohne den schützenden Slip nicht verhindern, dass der Stoff der Hose nun doch allmählich durchfeuchtete, in ihrem Schritt zu kleben begann und wahrscheinlich einen sichtbaren Fleck hinterließ.

Als der Film zu Ende war und das Licht wieder anging, steckte Jesper ihren Slip in seine Hosentasche, drückte ihr kurz einen Finger auf die

Lippen. Daphne nickte verstehend: Schweigemodus. Dann gab er ihr einen hauchzarten Kuss, nahm sie an der Hand und führte sie durch die dicht gedrängt auf den nächsten Filmstart wartende Menge im Foyer hinaus. Irgendwie gelang es Daphne, hinter ihm herzulaufen und ihre Hand vor ihren Unterleib zu halten, damit man ihre im Schritt lustgetränkte Hose nicht bemerkte.

Während der Autofahrt sprachen sie kein Wort. Nur unter größter Selbstbeherrschung gelang es Jesper, sich an die Verkehrsregeln zu halten und nicht mit hundert Stundenkilometern durch die Stadt zu rasen.

Kaum hatten sie jedoch ihr Heim betreten, da nahm er sie noch im Dunkeln in die Arme, eng umschlungen küsste er sie leidenschaftlich, streichelte dabei zärtlich ihren Rücken und Po. Gierig streiften seine Hände ihre Bluse hoch, öffneten ihren Büstenhalter und schon spürte sie sein lustvolles Saugen und Reiben an ihren Brustwarzen. Sie schaffte es kaum, sich nebenbei aus ihrer Bluse zu schälen. Es war keine Überraschung, dass er ihr die Hose herunterzog, über die Füße streifte und sie ungeduldig ins Wohnzimmer drängte. Daphne ließ ihn willenlos gewähren, ihr gesamter Schoß schwamm und während sie sonst eher auf Romantik und ein längeres intensives Vorspiel stand, wollte sie nun nur noch eines: Befriedigung.

Jesper war genauso ungeduldig wie sie. Er drückte sie auf das Sofa hinunter, gab sich keine Mühe, sich auszuziehen, sondern öffnete nur seine Hose, um sein pralles Geschlecht zu befreien und hemmungslos in sie einzudringen. Daphnes Augen blitzten voller Verlangen auf, während sie ihn im Halbdunkel des hereinscheinenden Mondlichts dabei beobachtete, wie er an Gürtel und Reißverschluss hantierte. Er spürte ihre pulsierende Lust, wie sie sich ihm ungeduldig entgegenreckte, ihre Finger in sein Hemd krallte, als er wieder und wieder von ihrem wilden Stöhnen angetrieben sich zurückzog und hart bis zum Anschlag hineinstieß – bis Daphnes Verlangen sich in einem ekstatischen Aufschrei entlud und ihn dabei mitriss.

Jesper hielt seine Sklavin stets im Ungewissen über seine Pläne. Er nutzte Daphnes Lüsternheit schamlos aus, sie ständig an der Grenze zu halten. An manchen Tagen überließ er ihr die Entscheidung, was sie ins Büro anziehen wollte, und meistens wählte Daphne dann einen der Hosenanzüge, in denen sie sich wohler und bedeckter fühlte als in Röcken, in denen man immer so gesittet sitzen musste und darauf achten, dass sie glatt gestrichen waren, um Falten zu vermeiden. Außerdem erwartete Jesper, dass sie zu den Röcken halterlose Strümpfe oder Strapse trug, und Daphne hatte stets Sorge, dass ihr Rock hochrutschen würde oder dass er sie schamlos befummelte, wenn sie ihm etwas in sein Büro brachte.

Mittags gingen sie entweder zusammen in einem nahe gelegenen kleinen Restaurant essen oder ließen etwas aus einem Schnellimbiss bringen. Niemand wunderte sich darüber, dass Jesper die einstündige Pause zusammen mit seiner Frau verbrachte und unter keinen Umständen gestört werden wollte. Er nutzte diese Zeit, Daphne vor sich niederknien zu lassen, damit sie ihn beim Essen bediente, wenn sie in seinem Büro aßen. Wenn ihm der Sinn danach stand, knöpfte er ihre Bluse auf und befummelte ihre Brüste, bis sie ihn um Erlösung anflehte und seine Hand unter ihren Rock führte. Jesper bereitete es ein höllisches Vergnügen, wenn sie sich wand und bettelte. Er hätte niemals gedacht, dass seine sadistische Neigung so weit gehen würde. Manchmal erregte ihn dieses Spiel so sehr, dass er nicht bis abends auf seine eigene Befriedigung warten wollte, sondern Daphne eines der von ihr bevorzugten Kondome mit Fruchtgeschmack reichte, damit sie es ihm überstreifte und seinen Penis mit ihrem Mund beglückte.

Eines Mittags rief Jesper Daphne früher als sonst zu sich. Der Tag war bis dahin miserabel verlaufen. Zuerst hatte er unerwartet bei einem Gerichtstermin verloren und sich dann von einem Mandanten am Telefon zu einer hitzigen Auseinandersetzung hinreißen lassen. Er brauchte dringend Abwechslung – oder einen Blitzableiter für seine schlechte Stimmung, der ihn auf völlig andere Gedanken brachte. Wozu hatte er neuerdings eine Sklavin?

Daphne brachte ihm die Mappe mit den Schreiben, unter denen nur noch seine Unterschrift fehlte. Jesper blätterte mit der rechten Hand mürrisch die Mappe durch und setzte nach flüchtigem Überfliegen der Texte jeweils seine Unterschrift darunter. Dabei krittelte er zu Daphnes Erstaunen an unwesentlichen Details herum. Während er sonst, wenn sie so dicht neben seinem Stuhl stand, die Gelegenheit nutzte, ihr in den Schritt zu greifen, in den Hintern zu kneifen oder einen freundschaftlichen Klaps zu geben, konzentrierte er sich diesmal auf die Unterlagen. *Da* hätte man noch eine Leerzeile zwischen zwei Absätzen machen können, *dort* gefiel ihm die Trennung eines Wortes nicht und – lautete dieser Satz in seinem Diktat nicht ursprünglich anders?

Schließlich wurde es Daphne zu viel. «Ah, der Herr hat heute schlechte Laune. Jetzt verstehe ich, warum du an allem etwas auszusetzen hast.» Der Spott in ihrer Stimme war nicht zu überhören. «Ich bin nicht dein Blitzableiter!»

«Was hast du gesagt?», knurrte Jesper, ohne aufzusehen.

«Du bist heute ein Miesepeter», erwiderte Daphne. «Ich habe alles genauso ordentlich wie immer gemacht, aber du nörgelst an allem herum. Ich mache diese Arbeiten doch nicht erst seit gestern!»

«Du bist ganz schön mutig, deinen *Meister* anzugreifen. Mach dich auf eine satte Strafe gefasst, Sklavin!», brummte es tief aus Jespers Kehle und er schaute sie von unten herauf grimmig an.

«Das ist nicht fair!», protestierte Daphne. Seine Augen verdunkelten sich und für einen Moment zuckte sie davor zurück.

«Was soll nicht fair sein?», erkundigte er sich stirnrunzelnd. «Du wagst es ernsthaft, mir zu widersprechen?»

Im letzten Augenblick bemerkte Daphne das Glitzern in seinen Augen und das Zucken um seine Mundwinkel, und sie verstand auf einmal, dass er dieses kleine Wortgefecht genoss. Er suchte einen Grund, sie übers Knie zu legen.

Ermutigt empörte sie sich erneut. «Ich versuche mich an deine Vorgaben zu halten, aber wenn die Vorgaben Scheiße sind, ist das nicht meine Schuld!»

«Was?» Jespers Augen verschmälerten sich zu Schlitzen.

Daphne schluckte und wiederholte bissig: «Ja, die Vorgaben sind Scheiße! Ich pfeif drauf! Ich habe meine eigene Art, Anschreiben zu verfassen oder Eingaben fürs Gericht fertigzustellen! Ich weiß, wie man das machen muss!»

Der Kick reinen Entzückens erfasste sie, als Jesper aufstand, sie am Arm packte, über der aufgeschlagenen Mappe auf seinem Schreibtisch niederdrückte, ihren Rock hochschlug und ihren Spitzenhipster ein Stück herunterzerrte, um ihr auf den blanken Po links und rechts einen kräftigen Klaps zu geben. Ihr weißes Gesäß wölbte sich ihm einladend entgegen. Dann griff er nach seinem Lineal. Daphne unterdrückte nur mühsam einen Aufschrei und bäumte sich auf, als eine Salve fester Hiebe ihren Po bedeckte. Aber er drückte sie mit unnachgiebigem Griff auf die Tischplatte herunter. Der Schmerz war intensiv und ihre Vagina begann zu pulsieren. Dennoch versuchte sie, seinen nächsten Schlag abzuwehren und schützend ihre Hände über ihren Po zu legen, aber Jesper verpasste ihr darauf zwei harte Hiebe, sodass sie unter dem Schmerz aufjaulte und ihre Hände zurückriss.

«Versuch das nicht noch mal!», brummte er, legte das Lineal beiseite und schob ungeduldig seine Finger zwischen ihre bereits feuchten Schamlippen. Daphne drehte ihren Kopf und suchte seinen Blick, sah Vergnügen in seinen Augen blitzen. Sanft und sinnlich streichelte er ihre Klitoris und sie schnurrte vor Wohlbehagen.

Ausgerechnet in diesem Moment klingelte das Telefon. Jesper nahm ab und während er mit seinem Klienten redete, fuchtelte er mit dem Lineal in der Luft herum und gab Daphne ein Zeichen, liegen zu bleiben. Doch sie zog ihren Slip hoch, strich den Rock glatt, beschloss, sich seiner Anweisung zu widersetzen, nahm die Mappe von seinem Schreibtisch und ging damit hinaus, wobei sie sich um einen besonders auffälligen, provozierenden Hüftschwung bemühte.

Die Blätter hatten gelitten. Daphnes Körper hatte sie verknittert, als Jesper sie auf dem Schreibtisch niedergedrückt hatte. Sie öffnete erneut die gespeicherte Datei und druckte die Seiten frisch aus, zerriss die anderen und legte die neuen in die Mappe. Sie war gerade damit fertig, als Jesper sie über den kleinen Lautsprecher auf ihrem Schreibtisch aufforderte, wieder in sein Büro zu kommen.

Er stand neben seinem Schreibtisch. «Schließ die Tür von innen ab!» Sein Tonfall duldete keinen Widerspruch.

Sie folgte seinem Befehl, drehte den Schlüssel um und blieb dann unschlüssig, die Mappe an die Brust gepresst, an der Tür stehen. Er musterte sie einen Augenblick, klopfte mit dem Lineal in seine linke Handinnenfläche. Sein Blick jedoch ließ sie im Unklaren darüber, ob er sauer auf ihr Verhalten war oder es als Teil eines mittäglichen Spiels genoss. Schließlich kam seine Aufforderung. Knapp, kühl und unmissverständlich.

«Du warst reichlich ungezogen. Ich habe dir nicht erlaubt, das Zimmer zu verlassen. Zieh deinen Slip aus und beug dich über meinen Schreibtisch.»

Daphne gehorchte rasch, obwohl sie der Gedanke, dass jemand vom Bürogebäude gegenüber sie beobachten könnte, ziemlich nervös und verlegen machte. Denn die Lamellen, die normalerweise den Einblick in Jespers Büro verwehrten, waren nicht geschlossen.

Sie legte die Unterschriftenmappe auf einem Stapel Zeitschriften ab und beugte sich dann mit dem Oberkörper über die Schreibunterlage. Ihre Muskeln verkrampften sich, als Jesper ihren Rock hochschlug, eine Hand auf ihr Hinterteil legte und sanft darüber streichelte. «Viel zu zart und zu schade, um noch kräftiger gezüchtigt zu werden», murmelte er leise. «Obwohl du das reichlich verdient hättest, meine widerspenstige Sklavin. Aber ich habe eine bessere Idee. Mach die Beine auseinander.»

Daphne gehorchte. Sie war voller Erwartung, von seinem Penis erobert zu werden. Ihre Vagina war feucht und lechzte bereits wieder nach Befriedigung. Aber Jesper hatte etwas anderes vor. Als er sich hinter ihr bückte und ihre Schamlippen mit den Fingern zusammendrückte, begriff sie. Im selben Moment setzte der Schmerz ein. Scharf und gnadenlos. Drei Klammern bissen sich tief in die empfindlichen Schamlippen. Eine vierte in die Vorhaut.

«So, nun steh auf. Du gehst jetzt zum Bäcker und holst mir was Süßes zum Kaffee.»

Daphne stand da wie angewurzelt.

«Hopp, du hast zehn Minuten Zeit.»

Sie strich den Rock glatt. Protestieren war zwecklos, außerdem wollte sie ja gehorchen. Aber es waren nur kleine Schritte möglich, da die Klammern bei jedem Schritt aneinander rieben, und es wurde umso schlimmer, je größer ihre Schritte waren.

Es war wie Spießrutenlaufen. Es kam Daphne vor, als wüsste jeder, der ihr auf der Straße begegnete, bereits Bescheid und bedachte sie mit einem schamlosen Grinsen.

«Du warst zwanzig Minuten unterwegs. Du hast getrödelt. Zieh dich aus.»

«Aber – wenn jemand hereinkommt ...»

«Wir sind alleine. Alle sind bei Gericht und Frau Markowski hat heute Nachmittag frei genommen.»

Daphne gehorchte. Als sie nackt vor ihm stand, nahm er ihr die Klammern ab. Sie riss sich zusammen, aber der Schmerz und die plötzlich aufwallende Lust waren so übermächtig, dass sie laut stöhnte. Jesper ignorierte ihre Gelüste. Er legte ihr ein breites Halsband an, klippte eine Leine hinein und setzte an ihren Nippeln Klemmen mit Glöckchen an, die bei jedem Schritt bimmelten. Dann gab er ihr eine lange Liste mit Aufgaben, die sie quer durch die Büros schickte. Aus dem einen musste sie bestimmte Aktenordner holen, Schreiben fotokopieren, wieder abheften und zurücktragen. In einem anderen Büro waren Akten zu sortieren oder ins Archiv zu bringen und einzusortieren. Dabei baumelte die Leine zwischen ihren Brüsten und wippte an ihrem Venushügel, die Glöckchen bimmelten im Takt dazu. Längst hatte sich zwischen ihren Schenkeln eine feuchte Spur gebildet.

Später knotete er das Ende der Leine um ein Bein seines Stuhls und Daphne musste mit gesenktem Kopf zu seinen Füßen kauern und warten, bis er der Meinung war, es sei genug.

Ihre Lust war durch seine Maßnahmen nicht weniger geworden. Er machte sich einen Spaß daraus, sie noch aufzuputschen, indem er zwischendurch ihre Klitoris streichelte, dann wieder ihre Nippel. Erst als es draußen schon dunkel wurde, forderte er sie auf, sich über seine Sessellehne zu beugen und vögelte sie. Er im Anzug, nur die Hose heruntergelassen. Sie völlig nackt, aber immer noch als Sklavin dekoriert. Es war entwürdigend und doch war es aufregend. Daphne hatte das Gefühl, bald überzuschnappen. Sie war verrückt. Völlig verrückt.

Der Wald als Bühne

«Liebste Viola!

Natürlich hatte ich keine wirkliche Angst vor seiner Züchtigung. Natürlich würde mein Gebieter es gründlich machen und es würde schmerzen und vielleicht auch Striemen hinterlassen. Aber es macht mir ja auch Lust zu spüren, dass er die Fäden in der Hand hält und ich sein Spielzeug bin.

Aber wirkliche Angst habe ich heute gehabt, dass sich außer uns noch jemand abseits der Wege im Wald herumtreiben und mir etwas antun würde, während Jesper fort war, eine Gerte zu schneiden, und ich noch nicht einmal um Hilfe hätte schreien können ...»

Nachdem sie eine halbe Stunde gegangen waren, wurde es ihnen so warm, dass sie ihre Sweatshirts auszogen und Jesper sie am Boden kniend in seinen Rucksack packte. Als er von unten zu Daphne aufsah, die ihr Gesicht mit geschlossenen Augen den Sonnenstrahlen entgegenstreckte, die zwischen den Bäumen bis zum Waldweg herunterschienen, fielen ihm ihre sich überdeutlich durch das Shirt abzeichnenden runden Knöpfe auf. Er gab ihr einen sanften Kuss auf die Lippen und sie schlug die Augen auf und lächelte ihn an. Er nahm sie an der Hand und zog sie hinter sich her, weg vom Weg, zwischen den Stämmen und dem Unterholz hindurch.

«Was soll das? Wo willst du denn hin?»

Aber er antwortete nicht, packte ihre Hand noch fester. Sie gingen weiter, bis sie weit ab vom Weg eine etwas lichtere Stelle erreichten, wo sich eine Anpflanzung junger Bäume befand. Jetzt erst löste er seinen Griff, der Rucksack plumpste zu Boden und grinsend tippte er mit einem Finger erst auf ihre linke, dann auf die rechte Brustwarze. Daphne sog laut die Luft ein.

«Die Sonne macht dich geil, hm? Zieh das T-Shirt aus und zeig mir deine Nippel.»

«Was? Hier?»

«Ja, genau hier. Oder was glaubst du, warum ich diesen abgelegenen stillen Ort gesucht habe.»

Daphne zog sich aus und Jesper umfasste mit seinen Händen ihre Brüste, streichelte sanft über die dunklen Erhebungen.

«Lass es uns hier und jetzt machen», flüsterte sie. «Gleich.» Sie leckte sich über die Lippen und streckte die Hand nach dem Reißverschluss seiner Jeans aus.

«Von wegen. Das könnte dir so passen.» Jesper bückte sich und begann im Rucksack zu kramen.

«Aber wieso –?», fragte Daphne verständnislos.

«Du brauchst keine Belohnung, sondern eine Bestrafung, Sklavin!», stellte Jesper fest und bemühte sich, streng zu wirken. «Los, zu den Bäumchen da drüben.»

Daphne bemerkte, wie schwer es ihm fiel, autoritär zu sein, und sie erleichterte es ihm, in seine Rolle zu finden, indem sie anfing zu jammern und ihre Anrede zu wechseln. «Oh bitte, mein *Gebieter*, Ihr habt doch wohl nicht vor, mich hier zu züchtigen? Warum? Was habe ich getan?»

Jesper schlang das Bondagetape, das er vorsorglich eingesteckt hatte, mehrmals um einen Stamm, dann um Daphnes linkes Handgelenk, schnitt es mit einem Taschenmesser ab und wiederholte die Prozedur mit ihrem rechten Handgelenk und einem anderen Bäumchen, sodass sie anschließend mit waagrecht gestreckten Armen zwischen diesen beiden Bäumen stand, den Rücken der Sonne zugewandt. Er grinste sie an und zog ihr mit einem Ruck die knielange Hose bis zu den Knöcheln herab.

«Ich muss zugeben, diese String-Tangas sind praktisch. Da liegt der Po gleich einladend zur Züchtigung frei.» Er umrundete sie einmal und wirkte nachdenklich.

Irgendwie wurde es Daphne nun doch mulmig. «Warum?», wiederholte sie in jammerndem Tonfall.

Jesper grinste vergnügt. Er nahm ihre Nippel zwischen Daumen und Zeigefinger, streichelte zunächst sanft und sinnlich darüber, bis Daphne vor Lust jauchzend auf der Stelle hin- und hertrampelte. «Du erhältst eine Strafe, weil ich Lust dazu habe, weil du geil bist und weil du es nötig hast.»

Sein Tonfall war resolut und zugleich betörend. Wenn er auf diese Weise mit ihr sprach, war er ganz und gar in seinem Element als ihr Meister. Außerdem war sie wehrlos, ihm ausgeliefert. Es machte ihn an und es machte sie an. Und es war noch aufregender, als sie es sich in ihren Briefen an Viola vorgestellt hatte.

«Weißt du was, Süße? Damit du die Züchtigung ganz und gar genießen kannst und dein Höschen nicht feucht wird, ziehen wir das auch noch aus.» Im Nu landete der String ebenfalls bei Daphnes Knöcheln. Sie ächzte lüstern auf. Dann schlang Jesper ihr noch ein Stück Bondagetape um die Ober-, danach um die Unterschenkel, um ihr die letzte Chance zum Herumzappeln zu nehmen, und schaute sich mit etwas Abstand zufrieden sein Werk an. «Schön. Jetzt kann die liebe Sonne schon mal deinen Po und deine Schenkel aufwärmen, während ich in Ruhe nach einer passenden Rute suche.» Noch einmal zwirbelte er liebevoll Daphnes Brustwarzen, die unter der drängenden Lust prall und groß geworden waren, aber auch leicht schmerzten. Sie quietschte wie ein Ferkel und wand sich hilflos.

«Bitte, bitte. Vögel mich, ich kann es nicht erwarten, bis du mich nimmst.»

«Nicht so eilig. Erst die Rute, die du doppelt verdienst, weil du mich gerade geduzt hast! Ach ja, ich werde natürlich noch verhindern, dass du Spaziergänger zu Hilfe rufst.»

Das war das Letzte, was sie tun würde. Sie war bei Jesper sicherer als bei einem Fremden.

Erneut kramte er im Rucksack. «Da haben wir es ja.» Er holte eine Rolle breiteres Klebeband heraus, schnitt einen langen Streifen ab.

«Nein, nein, mein *Gebieter*, bitte nicht, ich werde auch ganz still sein, es wäre doch viel zu peinl... mmmmmh!»

Alles Flehen half nichts. Jesper drückte ihr den Mund zu und verklebte ihre Lippen sorgfältig. «Wenn du schön artig bist, belohne ich dich später.»

«Mmmmmmh!»

Protestieren war zwecklos. Jesper erteilte ihr eine Handvoll kräftiger Klapse auf Po und Schenkel, strich ihr wieder lockend über ihre Knospen und widerstand nicht länger der Versuchung, seine Hand zwischen ihre Schenkel zu pressen, ihre Perle freizulegen und mehrmals sinnlich sanft darüber zu streicheln.

Daphne schloss die Augen. Ihr «Mmmmh» hinter den geschlossenen Lippen klang nun nicht mehr nach Protest, sondern nach Genuss. Nach einem letzten Klaps schlug sich Jesper in die Büsche und war bereits aus ihrem Blickfeld verschwunden.

Dieser Schuft. Da hatte er ihren Körper aufgeputscht, und nun? Ihre Brüste spannten und ihre Schamlippen waren feucht und geschwollen. Ihre Klitoris pochte verlangend und ihre Vagina sehnte sich danach, tief und prall ausgefüllt zu werden. Daphne schnaufte. Wenn sie sich doch wenigstens selbst berühren könnte. Erfolglos zerrte sie an den Fesseln. Wie immer hatte Jesper seine Sache gründlich gemacht und an alles gedacht. Wirklich an alles?

Aber was, wenn jetzt außer ihnen doch noch jemand hier im Wald war? Hatte er das bedacht? Sie konnte sich weder wehren noch schreien. Wenn nun ein Förster oder Waldarbeiter oder Spaziergänger ihnen gefolgt war, irgendein geiler Bock, der nur darauf lauerte, dass Jesper sie alleine zurückließ?

Daphnes Kopf drehte sich in alle Richtungen, soweit es ihr möglich war. Es knackte unheimlich im Unterholz und sie begann, trotz der Sonne auf ihrem Rücken zu frösteln. Sie meinte beinahe, jedes feine Härchen auf ihrem Körper zu spüren, wie es sich aufstellte. Noch nie hatte sie sich nackter gefühlt und noch nie so beobachtet. Dann aber entfernte sich das Knacksen zu ihrer Erleichterung wieder. Es war wohl doch nur ein Tier gewesen.

Einige Zeit später kehrte Jesper fröhlich vor sich hin pfeifend mit mehreren Zweigen zurück, setzte sich Daphne gegenüber auf den Boden und begann die Zweige sorgfältig mit einem Taschenmesser zu glätten und auf ihre Biegsamkeit zu testen.

«Na, hast du dich amüsiert?»

«Mmmmmmh.»

«Du hast dich doch hoffentlich heute Morgen mit Sonnencreme eingeschmiert, bevor wir losgegangen sind?», fragte er beiläufig.

Daphne nickte zaghaft. Im selben Moment ahnte sie, worauf er hinauswollte.

«Aber bestimmt nicht deinen Popo?»

Sie schüttelte den Kopf.

«So ein Pech aber auch. Dann wird der wohl heute Abend doppelt rot sein. Der glüht ja jetzt schon.»

Daphne brummte protestierend. Aber Jesper legte sich ins Gras und aß genüsslich einen Apfel, während er sie betrachtete. Dann holte er die Sonnencreme heraus, drückte sich einen Klecks in die Handfläche und stand auf. Würde er doch noch die Haut auf ihrem Hintern retten? Daphne kam es so vor, als ob die Sonne ihren Po Grad für Grad zum Kochen bringen würde. Aber Jesper narrte sie. Er cremte sorgfältig ihre Nase ein, ihre

Ohren, die dank des Pferdeschwänzchens, das sie sich gemacht hatte, frei lagen, und mit dem Rest ihre prallen Brustwarzen. Er spielte und zupfte daran herum, bis Daphnes kurz vorm Orgasmus stand. Da hörte er auf.

Sie stöhnte wie rasend. Längst war die Innenseite ihrer Schenkel nicht nur vom Schweiß nass. Jesper spielte sanft mit ihrem Kitzler. Ihre Lust wurde immer schlimmer. Sie wimmerte und zerrte an den Fesseln. Aber Jesper hatte noch nicht genug, sie zu quälen und warten zu lassen.

Er zeigte ihr die verschiedenen Ruten, die er vorbereitet hatte, und ließ sie durch die Luft pfeifen. Prüfend betastete er ihren Po. «Gut von Mutter Sonne vorgewärmt», stellte er zufrieden fest. Daphne wimmerte erwartungsvoll. Er umkreiste mit dem Zeigefinger einmal das Gebiet vom Ansatz der Pospalte bis zu den Kniekehlen. «Eine schöne große Erziehungsfläche. Wird eine Weile dauern, bis ich alles abgedeckt habe.»

Ein Schauer lief ihr über den Rücken. Ihre Vagina pumpte lüstern.

«Bist du bereit?»

Sie nickte zögernd. Dann hörte sie das Pfeifen und spürte den ersten Hieb, der schnalzend in ihre warme Haut biss.

«Oh, mein Gott, das halte ich nicht aus, er hat gesagt, über die gesamte Fläche ...» Sie kam nicht weiter zum Nachdenken und Grübeln, denn Hieb um Hieb folgte, dicht an dicht, von oben nach unten, in gleichmäßigem Takt. Der Schmerz war jedoch gut zu ertragen und versetzte sie sofort in einen noch wollüstigeren Rausch. Nach etwa zwanzig Schlägen hielt Jesper inne, gönnte ihr eine kurze Verschnaufpause und tätschelte ihr beruhigend den Rücken. Dann fuhr er fort, setzte sorgfältig Hieb um Hieb, streichelte zwischendurch Daphnes feste Brustwarzen, zupfte sie lang, bis Daphne lauter wimmerte, knetete sanft ihre Brüste, ehe er mit festerem Schlag weitermachte, rieb wieder sanft ihre Klitoris und fuhr dann mit seiner Züchtigung fort.

Die Zweige brannten sich in die Haut, pfiffen durch die Luft. Die Sonne tat ihr Bestes, ihre Haut zusätzlich aufzuheizen und die Striemen lange brennen zu lassen. Auch ihre Arme, Hände, Waden wurden ein Ziel der Rute. Dann wieder Oberschenkel und Po. Warum gab er nicht endlich seiner eigenen Lust nach und vögelte sie?

Plötzlich schnitt er mit dem Messer die Bänder ab, schob Daphne zu einem Baumstumpf, damit sie sich tief nach vorne gebeugt aufstützte. Als er in sie eindrang, warf Daphne ihren Kopf in den Nacken und schrie vor Lust in den Knebel. Jesper hatte sie so nahe am Rande des Orgasmus gehalten, immer weiter aufgeputscht, dass sie ihren Höhepunkt bereits bei seinem ersten Stoß hatte. Er gönnte ihr keine Pause, machte in seiner Bewegung weiter, zog sein Geschlecht fast heraus, um es wieder tief, bis zum Anschlag in ihre Vagina zu versenken.

Daphne vergaß alles um sich herum. Mit jedem neuen Stoß schien er sie noch mehr auszufüllen. Ihre Lust ließ nicht nach, im Gegenteil. Er trieb sie zu neuen Höhen, drang in ihre Adern ein, bestimmte ihren Puls und ihren Herzschlag, kontrollierte ihren Atem, ihren Körper. Wenn sie in diesem Augenblick gemerkt hätte, dass sie von einem Spanner beobachtet würden, wäre es ihr egal gewesen. Sie schloss die Augen und gab sich völlig hin. Es gab nur noch ihn und die Sonne.

Sklavin auf Zeit

«Liebe Viola!

Allmählich fängt es an, mir zu gefallen, als Jespers Assistentin zu arbeiten. Du weißt ja noch, was für ein Schock es war, als mein Gebieter vor einigen Wochen nach Hause kam und mir erklärte, dass wir unser Spiel ausdehnen und ich künftig bei ihm arbeiten würde! So viel Nähe war einfach unvorstellbar. Mehr noch, ich dachte, ich würde nun völlig meine Freiheit verlieren, er würde mich permanent kontrollieren. Noch dazu in dieser besonderen Position, nach außen als seine Frau, gleichzeitig aber als seine Sklavin. Ich hatte ja keine Ahnung, wie er damit umgehen wollte.»

Daphne lächelte vor sich hin. Der Schock hatte tatsächlich tief gesessen.

«Ich fasse es immer noch nicht, dass ich nachgegeben habe. Ich muss vollkommen verrückt sein. Aber ich bereue nichts! Anfangs habe ich befürchtet, es ließe sich nicht realisieren, er würde mich im Büro zu auffällig herumkommandieren. Aber das stimmt nicht. Er lässt mich selbstständig arbeiten, und nur wenn wir in seinem Büro alleine sind, erinnert er mich durch ungeniertes Anfassen daran, was für eine besondere Beziehung wir führen ...»

Daphnes Start in der eingeschworenen Bürogemeinschaft war besser verlaufen, als sie befürchtet hatte. Sie kannte Jespers Rechtsanwaltskollegen und einige Mitarbeiterinnen flüchtig von gemeinsamen Weihnachtsessen. Frau Markowski leitete die Arbeitsverteilung unter den Rechtsanwaltsgehilfinnen. Zwar hatte jeder der drei Herren seine eigenen Mitarbeiterinnen, aber es gab auch übergreifende Arbeiten und Frau Markowski sorgte für den reibungslosen Gesamtablauf. Außerdem war sie die Mitarbeiterin, die am längsten da war und sich am besten auskannte. Schließlich war sie auch diejenige, die innerhalb weniger Stunden Daphnes Bedenken zerstreute, als Ehefrau eines der Rechtsanwaltspartner wie ein Störfaktor von Anfang an von allen anderen abgelehnt zu werden. Das Gegenteil war der Fall. Frau Markowski signalisierte ihr, dass sie sehr froh war, eine qualifizierte Unterstützung dazuzubekommen, und wie schade es sei, dass Daphne nicht schon viel früher zu ihnen gewechselt hätte.

Daphnes Arbeitsbereich sollte sich vor allem auf Jespers Termine, seine Klienten und den Schriftverkehr konzentrieren. Sie übernahm die Aufgaben einer Chefsekretärin, die bisher Frau Markowski erledigt hatte.

«Sie glauben gar nicht, wie froh ich bin, dass Sie das in Zukunft erledigen! Ich weiß manchmal nicht, wo mir der Kopf steht! Vielleicht komme ich jetzt wenigstens ab und zu mal pünktlich nach Hause.»

Daphne hatte abwartend gelächelt, sich jedoch schnell eingewöhnt und empfand es nach wenigen Wochen als ganz selbstverständlich, ihrer neuen Arbeit nachzugehen.

«Liebe Viola!

Ich muss heute einfach mal ein Resümee über die vergangenen Monate ziehen. Wie entsetzt war ich, als Jesper gefordert hatte, dass wir das Spiel auf 24/7 ausdehnen! Ich hab's ja erst gar nicht geglaubt, Tag für Tag und ohne mit dem Codewort abbrechen zu dürfen. Nur wollte ich gar keine Entscheidung treffen und inzwischen, so eigenartig es klingen mag, fühle ich mich wohler als jemals zuvor in meinem Leben.

Er macht es mir nicht einfach, mein Gebieter. Manchmal habe ich das Gefühl, er denkt sich die schwierigsten Aufgaben aus, nur um mich herauszufordern oder einen Grund für eine Bestrafung zu provozieren. Für Arbeiten, die andere in drei Stunden erledigen, setzt er mir ein Limit von einer Stunde!

Andererseits ist es spannend und wenn es mir dann gelungen ist, seinen Wunsch zu erfüllen, obwohl er die Umsetzung für schwierig hielt, ist es mir eine Freude, seinen ungläubigen Gesichtsausdruck zu betrachten und seine Belohnung in vollen Zügen zu genießen. Ja, er belohnt mich mit Zärtlichkeiten.

Außerdem bereitet es mir unglaubliches Vergnügen, von ihm am Rande der Spannung gehalten zu werden. Denn so wundervoll seine Belohnungen sind, so fantasievoll und unerbittlich können auch seine Züchtigungen sein! Er enttäuscht mich nie in meinen Erwartungen, wenngleich es mir manchmal lieber wäre, er ließe mich nicht so lange zappeln und würde mich öfter mal bereits im Büro befriedigen, statt darauf bis zuhause zu warten. Ist das nicht verrückt? Früher hätte ich es vollkommen unerotisch gefunden, woanders als im sicheren Heim Sex zu haben.»

Jesper schalt sich inzwischen einen Narren, dass er Daphne wochenlang hatte nackt zuhause herumlaufen lassen. Der Reiz, ihr in die Bluse oder unter den Rock zu greifen, wenn sie in seinem Büro alleine waren, war wesentlich größer, als seine Sklavin den ganzen Tag über nackt herumspringen zu sehen. Ein Hoch auf die Dessousindustrie, die Reizwäsche mit offenen Eingriffen herstellte. Nicht immer befolgte Daphne seinen Wunsch, diese ins Büro anzuziehen. Aber schließlich hatte beides seinen Reiz, sowohl ihren Gehorsam zu überprüfen und ihre nackten Partien zu streicheln als auch ihren Ungehorsam zum Anlass einer Bestrafung zu nehmen.

Es war Mitte Dezember. Daphne beschäftigte schon seit Tagen immer drängender die Frage, wie es nach Silvester weitergehen sollte. Aber sie sprach diese Frage nicht aus, vor lauter Angst, Jesper würde sagen, dass ihre Abmachung wie ursprünglich abgesprochen mit dem Neujahrstag zu Ende wäre. Bei dieser Vorstellung befiel sie grenzenlose Panik. Sie wollte sich einfach nicht vorstellen, zu der früheren Normalität zurückzukehren. Gewiss, er hatte ihr nicht alle Freiheiten genommen. Sie ging ihrer Arbeit nach, erledigte selbstständig alle Einkäufe und den Haushalt, traf sich gelegentlich mit ihren Freundinnen im Café, ging zum Friseur oder zum Arzt. Sobald sie heimgekehrt war, versank sie jedoch wieder devot in die von Jesper aufgestellten Regeln.

Seit dem Nikolaustag trug sie zuhause ein rotes Lederhalsband mit kleinen Glöckchen daran. Jesper liebte es, eine Leine daran einzuhaken und sie zu seinen Füßen kniend am Tischbein oder woanders anzubinden. Daphne genoss selbst dies. Sie hatte gelernt, dabei ihren Geist auszuschalten und sich völlig fallen zu lassen.

Jesper war nicht verborgen geblieben, dass Daphne neuerdings selbst in seiner Anwesenheit in tiefes Grübeln verfiel, und er reimte sich die Ursache zusammen, dachte er doch selbst in letzter Zeit häufiger über die optimale Lösung nach. Insgesamt war ihr Verhältnis viel offener geworden. Sie sprachen über Gefühle, Ängste und Wünsche, die sie sich früher nicht offenbart hätten, und dies traf nicht nur auf Daphne zu.

Sie hatte ihm eines Abends vorgeworfen, von ihr alles wissen zu wollen, selbst aber nichts preiszugeben. Zuerst war er ein wenig wütend geworden, weil er sich in seiner Rolle angegriffen fühlte. Es stand ihr nicht zu, ihn zu kritisieren oder etwas zu fordern. Aber während sie auf seinen

Schenkeln lag und ihre Strafe erwartete, überlegte er, dass sie eigentlich Recht hatte. Um aus der Situation glaubwürdig herauszukommen, gab er ihr zwei leichte Klapse für ihre Kritik, erzählte ihr dann aber genauso offen, was er dachte und fühlte.

Am Nikolaustag hatte sie für ihn seinen Lieblingskuchen gebacken, sie saßen gemeinsam auf dem Sofa, Daphne hatte alles auf einem Beistelltisch arrangiert, und nachdem er sich das zweite Stück mit einem Cappuccino einverleibt hatte, fragte sie: «Habt Ihr noch einen Wunsch, mein *Gebieter?*»

Jesper schüttelte den Kopf. «Nein, ich glaube vorerst nicht. Ich bin so vollgestopft, ich muss mich erst mal ausruhen. Der Kuchen ist köstlich.»

Sie lächelte und sah hinreißend aus, in einem sexy roten Kleid mit Plüschbesatz und einem so tiefen runden Ausschnitt, dass ihre Brustwarzen gerade noch bedeckt waren, und mit einer kleinen roten Nikolausmütze auf ihren Haaren. Sein Blick hing an dem schmalen Streifen nackter Haut zwischen dem viel zu kurzen Rock und den roten halterlosen Netzstrümpfen. Es machte ihn total an, denn er wusste, auch wenn er es nicht sah, dass sie kein Höschen darunter trug. Allzeit bereit. Noch nie zuvor im Leben hatte er so schnell und oft Lust auf Sex gehabt, wie seit Beginn ihres Spiels.

«Darf ich Euch etwas fragen, *Gebieter?*»

«Natürlich. Was gibt's denn?»

«Nun ja», sie zupfte verlegen an den weißen haarigen Armabschlüssen. «Ich weiß nicht, wie ich es formulieren soll ...»

Er wies auf den Boden zu seinen Füßen, grätschte leicht seine Beine. Daphne atmete tief durch, kniete sich zwischen seine Beine, legte ihre Hände auf seine Knie und blickte zu ihrem Mann auf. Sie mochte es, ihn so anzuhimmeln, in seinen dunklen Augen zu versinken und sie wurde von der Art beruhigt, wie er dann meistens ihre Wange streichelte.

«Ich ...», fing sie an und verstummte sogleich wieder, legte ihren Kopf nun seitlich auf seinem Knie auf.

Jespers Hand zog ihr sanft die Nikolausmütze vom Kopf und zerzauste leicht ihre Haare, ermutigte sie, sich auszusprechen.

«Es – sind ja nur noch gut zwei Wochen bis zum Jahresende. Ich wollte fragen, wie geht es denn danach weiter? Wir wollen doch nicht einfach damit aufhören, oder?»

Er schaute aufmerksam auf sie herab. «Wie fühlst du dich im Moment?»

«Jetzt?» Sie richtete sich auf. «Verunsichert. Der Gedanke, dass wir unser Spiel von heute auf morgen beenden, macht mir Angst.»

«Und wie hast du dich in den letzten Monaten gefühlt?»

Sie schaute ihn schelmisch von unten herauf an und schnurrte: «Hmm, wunderbar, mein *Gebieter*. Ich verstehe es zwar immer noch nicht, aber es ging mir die ganze Zeit sehr gut. Ich – ich war – ich bin sehr glücklich dabei.» Flüsternd fuhr sie fort. «Und wir hatten mehr aufregenden Sex miteinander als früher.»

Jesper nickte. «Nun, ich denke, unser Vertrag hat seinen Sinn erfüllt.» Seine Miene gab keine Auskunft darüber, was er dachte und wollte. Daphne rutschte unruhig auf ihren Knien herum.

«Möchtest du nicht vielleicht ...»

«Ja? Was?»

Daphne schluckte, nahm ihren ganzen Mut zusammen, richtete sich ein wenig mehr auf, um die Wichtigkeit ihrer Frage zu unterstreichen. «Na ja, ich dachte ... wir könnten vielleicht so weitermachen? Ich hätte nichts dagegen.»

Jesper betrachtete sie nachdenklich. Nervös biss sie sich auf die Unterlippe und senkte den Kopf.

«Du hättest mir keine größere Freude machen können, als es selbst vorzuschlagen. Ich hatte es zwar auch vor, aber es zeigt mir, dass du wirklich so leben willst, Daphne.» Er zog sie zu sich hoch, küsste sie sanft, umarmte sie, drückte mit einer Hand ihren Kopf an seine Brust, aber sie war viel zu aufgeregt, um seiner sanften Geste nachzugeben.

Sie stieß sich mit beiden Händen ab, schaute ihn an, ob er vielleicht sein typisch sarkastisches Grinsen aufgesetzt hatte, aber nichts deutete darauf hin, dass er sie nur narrte. «Ist das wirklich dein Ernst, Jesper? Bist du bereit, alles so zu lassen, wie es ist?» Vor lauter Aufregung hatte sie vollkommen die korrekte Anrede vergessen, die ihr in den vielen Monaten so leicht von den Lippen gekommen war.

«Aber ja, du hast doch wohl nicht geglaubt, ich verscheißere dich in so einem Augenblick, oder? Ich habe doch längst gemerkt, wie wichtig das für dich ist.»

Ihr war fast schwindelig vor Freude. «Meinst du das auch wirklich so,

Jesper? Du bist dieses Spiels und der Verantwortung, die du damit übernommen hast, nicht überdrüssig?»

Er schüttelte energisch den Kopf, sah mit seinen dunklen Augen auf sie herab und sie verstand, dass es ihm tatsächlich ernst damit war und er es ebenso wollte wie sie.

Sie zwängte sich zwischen seine Beine und öffnete seine Hose. Er ließ sie gewähren und ergab sich seufzend vor Glück ihrer Zunge, die hingebungsvoll über seine Eichel tanzte ...

«Liebste Viola!

Meine Ängste haben ein Ende. Unsere ungewöhnliche Beziehung wird auch im neuen Jahr Bestand haben. Du kannst dir vermutlich vorstellen, wie glücklich ich bin! Kann Glück unendlich sein? Ich weiß es nicht, aber ich wünsche es mir. Wenn es in meiner Macht stünde, würde ich die Zeit anhalten und auf Ewigkeit in Jespers Armen oder auf seinen Schenkeln liegen. Wenn ich zurückblicke, dann war es das unglaublichste Jahr in meinem ganzen bisherigen Leben ... Ich bin so glücklich, dass ich fast platze.

Ich ahne, dass mein Meister neue Pläne für das nächste Jahr schmiedet. Er hat Informationen über Piercing gesammelt. Bislang hat er nur Andeutungen gemacht. Er scheint über ein Brustwarzenpiercing nachzudenken, vielleicht auch mehr. Mir wird ganz zweierlei bei dem Gedanken, Ringe in meinen Nippeln (oder auch woanders?) zu tragen.

Außerdem hat er den kleinen Kellerraum, in dem bis jetzt fast nur Gerümpel stand, ausgeräumt und abgeschlossen. Irgendetwas geht darin vor sich, was ich noch nicht wissen darf. Wie aufregend!

Ich halte dich auf dem Laufenden.

Deine Daphne.»

Danksagung

Die Protagonisten Daphne und Jesper und ihre Erlebnisse sind reine Erfindungen, dennoch möchte ich mich bei den «Geistern» bedanken, die mich dazu inspiriert haben ...

Ebenso mein herzlicher Dank an alle Leserinnen und Leser, die diesen oder meinen Debütroman «Gefangen» gekauft und gelesen haben und damit sowohl mir als auch dem Verlag bestätigen, dass meine erotischen Geschichten gefallen und ich weiter in diesem Genre schreiben darf. ☺

Und natürlich ein weiteres, ebenso herzliches *Dankeschön* an meinen Schatz, meine Eltern sowie Andreas R. und alle anderen vom Ubooks-Verlag, die mich bei meiner Arbeit unterstützen. Ihr seid super!

Viel Spaß beim Lesen wünscht
Sira Rabe

Aktuelle Informationen auf www.sira-lilly.de

EROTIK

COSETTE

Cosette
Gift für die Sklavin
Spannender SM-Krimi

Taschenbuch
13,5x21 cm, 224 Seiten
erschienen Sep. 2008

ISBN:
978-3-86608-093-5

VK: 13,90 Euro

GIFT FÜR DIE SKLAVIN

Candice Timberville arbeitet als Phantomzeichnerin beim örtlichen Police Department. Als sie eines Tages in einem Phantombild glaubt, ihren Lebenspartner und Gebieter Jason Singer wiederzuerkennen, wird ihre Liebe und ihre Hingabe als Sklavin auf eine harte Probe gestellt.
Ist Jay tatsächlich ein Verbrecher? Ist Candy in Gefahr, wenn sie sich ihm ausliefert und von ihm züchtigen lässt? Oder hat sich Candy nur getäuscht? Heimlich beginnt sie mit ihren ganz persönlichen Ermittlungen ...

Erneut vereint Cosette eine spannende Kriminalgeschichte mit einer fulminanten Erzählung um Hingabe, Unterwerfung und Demütigung.

«Anregend und realistisch [...] Empfehlenswertes Buch, gelungene Mischung aus Krimi und SM-Roman, nachvollziehbar und anregend geschrieben!» **Schlagzeilen**

COSETTE

Cosette
Sklavin in Gefahr
Fesselnder SM-Roman

Taschenbuch
13,5x21 cm, 152 Seiten
2. Auflage erhältlich

ISBN:
978-3-86608-048-5

VK: 13,90 Euro

SKLAVIN IN GEFAHR

Die devote und stark masochistische Vicky fährt mit ihrem Herrn in die verschneiten Rocky Mountains, um ihre Erziehung fortzuführen und Grenzen auszuloten.
SM ist noch recht neu für die junge Frau, aber sie spürt schon früh, dass Demütigung und Schmerz sie erregen wie nichts zuvor.
Doch immer mehr Hinweise tauchen auf, dass ihr Herr den Trip in die Berge nicht nur Vickys Erziehung wegen geplant hat ...

«Cosette hat [...] mit *Sklavin in Gefahr* einen SM-Roman hingelegt, der innerhalb der SM-Szene Klassiker-Potential haben dürfte.» **mon-boudoir.de**

COSETTE

Cosette
Lust
2 erotische Kurzromane

Taschenbuch
13,5x21 cm, 128 Seiten
erschienen Okt. 2007

ISBN:
978-3-86608-063-8

VK: 13,90 Euro

LUST

Mayra wird zur Teilnahme an einer Studie zur *Erforschung der Lust* überredet. Schon am nächsten Morgen erwacht sie in einem Institut und kann sich nicht einmal daran erinnern, wie sie an diesen Ort gekommen ist. Die Mitarbeit an dem Projekt hatte sich die Probandin anders vorgestellt ...
Leah steht auf der Straße. Ohne Job, dafür sexsüchtig geht sie zu einem Treffen der Anonymen Nymphomanen. Doch Leahs Sucht wird durch die Therapiestunden vergrößert. Ihr kommen Zweifel an der Institution und sie versucht, mehr darüber herauszufinden. Doch *die Sekte der Lust* hat ihre Augen überall.

«Cosette gelingt es, mit leichter Hand zu fesseln. Und was der Titel ihres Buches verspricht, das hält er auch!» **Schlagzeilen**

«Die Novellen triefen vor Erotik. Hier kommt der Leser voll auf seine Kosten.» **Amazon**

UNARTIG

COSETTE

«BDSM around the world» lautet das Motto des dritten Sammelbandes von Cosette. Da wird in Frankreich lustvoll Rache geübt, auf Sardinien eigenwillige Therapiemethoden angewandt und in Russland elitäre SM-Partys gefeiert. Cosettes mittlerweile sechstes Buch beweist aufs Neue: Sie ist die unumstrittene Herrin über die moderne SM-Literatur.

«Ein Vergnügen!» **Schlagzeilen**

«Cosette schreibt über Hemmungslosigkeit, Hingabe, Unterwerfung und fesselnde Lust, so, dass man sich in den Geschichten verliert. Dass sie die Queen der modernen SM-Literatur ist, kommt schließlich nicht von ungefähr!» **Dark Spy**

Cosette
Unartig
BDSM around the world

Taschenbuch
13,5x21 cm, 160 Seiten
erschienen Mrz. 2009

ISBN:
978-3-86608-109-3

VK: 13,90 Euro

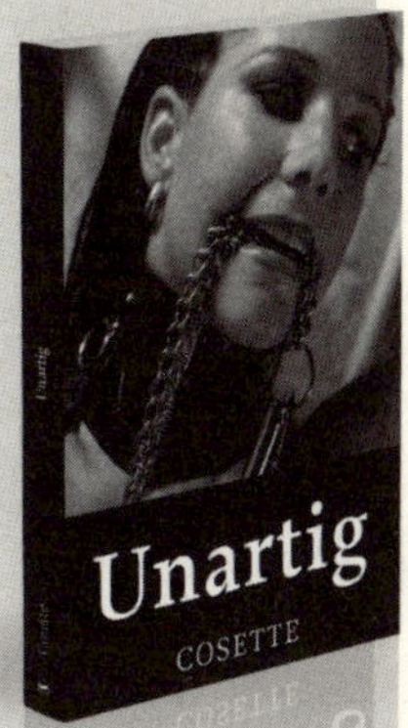

9 783866 081093

DEMÜTIG

COSETTE

Cosette erfreut die Leser wieder mit Kurzgeschichten rund um das Thema Erniedrigung, Demütigung und Züchtigung. Ihre SM-Geschichten klingen reifer, die Szenarien sind heißer und der Genuss ist für die Autorin und Leser gleichermaßen Maxime.
Insgesamt sieben Geschichten beweisen eindrücklich, dass Cosette zu den besten zeitgenössischen SM-Autorinnen gehört. Kaum eine versteht es so geschickt wie sie, einen spannenden Plot und abgründige Fantasien zu einer in höchstem Maße erregenden Geschichte zu verquicken.

«Uneingeschränkt empfehlenswert, ein wirkliches Lesevergnügen, eine große Autorin mit Phantasie und Können.» **Schlagzeilen**

«Gänsehaut!» **KinKats**

Cosette
Demütig
Verboten gut!

Taschenbuch
13,5x21 cm, 144 Seiten
erschienen Feb. 2008

ISBN:
978-3-86608-064-5

VK: 13,90 Euro

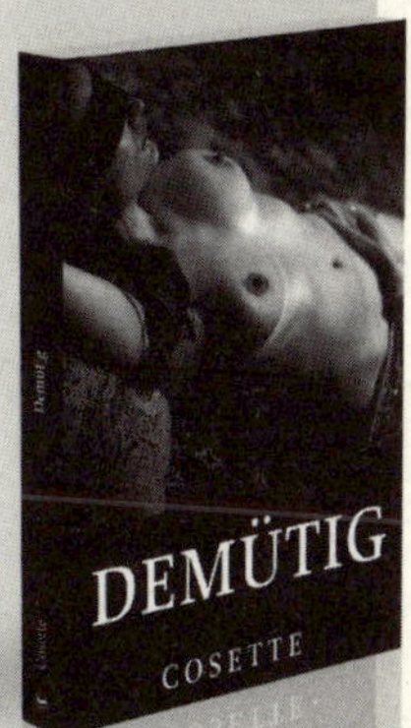

9 783866 080645

DEVOT

COSETTE

Cosette nimmt in ihrem ersten Buch – längst ein Genreklassiker – kein Blatt vor den Mund, egal ob sie ihre devot-masochistische Leidenschaft in lustvolle Geschichten oder tiefgründige Gedichte verpackt.
Erbarmungslos treibt Cosette ihre Heldinnen durch die Hölle, um sie dann durch einen Höhenflug in den Himmel zu heben.

«Phantasievoll und ordentlich devot.» **lustwandel.de**

«Die Kurzgeschichten sind ein Genuss für Geist und Lenden – einfühlsam und authentisch.» **Schlagzeilen**

«Der Titel ist Programm!» **Dark Spy**

Cosette
Devot
Klassiker in SM-Kreisen

Taschenbuch
13,5x21 cm, 128 Seiten
4. Auflage erhältlich

ISBN:
978-3-86608-022-5

VK: 13,90 Euro

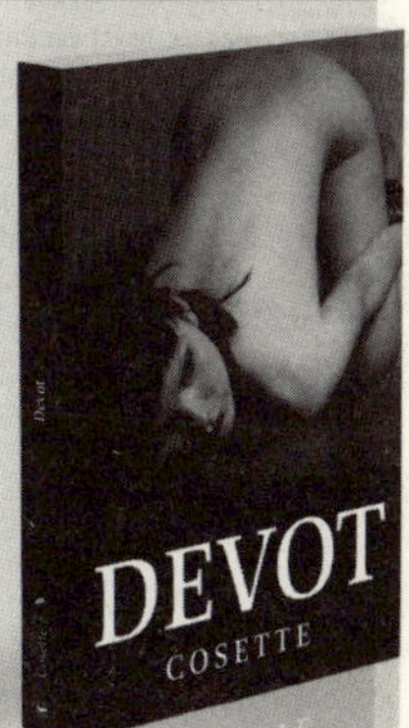

9 783866 080225

DIE DORNEN DER SKLAVIN

Beas Ehemann hat genug von den Launen seiner Frau: Er will sie loswerden. In einem Erziehungsinstitut der besonderen Art soll ihr endlich der Hochmut ausgetrieben werden.
Mit ihrem Eintritt in das Institut Schloss Schwarzendorn wird Bea zu einer Sklavin unter vielen. Sie, die es gewohnt ist, zu befehlen und Anweisungen zu geben, muss sich unterordnen. Zum ersten Mal in ihrem Leben ist sie eine Untergebene, das letzte Glied in der strikten Hierarchie des Schlosses, an deren Spitze vier alles andere als gerechte Herren thronen.
Doch Bea zeigt ihre Dornen und stellt sich stur. Ihr Stolz ist nicht so leicht zu brechen ...

«SM at its best!» **Amazon Kundenrezension**

EURYDIKE

Eurydike
Die Dornen der Sklavin
Unterwerfung & Hingabe

Taschenbuch
13,5x21 cm, 224 Seiten
erschienen Mrz 2009

ISBN:
978-3-86608-110-9

VK: 13,90 Euro

GEFANGEN

Delia ist jung, attraktiv und ungebunden. Weil das Geld knapp und die Neugier groß ist, übernimmt sie einen Job in einem Edelbordell.
Sie begibt sich in die Obhut ihres neuen Herrn und genießt das Leben in dieser neuen Welt der Lust. Ihre naive, unschuldige Art und ihre Unerfahrenheit als Liebessklavin tragen ihr Übriges dazu bei, eine intensive Beziehung zwischen Herr und Sklavin entstehen zu lassen.
Nach und nach verfällt sie ihm, ohne seine wahren Absichten zu durchschauen. Als er sie verschwinden lässt, ist er sich sicher: Niemand wird nach ihr suchen, denn er hat an alles gedacht ...

«Ein echter Leckerbissen!» **Schlagzeilen**

«Obwohl ich es nur anlesen wollte, konnte ich es nicht mehr weglegen, bis die letzten Worte gelesen waren.» **ladys-lit.de**

SIRA RABE

Sira Rabe
Gefangen
Neugierde auf Lust & SM

Taschenbuch
13,5x21 cm, 144 Seiten
erschienen Aug. 2008

ISBN:
978-3-86608-097-3

VK: 13,90 Euro

VERLOCKENDE VERSUCHUNGEN

Was geschah im Turmzimmer, bevor der Prinz Dornröschen wachküsste?
Wie befriedigt man ein devotes Schneewittchen?
Und wie reagiert eine Dämonenjägerin, die sich in ihr Opfer verliebt hat?

Verlockende Vampire, dominante Prinzessinnen, devote Engel und lüsterne Dämonen entführen den Leser in eine märchenhaft-erotische Welt.
Inka Loreen Minden lässt in ihrem Buch keine Träume unerfüllt und erzählt uns Märchen voller Lust, Verlangen und Leidenschaft und bringt die Fantasie zum Kochen.

«Kurzweilig & amüsant.» **Orkus**

INKA LOREEN MINDEN

Inka Loreen Minden
Verlockende Versuchungen

Taschenbuch
13,5x21 cm, 144 Seiten
erschienen Feb 2009

ISBN:
978-3-86608-108-6

VK: 13,90 Euro